W0241395

La Fièvre

Aude Lancelin

La Fièvre

roman

LLL LES LIENS QUI LIBÈRENT

© Éditions Les Liens qui Libèrent, 2020
ISBN : 979-10-209-0872-8

À Yoann

« La peur du peuple est le mal de tous ceux qui appartiennent à l'autorité. »

Pierre-Joseph Proudhon, *Les Confessions d'un révolutionnaire*, 1849

« L'étincelle manquait ! Vous étiez simplement de petits bourgeois, et les meilleurs d'entre vous, des cuistres ! »

Gustave Flaubert, *L'Éducation sentimentale*, 1869

1

S'il y avait des yeux pour le voir, on jurerait ce jour-là qu'un roi d'un nouveau genre descend la célèbre artère parisienne. Son pas est puissant, et en même temps plein de candeur. Lui-même semble surpris par la facilité avec laquelle il avance sur l'asphalte des Champs-Élysées, qu'il n'avait jamais vus qu'à l'écran, lorsque, enfant, il regardait les chars et les galonnés parader les matins de fête nationale, tapi dans la pénombre aux côtés de son père. Il a revêtu l'habit orange fluorescent des terrassiers en hiver, mais aucune hermine de l'ancien temps ne lui donnerait davantage de majesté. Son beau visage, prématurément vieilli, comme sculpté par la douleur depuis l'été dernier, est à demi recouvert par un masque chirurgical qu'une main lui a tendu une demi-heure plus tôt. Dès le premier regroupement au Rond-Point à neuf heures, la police a déversé dans l'atmosphère des milliers de mètres cubes de gaz qui, en quelques minutes, ont fait suffoquer la foule, semant la plus extrême confusion en son sein, ainsi qu'un sentiment de profonde stupéfaction, et aussi de révolte.

La stature de l'homme est haute, autour de lui quelques compagnons semblent lui faire cortège. Eux portent le gilet jaune vif de la signalisation routière, conformément à la consigne lancée quelques semaines auparavant sur les réseaux sociaux, au milieu de sentences philosophiques un peu kitsch, d'indignations outrées, de tout ce qu'engendre ce désir d'exister pour quelques instants dans la rétine des autres. Hier encore sur ces plateformes, agoras populaires d'un nouveau genre, ne s'échangeaient que des photos familiales de vacances, des plaisanteries à base de taux d'alcoolémie exagérés et autres images d'animaux rigolos. Désormais, ces mêmes écrans sont remplis d'imprécateurs filmés en plan serré, de prophètes prêchant depuis leur cabine de camion, de candidats au martyre rivalisant d'imagination dans le détail des plaies vouées à s'abattre sur le pays si le gouvernement venait à s'obstiner.

On dirait qu'un colosse a poussé de l'asphalte lui-même. La nuit a été courte, mais l'homme n'éprouve pas les effets de ce long trajet en voiture à se relayer à plusieurs depuis la station-service de Guéret, choisie la veille comme point de ralliement. La nouveauté de la situation, le danger qui commence à poindre, la fierté de parader au centre même de la plus grande avenue de la plus grande ville de son pays, qu'il aime de tout son cœur, un pays qu'il pense encore grand, tout cela ranime de puissantes impressions venues de l'enfance. Il n'a jamais été aussi léger, ce matin de novembre, que depuis ce jour de l'école primaire où, mis à la porte une matinée entière pour s'être livré à d'innocents trafics avec son voisin pendant un devoir surveillé, il avait senti l'ivresse de la liberté supplanter la peur de la punition.

À cet instant, il ne ressent presque plus les traces du ravage intérieur qui l'a saisi ce jour de juillet dernier où Sonia lui a annoncé qu'elle allait le quitter. Depuis que l'amour s'est retiré, vivre consume l'essentiel de ses forces. Les journées sont des cols à franchir, mais ceux-là ne fortifient pas les muscles, ils les atrophient chaque jour davantage.

Au tout début, les réveils le saisissaient comme un bloc de souffrance. La simple vue de la tablette de la salle de bains vidée des vernis, des pots de crème et du flacon bleu anguleux du parfum de Sonia lui donnait envie de hurler comme une bête d'abattoir. Il sanglotait violemment au volant de sa voiture. Parfois il était obligé, au détour d'un rayonnage de supermarché, de cacher ses yeux embués. Un homme en larmes, cela ne se peut pas. Mais la privation nue n'était pas encore le pire qu'il y aurait à traverser. Le pire serait le moment de l'acceptation, de la chair rendue à son intolérable banalité. La douleur nette et violente du début s'était comme répandue et pétrifiée dans tous les gestes du quotidien. Son corps était redevenu un simple corps voué à la seule utilité des tâches quotidiennes, et il resterait tel. À moins qu'un autre amour ne vienne le saisir ? On ne rencontrait jamais d'inconnue dans ce coin reculé, et Sonia ne reviendrait pas. Il n'y avait plus le moindre sens à la quereller intérieurement. D'ailleurs il l'avait assez peu fait depuis son départ. Silencieux face à un amour qu'il avait accueilli sans chercher à le comprendre, il l'était resté quand celui-ci lui avait été tout aussi soudainement retiré. La vie entière était une sentence dont il n'y avait pas à questionner le délibéré.

Un des symptômes les plus évidents de son nouvel état consistait à ne plus pouvoir souffrir de regarder les informations, ni la télévision en général, à l'exception de quelques films sentimentaux qui lui donnaient de temps à autre l'occasion, rarement, de s'adonner entièrement à son malheur. La publicité lui était particulièrement odieuse. Ces couples au visage extatique penchés sur une marmite, ces petits déjeuners familiaux dans d'irréels jardins d'été, ces cheveux de fille brillants comme du plastique, tout cela lui faisait l'effet d'une violence presque intentionnellement dirigée contre lui. À cet étalage de stupidités criardes il était insensible autrefois. Désormais il coupe le son précipitamment. Un sentiment de dégoût presque aussi fort l'envahit aussi face aux magazines défraîchis répandus dans la salle d'attente de son médecin ou à disposition chez le coiffeur. Sur ces pages émiettées s'égrènent des ruptures de vedettes de cinéma, des sagas d'hommes d'affaires photographiés sur d'immenses canapés blancs moelleux, des scandales impliquant des footballeurs. La société entière est une espèce de conspiration pour parler de ce qui ne compte pas, se dit Yoann, et cela est vrai de bas en haut, depuis toujours peut-être. Au fond il n'y aurait qu'une seule chose à dire, et elle est obscène : nous allons tous mourir, et personne ne sait à quoi bon ni pourquoi l'on nous a infligé l'épreuve de vivre. Cela, il en a l'intuition grandissante, surtout quand il se promène seul sur les contreforts de Millevaches.

À Paris, au milieu des autres corps emmitouflés en ce jour de novembre, le monde retrouve toutefois une présence supportable, presque enivrante. Il y a là des vieux avec des accents paysans, de jeunes pères de famille de vingt-deux ans qui ont roulé toute la nuit depuis la Bretagne, des femmes venues de la proche banlieue parisienne auxquelles leurs bonnets donnent des airs de collégiennes en vacances de neige. Devant les caméras de télévision, certaines d'entre elles laissent éclater leur colère contre le gouvernement qui les spolie, les taxes qui les étranglent ou les chaînes d'information à la solde du pouvoir.

Où étaient-ils durant toutes ces années, ces gens aujourd'hui rassemblés dans les quartiers hors de prix de la capitale ? Les journaux et les penseurs les disaient avachis devant les écrans, résignés pour mille ans, rassasiés par les miettes du festin d'en haut. L'Histoire était finie, disait-on, ses soubresauts de sang appartenaient au passé, un enchaînement d'événements ennuyeux, mais calmes, lui avait succédé. L'épique appartenait au passé. Seuls les parapentistes et autres sportifs de l'extrême y avaient encore accès. Ou bien les militaires qui allaient affronter une poignée d'illuminés à Raqqa ou dans d'autres déserts du lointain. La bourgeoisie avait dressé la bête humaine à grand renfort de shows clinquants et de téléphones portables dernier cri. On n'entendait plus les clameurs dans la cale. On avait même fini par oublier qu'il existait encore une cale, dont dépendait tout l'usinage social. Un célèbre capitaine d'industrie, ami des plus hautes figures de l'État, qui en dix ans à peine avait accumulé dans la téléphonie mobile low cost une fortune de plusieurs milliards d'euros, l'avait un jour confié sans ambages dans les pages colorées d'un magazine pour jeunes urbains : le sort des esclaves qui travaillaient pour lui dans des centres d'appels était sans doute affreux, mais il ne le concernait pas. Grâce à son entregent dans les affaires, partout vanté, ces misérables avaient après tout de quoi nourrir leurs tribus obscures. On ne pouvait revenir sur l'ordre du monde. S'abstenir de déployer sa puissance n'élèverait aucunement les autres. À l'évidence, tous ces gens sans énergie, sans talent quelconque, sans vision, ne pourraient simplement pas survivre si de plus avisés qu'eux ne leur en donnaient chaque jour les moyens.

Ce que pensent les riches habitants du VIIIe arrondissement de Paris, Yoann ne peut se le figurer. Avec ses compagnons de voyage, ils ont longé ce matin à l'aube la pierre de taille de leurs superbes immeubles. Ces gens-là songent-ils à eux de temps à autre, tout simplement? Rien n'est moins sûr. À une époque, le christianisme fournissait encore une grammaire commune pour envisager le monde, si cruel soit-il. C'est bien fini désormais. Comme des espèces animales distinctes se croisent sans communauté de destin, riches et pauvres ne se flairent même plus.

Les grands ont toujours été impitoyables, mais peut-être l'ombre d'un doute venait-elle gâter leur confort, à certains moments d'infortune personnelle notamment, à l'approche de la mort surtout. Il leur suffisait après tout d'ouvrir l'Évangile pour se souvenir que leur Dieu était une sorte de mendiant. Les choses ont changé, ces temps n'ont plus cours. Les bien-nés sont hors d'atteinte, au-delà de toute culpabilité possible. Les seuls pauvres qu'ils croisent, chauffeurs ou femmes de chambre, sont trop absorbés dans leur intimité domestique pour les perturber, leur offrir l'image d'une humanité autre.

Quant à ceux qui embauchent dès l'aube, ils n'existent pas pour eux. Ils sont exclus du champ politique acceptable, bannis des écrans de télévision, où leur présence n'est de temps à autres ébauchée fugitivement que sous la forme de pneus brûlés par des moustachus obsolètes. Rien ne vient jamais rappeler leur existence, aucune imagerie positive ne leur est jamais associée. Aucun héros de série populaire n'évoque jamais leur labeur invisible. Ils sont passés dans l'envers du monde.

2

Sur les Champs-Élysées, tout s'est emballé en une heure à peine. Les gendarmes et la police matraquent tous les passants. Barrières de sécurité, pavés descellés, chaises de café, palissades de chantier, débris d'échafaudage, des dizaines de mains se saisissent de tout ce qui se présente pour venir amonceler ces objets au milieu de l'avenue. C'était donc ça, des barricades ! Au fond, seulement ça : des obstacles pour retarder l'avancée des forces de police. Parfois quelques minutes à peine, parfois un moment plus long, avant que l'ordre ne vienne écraser cette victoire éphémère. L'homme comprend la chose pour la première fois et ce savoir, évanoui depuis si longtemps de la mémoire populaire, le réjouit presque physiquement.

Aux côtés de Yoann, une trentaine d'hommes s'engouffrent en courant dans la rue Lincoln, sur la droite en descendant les Champs-Élysées. D'immenses fils électriques volent dans les airs. Des touristes terrifiés, et quelques journalistes en mission, se collent contre les murs pour les éviter. Une baraque de chantier longue comme la moitié d'un wagon de chemin de fer se voit soulevée, en quelques minutes la voici projetée au milieu de l'avenue. Pourtant habitué aux travaux physiques, Yoann croyait les choses pesantes, il les découvre légères, dépourvues du poids que nous y mettons. Le monde est devenu une immense fête foraine. Autour de lui, des gens hurlent de joie. Tous ses instincts sont en éveil, il se met à courir sans but avec les autres, comme un commando improvisé de garnements de plus de trente ans. Le sol de l'un des côtés de l'avenue est à demi dépavé sur une vingtaine de mètres. Les CRS en face reculent, Yoann se baisse et saisit un pavé qui traîne. De toutes ses forces retrouvées, obéissant à une espèce de loi invisible venue de l'intérieur de son corps, il le catapulte dans leur direction. Celui-ci vient s'écraser très loin de leurs puissantes silhouettes noires de scarabées articulés.

Comme un atome perdant son apparente indépendance pour revenir à son état véritable, simple particule prise au sein d'un champ de puissance, un individu emporté par la foule éprouve un certain soulagement, qu'il se l'avoue ou non. La décharge de n'être plus soi, et celle aussi de devenir davantage que soi. Le secret des foules, qu'aucun pouvoir ne peut légitimement regarder se former sans anxiété, réside avant tout dans la jouissance concrète à quitter l'état de séparation. Pour la première fois depuis des années peut-être, Yoann se sent un homme libre.

Plus loin, dans les rues des ambassades étrangères, des voitures de luxe gisent sur le toit. Autour d'elles, le verre brisé forme une couronne sur quelques mètres. Comme des boules de Noël tombées au pied du sapin. Les véhicules de marque Porsche, les Mercedes à plaque verte et orange du corps diplomatique, les Jaguar à habitacle intérieur en cuir, sont les trophées les plus appréciés. On se photographie devant la dépouille de leur puissance défaite, ou du moins abattue pour quelques heures, avant que les compagnies d'assurances n'entrent en action pour effacer ce désagrément de la mémoire de leurs clients fortunés. L'odeur du gaz et celle du feu forment un mélange entêtant. Si Yoann connaissait ces rues, il verrait que ces sépulcres sans vie où se croisent chaque jour des avocats surchargés de dossiers, des retraités en loden et des attachées de presse à talons aiguilles ont retrouvé un semblant de vie humaine grâce à lui et à ses camarades, que le sang circule à nouveau dans leurs veines de pierre. Mais l'homme l'ignore. Il ne sait pas à quoi ressemble en temps ordinaire une rue du XVIIe arrondissement de Paris, où une brioche familiale coûte le prix d'un demi-plein d'essence. Il ne sait pas que, dans une rue comme ça, on ne s'arrête jamais pour parler, et l'on se regarde à peine. Tout au plus franchit-on une distance, accomplit-on un trajet. Au parc Monceau, les enfants jouent avec des gants, écrivait un anonyme du siècle de Balzac. Aujourd'hui, rien n'a changé, à ceci près que les marques mondialisées de prêt-à-porter donnent aux enfants des riches le même aspect sportif, cool et coloré qu'à ceux que leur mère habille à bas prix dans les rayons de l'hypermarché Carrefour de Guéret. Il faut attendre quelques années avant de voir les visages se durcir, le corps lui-même devenir le livre ouvert d'un quotidien difficile, d'une alimentation entrée de gamme pour grandes surfaces et des dégradations irréversibles caractéristiques causées par le travail physique.

L'homme marche dans ces rues étrangères comme un soldat égaré d'une ancienne légion qui ne chercherait même plus à rejoindre le théâtre de la bataille. L'ivresse est un peu retombée. Ils s'étaient dit tous, en roulant jusqu'à Paris, qu'ils iraient chercher dans son palais le dernier roi de France, un homme encore jeune, affecté et perpétuellement souriant. Un crâne d'œuf, comme aurait dit son père, qui avait autrefois œuvré avec talent et rouerie dans la banque d'affaires. Rapidement, ils avaient néanmoins compris que ce n'est pas aujourd'hui qu'ils le surprendraient dans son petit Versailles. L'allée menant du rond-point des Champs-Élysées au palais présidentiel était dès le matin barrée de herses infranchissables de compagnies entières de CRS, enveloppée de gaz et défendue par des canons à eau, ainsi Yoann et les autres Creusois ne savent-ils plus trop vers quel but nouveau tendre leurs forces.

Se souvenant des sensations de sa puissante descente des Champs-Élysées une heure et demie plus tôt, il se décide à l'arpenter de bas en haut cette fois-ci. Tout au bout de l'avenue, l'Arc se désagrège à moitié dans un halo de gaz, quelques colonnes de fumée noire s'élèvent vers le ciel comme un oracle sinistre. Un CRS âgé, le visage rougi par le froid et tordu par une expression de haine presque extravagante, s'avance matraque dressée vers une femme blonde en doudoune noire qui lui crie quelque chose que l'homme ne peut entendre. C'est alors que, surgis d'on ne sait où, une dizaine de CRS entourent soudain Yoann. Une première main s'abat lourdement sur son épaule, puis une deuxième, qui le fait trébucher et presque tomber en arrière. Une clé de jambe achève d'abattre sa haute silhouette sur le sol. La voix d'un chef s'élève : « Ça suffit comme ça, laissez-le. » On le ramasse, on le menotte dans le dos, il n'oppose aucune résistance. Ramené sur le bord de l'avenue, il a le temps de voir une large étiquette « Gendarmerie » sur le thorax de l'un des assaillants, qui le tient fermement par l'épaule.

Le visage de Yoann Defresne, encore plein d'alarme quelques minutes plus tôt, s'est fermé et comme recouvert d'un voile de tristesse. Face à lui, sur un grand auvent rouge, s'étale en lettres immenses le nom de « Pizza Pino ». Le voici pour quelques secondes ramené à ces années déjà lointaines où il allait dépenser ses premières payes, le vendredi soir, dans un resto italien avec ses anciens copains de lycée. Parfois même avec des filles rencontrées à la discothèque qui venait d'ouvrir sur les hauteurs de Maupuy. Il sent le parfum frais et puissant de l'une d'elle éclater dans sa tête comme l'odeur même de l'amour. Elle était tendre et rieuse, mais bizarrement l'histoire avait tourné court. Yoann sait susciter le désir, mais il ne sait pas garder les femmes, pour reprendre les mots toujours aimables de sa mère. Trop taciturne, pas assez spontané, lui reprochent-elles. Les mots lui coûtent, c'est vrai. Parfois, surtout dans les moments importants, il a l'impression de ne pouvoir soulever la langue. Ce que sa beauté virile suscite, son impuissance à parler le défait généralement quelques semaines à peine après la rencontre. Cette tristesse se confond, en ce moment même sur les Champs-Élysées, avec celle de voir la fête déjà finie et la sensation de l'acier à ses poignets qui l'humilie. Quelle étrange chose que la mémoire.

Yoann est emmené dans un commissariat du nord de Paris. « Casier vierge. » À l'officier qui l'interroge il confirme que c'est la première fois de sa vie, à trente-cinq ans, qu'il manifestait. « Je n'ai jamais participé à une démonstration politique. Je n'adhère à aucun parti. » Plus tard il ajoutera : « Je n'ai voulu blesser personne. Je n'ai rien contre les forces de l'ordre. Ce sont des hommes comme nous. » On le met en cellule. Le lundi, l'homme devra passer en comparution immédiate. Il demande à parler à un avocat, comme dans les séries américaines. On lui demande lequel. Il n'a aucun nom à citer. Jamais il n'a eu affaire à la justice. On hausse les épaules. L'homme sent le piège se refermer sur lui.

Le jeune avocat commis d'office arrive à l'arraché le lundi matin. Il a l'allure d'un gamin, avec une brosse coiffée au gel et une veste de costume trop large, mais il a toutefois le temps de dire à Yoann de refuser la comparution immédiate. Aucune famille, aucun journaliste, aucun ami n'est là pour l'épauler, les autres membres de la délégation creusoise ayant dû repartir, faute de pouvoir payer les deux nuits d'hôtel. Devant le tribunal, Yoann décline son identité et présente des excuses aux fonctionnaires de service. Très ému, épuisé par deux nuits presque blanches passées sur un matelas creusé et sentant l'urine, une odeur désormais incrustée jusque sur son sweat, il regrette à voix haute le jet de projectile en direction des CRS. « Ma protestation aurait dû rester dans les mots », déclare-t-il, toujours précis et solennel, comme chaque fois qu'il doit prendre la parole en public. Une interdiction de remettre les pieds dans la capitale jusqu'à la date de son procès lui est signifiée ce jour-là. Jamais plus il ne marchera le cœur léger dans une rue de Paris, cette ville lui demeurera à jamais étrangère.

3

L'odeur entêtante du plastique neuf ne s'évanouit pas, même après plusieurs heures passées dans les nouveaux locaux du journal, désormais situés dans le XVe arrondissement de Paris. La rédaction y a pris ses quartiers il y a quelques mois avec le sentiment déplaisant de tomber dans la roture. Certains journalistes, pris d'audace, ont même signifié leur mécontentement sur les réseaux sociaux, soulignant leur déchéance au sein de la géographie de Paris par des selfies mélancoliques, allant jusqu'à ironiser sur les kits de bienvenue outrancièrement business fournis par l'opérateur de télécoms devenu leur maître. Il est vrai que l'ancienne adresse de la rue Béranger, à deux pas de la place de la République, la vue superbe depuis la terrasse, qui surplombait autrefois Paris, et les petits restaurants de fooding chic en direction du faubourg du Temple, résonnaient, il y a peu encore, comme une promesse autrement séduisante pour leurs ambitions de jeunes paons sortis d'écoles à modeler l'opinion publique. Tout était cependant rapidement rentré dans l'ordre, et plus personne n'évoquait ouvertement sa déception.

Lorsque Eliel Laurent traverse l'immense open space du quotidien, l'orgueil d'être un des protagonistes, et même un des plus en vue désormais, de ce genre de lieu le remplit plus qu'il ne voudrait l'admettre. Ce sentiment ne l'a jamais abandonné depuis son premier stage. Ce n'est pas qu'il adhère sans ombre à ce monde, il est même loin de faire partie des dévots les plus empressés du système. Pourtant, il doit le reconnaître, ce statut apaise ses tensions, et répand même sous les semelles de ses Converse noires légèrement usées, selon la mode en usage, un tapis roulant de bien-être et de certitude de soi. L'entrée au Centre de formation des journalistes avait explosé dans sa tête comme mille soleils atomiques il y a quelques années. Depuis qu'il est officiellement devenu journaliste, carte de presse n° 9907, les choses ne se sont pas exactement passées aussi idylliquement que prévu, c'est vrai. Mais les désagréments nombreux de la vie, une relation amoureuse achevée, la mère solitaire et régulièrement dépressive qui l'a élevé, tout cela se retrouve largement tamisé, presque inconsistant à vrai dire, chaque fois qu'il pense à la place éminente qu'il a conquise au sein du carrousel des médias parisiens. À bien des égards, le voilà justifié.

Lorsqu'il décroche son téléphone et se présente à l'assistante d'un ministre ou à l'attaché de presse d'un leader de l'opposition parlementaire, les secondes qui suivent l'annonce lui procurent une jouissance difficile à décrire. Au ton de la voix au bout du fil, au degré d'empressement ou de préoccupation de l'interlocuteur, il peut mesurer l'effet produit. De ce sentiment trouble Eliel n'est pas forcément fier, mais, il doit bien l'admettre, cette impression est irrésistible. Quelques secondes, à peine perceptibles à une conscience non exercée, qui vous donnent le sentiment d'appartenir au camp de ceux qui pèsent, de ceux qui savent. « Bien placé pour savoir », disait une publicité pour un hebdomadaire aujourd'hui tombé en désuétude, véritable Bible familiale posée sur la table basse lorsqu'il était enfant.

Lors de son premier stage, à *L'Express*, il avait ressenti presque physiquement le pouvoir immédiat que conférait la possibilité d'accoler à son nom celui de ce titre de presse. Les tirages de l'hebdomadaire étaient pourtant en berne, et même franchement inquiétants, incomparables évidemment à ce qu'ils avaient été du temps de la papesse du métier, Françoise Giroud, ce temps béni où les journalistes étaient encore, à certains égards, des notables, et aussi parfois des intellectuels. Mais telle une supernova, dont la lumière perdure au-delà de la disparition, l'effet sur les imaginaires restait puissant, aussi, de nombreux hauts personnages étaient encore prêts à accomplir les plus inavouables courbettes pour jouir d'un entrefilet dans les pages du magazine.

À l'occasion d'un article de commande sur les mérites comparés du ferroutage et du camionnage pour le transport de marchandises dans les Hautes-Alpes, il avait tenté de joindre par téléphone le secrétaire d'État au Commerce extérieur du gouvernement, ancien député de la première circonscription de Paris. Dans le quart d'heure, celui-ci l'avait rappelé depuis sa voiture, mielleux et d'humeur légère, et Eliel Laurent avait dû lui-même mettre un terme à la conversation tant le député s'était montré disert sur ce dossier technique, qui semblait brusquement le préoccuper au plus haut degré et lui avait même inspiré des considérations élevées sur ce qu'il restait d'authentiques défenseurs des politiques publiques au sein du mouvement gaulliste. Un déjeuner avait été évoqué pour poursuivre ces relations qui commençaient sous de si bons auspices. Celui-ci n'aurait probablement jamais lieu, peu importait à vrai dire. L'important était que la chose ait été envisagée.

C'était donc ça, se constituer un « carnet d'adresses ». Eliel Laurent l'expérimentait pour la première fois, et en avait été si agréablement chatouillé qu'il s'attardait toujours avec bienveillance, et même familiarité, sur la photographie de l'homme politique lorsqu'il la voyait passer, quelques années plus tard, dans les pages du *Point* ou du *Figaro*. Très brun, avec un peu d'embonpoint, l'œil vif d'un commerçant de souk, le secrétaire d'État lui inspirait des sentiments de propriétaire. *L'Express*, où l'élève journaliste faisait ses premières armes, était au bord du précipice. Le mouvement gaulliste, dont se revendiquait le membre du gouvernement, déshonorait l'illustre ancêtre à képi dont il se réclamait. À bien des égards, le journaliste débutant et le politique quinquagénaire savaient tout cela, et pourtant tout se passait comme avant le grand effondrement du métier, selon les mêmes rites, comme si le secret de la décrépitude générale des institutions et de l'évanouissement des grandeurs devait être conservé afin de pouvoir tirer encore toute la manne possible de ces illusions profitables.

La plupart des gens ignoraient encore l'état de délabrement total des importants du pays. Les organes de presse gauchistes eux-mêmes, qui se gaussaient des médias du capital et des politiques corrompus, ne savaient comment nommer cette étrange catastrophe qui avait frappé le sommet de la pyramide. Ils se bornaient donc à exciter de bonne foi les passions de leur audience en continuant d'évoquer, par habitude, l'existence d'une prétendue élite politique, d'une fine fleur du journalisme, entre autres expressions inadaptées à la dislocation générale. Ils soufflaient sur les braises de la convoitise populaire en détaillant les dîners de cette caste à l'hôtel de Lassay, ses déjeuners au Bristol ou à la Rotonde, ses descentes l'été dans des colloques chics à Aix-en-Provence, ou dans des festivals de journalisme à la bonne franquette à Forcalquier. Dans ce genre de lieux, on voyait en effet des patrons de journaux passer les plats aux milieux d'affaires, les représentants des oligarques rinçer leurs intellectuels de compagnie, des députés amadouer des ambassadeurs du Golfe persique. Mais de fine fleur et d'élite, on ne voyait plus vraiment, voire plus du tout. La gauche universitaire ignorait dans une large mesure les réalités qu'elle dénonçait, faute d'avoir jamais pénétré ces agapes, faute d'avoir elle-même été directement soumise à la tentation, et d'avoir jamais prouvé qu'elle pouvait la traverser intacte, déclassée mais fière, et non pas envieuse.

Ce genre de critiques-là, émanant d'anticapitalistes à la mode brasero, mesuraient toutes choses à l'aune économique et ne calculaient la corruption qu'en espèces sonnantes et trébuchantes. Elles rataient donc inévitablement la compréhension adéquate de ces trocs inavouables où l'attrait de la bonne situation et l'appât du luxe jouaient pour une certaine part, mais pas nécessairement la plus importante ni la plus décisive.

Pour connaître intimement ces réalités, il aurait fallu fréquenter les gens du pandémonium médiatique et politique, avoir l'occasion de jauger de près leur imposture, l'inanité de leur vision du monde, la nature des liens qui les unissaient. Mais ceux qui les côtoyaient avaient justement trop à perdre en rompant avec ce monde pour avoir ce genre de considérations, même en leur for intérieur. Les places étaient rares, et, par leur rareté même, les jouissances narcissiques et les profits qu'elles pouvaient encore offrir étaient nombreux. Au demeurant, on savait bien que les hérétiques finissaient le plus souvent par hanter les halls de Pôle emploi, faisant la queue entre les femmes de ménage portugaises et les étudiants en quête d'un premier job. Ou alors sur les organes d'information que le Kremlin finançait depuis quelques années afin de semer la pagaille sur le continent européen, et de faire oublier ses propres geôles remplies d'opposants.

On racontait des histoires de déchéance affreuses, beaucoup de ces anciens journalistes en rupture terminant recuits dans l'aigreur ou dans l'alcool. On les croisait parfois sur les étals des libraires, apologues de leur propre martyre, *lanceurs d'alerte*, selon l'expression en vigueur, qui tentait de transformer leur bond hors du rang lui-même en position sociale et d'en faire une situation monnayable.

À quoi bon se fâcher avec le monde, après tout ? Les purs, en admettant même qu'ils existent, se condamnent toujours eux-mêmes à vivre à l'isolement, se disait Eliel. Un de ses anciens mentors, le seul journaliste véritablement érudit qu'il ait jamais rencontré dans ce monde au crépuscule, lui avait rétorqué cela un jour que le jeune homme ironisait, à table, au sujet d'un article de complaisance signé par son chef de service. « Quel enfant tu es ! Quel Alceste ! Veux-tu finir au désert ? » À certains égards, c'étaient ceux qui condamnaient l'injustice, et non ceux qui la commettaient, qui constituaient le véritable péril pesant sur le bonheur collectif. La pureté dangereuse, voilà le fond de l'idéologie nonchalante et veule qui servait alors d'ultime refuge aux gens de sa classe pour couvrir la prolifération de toutes sortes d'iniquités dans les entrailles de la société. Un stoïcisme affecté, une fausse bienveillance à l'égard du monde tel qu'il va, achevaient de dissimuler les avachissements d'une façade acceptable pour les partisans de l'ordre existant.

Désormais, la carrière d'Eliel Laurent prenait de la consistance. Positionné sur le créneau police-justice, il connaissait du monde à Paris. Des dossiers chauds lui tombaient régulièrement entre les mains. L'été avait été une véritable féerie professionnelle pour Eliel, rythmée par les frasques d'un ancien *bodyguard* du président, qui avaient suscité des éditions spéciales presque chaque jour. Mécontent d'être cloué dans les locaux du journal, de permanence pour tout le mois de juillet, loin de la villa louée pour un mois à Marbella par des amis, il était devenu en quelques semaines à peine l'un des carrefours les plus influents de l'information nationale. Auditions de ministres, mises en examen, révélations en tout genre, rumeurs salées : on ne savait plus où donner de la tête, la manne du scandale coulait à flots pour les journalistes.

À cette occasion, il avait noué des contacts étroits avec le préfet de police de Paris, qui lui réservait désormais ses premières déclarations et ses fuites les plus sensibles. Ancien préfet de Corse, nommé l'année précédente, il avait vu de près la roche Tarpéienne au mois d'août. Désavoué par l'Élysée après avoir publiquement pointé des copinages inavouables entre le *bodyguard* et de hauts responsables de l'institution policière, le préfet vivait désormais dans la peur d'un limogeage infamant et se voyait des ennemis derrière chaque porte. Homme rond et discret, il entendait prendre sous peu une retraite méritée et faire le moins de vagues possibles d'ici là. Soucieux de se couvrir, il avait proposé au jeune homme de l'escorter depuis l'été dernier, afin d'écrire son histoire. Les mémoires d'un grand flic de France, *Au cœur de la PP*, ainsi qu'on surnommait la préfecture parisienne – il voyait déjà son nom sur la couverture d'un grand éditeur dans toutes les librairies du pays. Son histoire serait alors achevée, il pourrait partir jouir de son temps sur les hauteurs de Porto-Vecchio, lire les œuvres complètes de Simenon, mais proprement et en ordre, selon un agenda choisi par lui seul.

À Eliel l'homme tenait des propos crépusculaires depuis l'été. Souvent, ils se retrouvaient au Duc, à Montparnasse, une des tables hors de prix où l'on était sûr chaque midi de croiser des politiques influents et des éditorialistes compréhensifs avec le pouvoir. Le jeune homme ne prenait pas les pressentiments du préfet entièrement au sérieux. Il y voyait l'habituelle paranoïa de ceux que le renseignement abreuve de notes et qui ne peuvent plus voir leur prochain autrement que comme un scélérat, ni envisager la machinerie sociale comme autre chose qu'un champ de mines plein de périls effrayants.

« Le fondement des institutions est atteint, mon petit. La rentrée va être torride, vous savez.

– Que voulez-vous dire, Michel ?

– Dans le Var, avec la nouvelle règle des 80 km/heure, les radars ont multiplié par deux les flashes. Les Français sont très en colère. Vous ne le savez pas, vous n'avez pas de voiture, je le parierais… Mais c'est la bagnole qui permet de prendre la température dans les territoires ! Pendant ce temps-là, un copain de Macron court-circuite la hiérarchie policière, se livre à des exactions sur la voie publique, tabasse des citoyens sous une fausse identité. Et que dit le président de la République ? Qu'on vienne le chercher ! C'est de l'inédit. Du grandiose ! On se croirait revenus au temps des Valois. Qu'il se promène lui-même déguisé la nuit sur les quais, tant qu'on y est !

– La mémoire des gens va rarement au bout de la semaine, vous le savez bien. Une indignation chasse l'autre. », avait répondu Eliel, en adoptant un ton philosophe.

Le préfet, habité par son idée et habitué à discourir seul devant des obligés, n'avait même pas entendu la remarque.

« De plus, après la démolition du code du travail, il y aura celle des retraites, et entre les deux, qui sait… Il ne manque plus qu'une étincelle pour embraser le pays. Et là, écoutez-moi bien, je vais vous dire quelque chose de tout à fait confidentiel… Si le pays venait à se soulever, nous perdrions rapidement le contrôle. Tout pourrait partir en vrille. Vous savez pourquoi ? Nous ne sommes pas assez nombreux, voilà la vérité.

– Vraiment ? Et l'armée alors, pourquoi ne pas y avoir recours ? avait risqué sans conviction le journaliste, qui aimait à prendre des postures blasées.

– L'armée ! Sera-t-elle loyale à un président venu de la banque Rothschild, qui l'a humiliée l'été même de son élection ? Qu'on m'en apporte la preuve. Pour contrôler 500 000 habitants à Sarajevo, 50 000 hommes s'étaient avérés insuffisants. Il est vrai que, techniquement parlant, seule la moitié d'entre eux était opérationnelle tant les moyens de nos régiments ont été sabotés au fil des années. Croyez-vous que l'armée, détruite sous les quinquennats précédents, pourrait faire quoi que ce soit face à des centaines de milliers de banlieusards ? Notez bien que, quand je parle de banlieusards, je ne parle pas des Noirs et des Arabes, mais des petits Blancs, en l'occurrence. On n'est pas assez nombreux, croyez-moi. Pas assez pour se payer la tête du peuple à ce point. »

Eliel Laurent l'avait écouté d'une oreille distraite jusqu'à l'automne. Propos de table, pensait-il, à l'heure de la torpeur du café, quand les plus austères bureaucrates se prennent eux aussi à rêver, sans même le savoir, que se lèvent les orages qui les libéreront du carcan infernal d'une vie trop réglée, bordée par les horaires de réunions ennuyeuses et le tracas des hautes responsabilités. Mais depuis quelques jours, il fallait bien l'admettre, les mots du fonctionnaire d'expérience avaient pris une tout autre résonance.

L'avant-veille, Eliel Laurent avait en effet vécu une journée tout à fait déplaisante. Envoyé sur le terrain un samedi matin de novembre, dans le quartier des Champs Élysées, afin de couvrir la mobilisation des Gilets jaunes, dont tout le pays commençait à bruisser, il avait rapidement compris que la journée ne serait pas ordinaire. À quelques centaines de mètres de la place de la Concorde, rue Royale, plusieurs rangées de CRS empêchaient le passage et ne semblaient pas vraiment impressionnées par la carte de presse du journaliste de *Libération*. Par un simple geste, impérieux et muet, il avait été refoulé comme un importun, ainsi que toutes sortes de protestataires à ses côtés, et avait dû commencer ses premières interviews loin de l'épicentre des événements, à la sauvette, dans des rues secondaires.

Petit patron à parka fourrée, apparemment surexcité par la volonté d'en remontrer au groupe qui l'escortait et dégageant une forte odeur de bière à huit heures du matin, le premier individu qu'Eliel Laurent avait interrogé avec son coéquipier du journal avait confirmé au-delà du supportable tous les préjugés que le journaliste avait commencé à concevoir lors de la conférence de rédaction où il avait entendu parler pour la première fois des Gilets jaunes. Ce rassemblement de braillards n'avait pas de colonne vertébrale, ses revendications s'entrechoquaient entre elles, mêlant des exigences poujadistes de baisse de l'impôt à une haine extravagante de la personne du président, jeune requin au sourire irritant que nul ne connaissait encore quatre ans auparavant, mais dont il n'y avait pas grand-chose à penser, tant il était dans la lignée des précédents, en plus lisse encore. « Laissons-lui sa chance», s'était pour sa part dit Eliel, sans enthousiasme, lors de son élection.

La suite de la journée serait pire encore. Plus tard, lorsque le journaliste parviendrait à pénétrer sur le haut des Champs-Élysées, une femme au visage buriné lui expliquerait, au milieu de hurlements et des projectiles divers, que l'élection du président était anticonstitutionnelle et qu'elle en détenait les preuves, une théorie parmi d'autres qu'Eliel Laurent avait identifié comme directement sortie de la cour des miracles du Web, où proliféraient les divagations et les soupçons les plus extravagants. «La guillotine, voilà ce qu'il faut pour monsieur Macron. Pour lui, et pour tous les autres bâtards qui se gavent!» vociféra plus tard à son micro un homme au visage casqué et recouvert d'un masque noir, se présentant comme un fonctionnaire des postes, dans l'obligation de dissimuler son identité. «Ça s'est fini comment, les sans-culottes, hein? Macron, on va lui faire tomber sa couronne», renchérit sur un ton extrêmement menaçant sa voisine venue d'Argenteuil, joignant à la parole un geste éloquent qui mimait une gorge tranchée.

Tout cela était au plus haut point perturbant. À tout prendre, un reportage l'hiver d'avant à Calais lui avait laissé un souvenir moins pénible. Là-bas, il y avait la boue et le chaos, mais pas cette impression de confusion totale, ces propos incohérents qui hérissaient de prime abord tous ses instincts. Pas ce sentiment d'étrangeté radicale qui l'avait saisi dès le premier contact avec ces petits employés, ces retraités aux accents gersois ou limougeauds, ces femmes au visage cassé. Là-bas, au milieu des Érythréens et des Syriens, il avait eu l'impression d'accomplir une mission humanitaire pleine de sens, et même, à certains égards, d'être devenu pour quelques jours un juste. Un recours pour ces damnés d'un nouveau genre, refoulés à toutes les frontières comme le furent dans les années 1930 les apatrides juifs brinquebalés de port en port. Là-bas, dans la Lande, à Grande-Synthe, il avait eu le sentiment d'être un résistant, de jouer sa part du dernier conflit mondial, « notre guerre de Troie », selon l'expression d'un écrivain de sa génération dont il avait lu le best-seller l'été dernier avec son amie sur la plage d'Essaouira.

Avec le peuple des Champs-Élysées, on ne pouvait pas se raconter ce genre d'histoires. Toutes sortes de sombres passions étaient à l'état coalescent. La haine à l'égard de ceux d'en haut était là, palpable. L'on sentait que, telle la limaille, elle pourrait en un éclair se liguer contre vous. Un individu surgi d'on ne sait où avait d'ailleurs donné un violent coup dans le micro qu'Eliel tendait alors à l'un des manifestants, un jeune apprenti en bijouterie originaire de la Réunion, afin de réaliser un module sonore pour le site internet du quotidien. Le micro avait failli s'écraser à terre, et son camarade du journal, très remonté, avait esquissé une course en direction de l'assaillant, sans succès. Ce dernier s'était déjà fondu dans la foule.

D'autres lui jetaient des regards noirs et n'ouvraient même pas la bouche pour formuler leur refus lorsque le journaliste les invitait à s'exprimer, se contentant de détourner la tête. Hostiles et durs, ceux-là étaient les pires, qui ne prenaient même pas la peine de houspiller leur interlocuteur, ou de le gratifier d'un « Dégage ! ». Plus difficile encore à supporter pour lui, dans leurs yeux

Eliel Laurent avait lu sans erreur possible le mépris. Que lui reprochaient donc ces gens ? Des envieux, des agitateurs professionnels avaient à l'évidence pris soin de les noircir jusqu'au grotesque, lui et les siens. On sait ce qui circulait sur les journalistes dans les marécages de l'Internet, on sait qu'ils y étaient associés aux ors du pouvoir, aux cercles secrets décidant de tout dans le dos des gens, au larbinat des puissants, aux francs-maçons aussi, à tout ce que la dépossession de soi pouvait engendrer de fantasmes fangeux ou délirants sur les maîtres du jeu social. Mais cette méchanceté, la férocité de ces paires d'yeux, quelle en était la source ?

Ce regard semblait surgir du fond des âges, des foules lyncheuses d'époques reculées, celles des piques et des fourches. Plus encore que de la peur, il inspirait une véritable horreur à Eliel. Rien qu'en le croisant, il avait pour la première fois compris, presque senti passer le long de sa nuque, le frôlement métallique atroce de l'abstraite guillotine des manuels scolaires. Sur les Champs-Élysées contemporains, ceux des fast-foods, des brasseries pour touristes et des franchises de fringues, en ce lieu à la fois familier et dédaigné depuis si longtemps par tous les vrais Parisiens, comment pouvait-on en être arrivé à humer l'odeur du meurtre, à sentir rôder ainsi le crime ?

4

Comment pouvait-on en arriver à tuer par passion politique au temps des séries Netflix et des sites de restauration en ligne ? Ce mystère emplissait l'âme d'Eliel Laurent d'incompréhension. Sans être entièrement défendable, la vie contemporaine offrait aujourd'hui beaucoup d'occasions de satisfaction. Certes, pas à tous, mais au plus grand nombre tout de même, la chose ne pouvait être sérieusement contestée. Que voulaient-ils, ces gens ? Plus de fromage sur leur pizza, ainsi que le lui avait asséné son grand-père très droitier qui vivait dans le Sud ? Qu'espéraient-ils ? Qu'un jour les cigares changent de bouche ? Caressaient-ils des promesses de transformation plus radicale que cela ? La possibilité de la révolution, de sa lame aiguisée, de son abominable tumulte, un seul homme lui avait jusqu'ici offert l'occasion concrète d'y penser comme à une option éventuelle, à vrai dire. C'était un de ses anciens professeurs, rencontré lors d'un bref, et peu reluisant, cursus en sciences humaines, avant que la vie tumultueuse de journaliste à la fameuse école de la rue du Louvre ne l'emporte. Ils ne s'étaient jamais perdus de vue, et étaient même assez improbablement devenus amis. Suffisamment en tout cas pour qu'Eliel Laurent l'invitât plusieurs soirs à dîner dans la grande cuisine américaine qu'il avait aménagée dans un sixième étage de Bastille avec son ex-compagne.

Bourreau de travail, porté par tempérament à l'exaltation, cet ancien normalien, professeur de sociologie révéré de l'université de Nanterre, Laurent Bourdin, était devenu en quelques années l'un des guides de tout ce que le pays comptait d'esprits échauffés par les idées de progrès social. Étrangement, celles-ci étaient en train de renaître sur la charogne des années 1970. Les gardiens de l'ordre intellectuel, tous convertis à une social-démocratie intransigeante, les avaient crues enterrées à jamais, crevées avec les derniers dinosaures rouges comme Althusser ou Foucault, dont la presse aux mains des grandes fortunes du pays calomniait le souvenir de temps à autre. Toute une foule de doctorants galvanisés par la politique, de fils de bourgeois en rupture et autres lycéens de bonne famille aimantés par l'idée d'en découdre dans la rue avec les forces policières, se pressait désormais pour assister aux conférences de ce Laurent Bourdin dans des amphithéâtres délabrés. Ils étaient son peuple.

Depuis son vaste bureau, à deux pas des Buttes-Chaumont, il leur offrait régulièrement les productions intellectuelles de son génie survolté, usant de la rhétorique la plus violente pour rafraîchir quelques lunes marxistes-léninistes. Soucieux d'entretenir sa forme, le mandarin, qui allait avoir cinquante ans, s'interrompait pour courir dans le grand parc voisin, vêtu d'une tenue de sport en lycra. L'après-midi, il répondait par d'interminables courriers au premier solliciteur venu, étudiant, collègue ou homologue étranger. Son esprit de sérieux, allié à sa générosité réelle dans l'échange d'idées, et à la certitude qu'il avait de devoir tisser une toile mondiale pour la diffusion de sa pensée, tout cela contribuait à faire de ses mails une entreprise en soi herculéenne. La fin de journée était généralement dédiée à la lecture de pensums arides, et la soirée au visionnage de séries américaines ou à la consultation de sites pornographiques. Autant de tâches qu'il abordait avec le même sérieux hygiéniste que la course à pied.

Sa dernière véritable compagne avait au fil du temps été rebutée par un mode de vie aussi réglé. Ce dernier aspect, la « consommation de porno », ainsi que l'intellectuel formulait la chose, repoussant toute trace de poésie comme un signe de faiblesse idéaliste, étant à l'évidence l'un des points les plus problématique. Dans ce refus qu'elle avait manifesté d'admettre le bien-fondé évident de cette pratique, le professeur n'avait voulu voir que le fait d'un préjugé obscurantiste. À celle-ci, qui fut sa coéquipière durant les longues et obscures années de labeur pour achever sa thèse universitaire, Laurent Bourdin avait un jour asséné, de son habituel ton de pédagogue :

« 1,5 milliard de vidéos pornographiques sont regardées dans le monde chaque mois. Le chiffre d'affaires de la pornographie est de 50 milliards d'euros par an… Et encore, je ne parle pas du marché des sex-toys !

– Tu me dégoûtes, avait répondu la femme, qui avait suivi à peu près le même cursus que lui. Celle-ci achevait de son côté une thèse consacrée à la réception de John Rawls par la gauche en France dans les années 1980.

– Plus de 92 milliards de vidéos pornographiques ont été vues sur la plateforme de streaming Pornhub rien que cette année !

– Souvent, je me sens seule avec toi.

– L'équivalent de 12 vidéos vues par personne dans le monde. Et cela tous les jours…

– Les intellectuels sont souvent des êtres d'une extraordinaire stupidité », avait répondu la femme. Elle avait retenu cette phrase d'une adaptation hollywoodienne des *Liaisons dangereuses*.

L'argument statistique n'avait en tout état de cause pas porté. La femme avait fini par pleurer longuement, avant de faire mine de rassembler ses affaires. Elle avait toutefois semblé surmonter sa réticence, les mois passant. Du moins avait-elle entièrement cessé d'évoquer les centaines de captures d'écran de vidéos X glanées sur le Web qu'il laissait traîner avec ostentation sur la page d'accueil de son ordinateur, ou encore les piles de BD porno-féministes « éthiques » d'importation espagnole ou nordique, qui prenaient la poussière sur ses étagères. Leur relation en avait néanmoins été minée au fil du temps. La simple vue de l'ordinateur de son compagnon, rempli à ras bord de vidéos de *young models* en plein ébats lesbiens, et autres starlettes dénudées, soigneusement classées par onglets, lui serrait le cœur, avouerait-elle un jour de dispute. Même le fantasme et la débauche étaient chez lui organisés méticuleusement.

Le fait est que, désormais, il vivait seul, si l'on exceptait bien sûr un nombre imposant de maîtresses de passage, pigistes de la presse anticapitaliste, éditrices de maison progressistes ou doctorantes en quête de conseils documentaires, toutes rencontrées à l'issue de conférences ou d'échanges de mails sur les concepts de Frantz Fanon ou l'œuvre linguistique méconnue de Noam Chomsky, échanges qui au bout de quelques jours se terminaient invariablement en allusions équivoques. Il ne les laissait jamais dormir chez lui.

Aux côtés de cet homme, Eliel Laurent avait entrevu la possibilité du crime politique. Il gardait le souvenir cuisant de l'avoir entendu défendre un soir, avec acharnement, le bien-fondé du meurtre politique, et notamment de ceux perpétrés dans les années 1980 par le groupe Action Directe. Il en avait eu un frisson d'horreur, quelle que soit l'admiration réelle qu'il avait pour le pape de Nanterre. Face à Laurent Bourdin, si perpétuellement sûr de son fait, si peu porté à prêter attention à la moindre objection de quiconque, Eliel avait pour la première fois osé émettre des doutes. La souffrance de la femme et des enfants du PDG de Renault assassiné en pleine rue, que pesait-elle dans la balance ? Un simple particulier, aussi riche et puissant soit-il, pouvait-il servir de victime expiatoire à tout un système ?

Aussitôt Eliel s'était vu rabrouer très durement. Il s'était alors réfugié dans le registre du commentaire à prétention ironique, qui échouait en réalité à dépasser le registre de l'aigre, demandant par exemple sur le dos de combien d'autres innocents la glorieuse révolution que l'universitaire appelait de ses vœux pourrait un jour se faire. « Objection de journaliste ! » s'était écrié avec un rictus mauvais Laurent Bourdin, aussi susceptible pour lui-même qu'il était peu précautionneux avec l'amour-propre des autres.

Ce jour-là, néanmoins, dans la sécheresse et l'emportement de son ami, dans son obstination à défendre une pareille équipée criminelle, confortablement assis devant un moelleux au chocolat Pierre Hermé, pâtissier de luxe, dans le refus de prendre en compte autrement que sous forme d'agacement hystérique le concret du crime, il avait senti que cet homme, par ailleurs si volontiers serviable et fraternel, avait quelque part tapie en lui la capacité d'envoyer au poteau d'exécution ses adversaires, avec aussi peu d'émotion que des rondins de bois à une scierie. Avec une certitude absolue, ce soir-là, Eliel avait senti cette possibilité chez son ancien professeur, et cela avait suscité en lui un puissant malaise. Pendant des mois, il s'était abstenu de le voir, et la seule évocation de son nom dans les conversations soulevait en lui une sorte d'écœurement difficile à qualifier. Puis l'habitude avait repris son cours.

Il est certain, et Eliel Laurent ne l'ignorait pas, que le penseur devait le tenir en peu d'estime. Journaliste : quel gagne-pain misérable pour un homme, aux yeux d'un intellectuel qui entendait laisser une trace dans l'histoire des idées et enseigner un jour à des *millennials* new-yorkais éblouis, pour qui il deviendrait le nouvel astre de la French Theory. La mode du radicalisme chez les jeunes branchés était la nouvelle faiblesse de Bourdin. Pour obtenir les faveurs de ce public convoité, à vrai dire méconnu de lui, puisque le sociologue venait familialement de la droite bourgeoise la plus endurcie, il était prêt à tout lâcher, même ses convictions véritables.

Le grand homme tenait souvent à Eliel, avec le plus grand naturel, des propos insultants sur sa profession, comme si seul un égarement paranoïaque pouvait aboutir à ce que ce dernier se sente éclaboussé par ce mépris pourtant largement étalé. Il lui avait dit un jour que, en cas de soulèvement, il aurait plaisir à voir le peuple envahir des rédactions et distribuer quelques coups de pied aux fesses des gratte-papiers qui se trouveraient sur son passage, et même à séquestrer quelques ronds-de-cuir de l'éditorialisme afin de les terroriser. « Juste quelques heures de retenue, ne vous inquiétez pas ! Je tiens la liste des suspects à votre disposition ! », s'esclaffait-il souvent lors de leurs dîners, comme d'une bonne plaisanterie. Mais l'on sentait à son regard soudain fixe, que d'autres mesures plus radicales lui traversaient alors l'esprit, et il faut bien reconnaître que, en soi, c'était un propos assez trouble.

De quoi aurait été capable l'homme au cours d'évènements exceptionnels ? Lors de l'été 1966 à Pékin par exemple, qu'aurait-il fait ? Au nom de la lutte contre les « quatre vieilleries », aurait-il appelé à saccager les temples d'une foi ancienne, à renverser des poubelles sur la tête de ses rivaux à l'université, à brûler les œuvres des écrivains réactionnaires ? Aurait-il comme Trotski, icône vertueuse de la grande révolution russe, qu'il admirait par-dessus tout, justifié l'exécution d'otages, femmes et enfants compris, arguant du fait que, pour un vrai révolutionnaire, les moyens sont organiquement subordonnés à la fin ? Une telle chose n'était pas impossible à concevoir.

Le monde des idées lui avait donné tellement de reconnaissance, sa vie entière en avait été si favorablement transformée, qu'il était prêt à lui sacrifier l'humanité entière. Il n'aurait pas été capable de souffrir pour ses idées, ça c'était bon pour le type humain sacrificiel, les Giordano Bruno ou les Jeanne d'Arc, les gens de l'ancien temps, or Laurent Bourdin croyait au progrès. Il aurait en revanche, tout à fait pu envoyer des adversaires à l'échafaud sans états d'âme, cela semblait probable pour quiconque l'avait un jour intimement approché, sinon même certain.

À l'évidence, c'était un homme d'éruptions pour estrades, pas un homme de la dissidence vécue, pas un de ces tempéraments froids qui trouvent l'essentiel de leur récompense dans le devoir accompli ou dans une métaphysique personnelle. Pas l'un de ces hommes dont Roberto Rossellini, dans *Rome, ville ouverte*, avait filmé l'archétype à l'issue des années de guerre, un de ces êtres fermes, inaccessibles à la flatterie, quelque part entre la gouaille imperturbable de Jean Gabin et la droiture simple de Jean Moulin. Mais ce genre de personnage avait-il jamais existé, du reste ? Une telle évocation aurait à coup sûr suscité le rire de Bourdin.

On trouvait toutefois des témoignages d'un semblable héroïsme. Un jour, lors d'une exposition au Grand Palais, à Paris, Eliel Laurent avait vu le fac-similé d'une lettre de Moulin, icône de la Résistance française, la dernière que le fondateur du CNR ait écrite à sa mère, en juin 1941, et sa simplicité, sa tranquillité, l'avaient terrifié par leur grandeur. « Je ne savais pas que c'était si simple de faire son devoir quand on est en danger », écrivait le fonctionnaire, sans autre commentaire, ni affectation quelconque, deux ans avant son martyre.

Il était bien clair que de tels hommes n'existaient plus, du moins plus en France aujourd'hui, sans même parler de son propre cas, bien sûr, car Eliel avait la conviction intime que, oui, il aurait « parlé », et que cette chose-là était somme toute parfaitement excusable. L'animal humain avait ses raisons, ses nécessités vitales, son refus obstiné de souffrir inscrit quelque part dans les profondeurs de son système nerveux, nul n'était tenu de supporter dignement un interrogatoire au chalumeau ou de se laisser arracher les ongles dans une cave. D'ailleurs, le maintien de soi, l'honneur, toutes ces notions étaient dépassées à l'heure où apprendre à se lâcher était devenu le modèle d'accomplissement humain ultime. Autrefois, on parlait de savoir se tenir, quelle blague.

Son ami Bourdin avait déjà eu l'occasion d'exprimer son plein accord avec lui sur cette question dépassée de l'héroïsme. La seule évocation du mot courage le mettait hors de lui. Quel vocable moralisateur éculé ! Quelle concrétion verbale petite-bourgeoise ! À nouveau, il avait déployé un grand rire de gorge, qui n'annonçait décidément rien de bon chez lui, lorsque Eliel avait un jour évoqué une consœur de son journal, intrépide petite furie d'un mètre cinquante, qui avait fait ses premières armes sur le terrain au Kosovo au milieu des années 1990. Celle-ci avait un jour solennellement déclaré à ses collègues au milieu de l'open space : « Je ne pourrai jamais coucher avec un homme qui me dit qu'il ne sait pas ce qu'il aurait fait en 1940. Ne pas savoir, c'est savoir. » Une phrase grotesque et méprisable à tous égards, avait tranché Bourdin autour d'une salade italienne dans une brasserie de la rue Soufflot. L'époque n'était plus aux saints, seulement aux échauffements et aux postures, même chez les meilleurs. D'ailleurs, si certains caressaient encore le rêve de tuer, plus personne ne voyait l'utilité de mourir.

5

Yoann était revenu chez lui, dans la ferme de sa famille, à trente kilomètres au sud de Guéret. L'arrestation avait été un choc terrible, dont les répliques se faisaient encore sentir chaque jour. Sa solitude ne lui avait jamais parue aussi absolue ; désormais elle était aussi lourde à porter qu'une difformité. D'ailleurs la solitude, passé un certain âge, n'est-elle pas le signe certain d'une sorte d'infirmité morale ? À personne, il n'osait confier la peur des fêtes de fin d'année qui approchaient désormais dangereusement. Trop fier pour se faire inviter, Yoann ne pouvait avouer, même à un ami de confiance, les soirées vécues seules avec ses vieux parents devant l'écran de télévision, à observer des visages béats de vedettes en smoking, sans occupation autre que la dissimulation de son propre isolement derrière des posts Facebook faussement festifs de bonne année.

« Ils ont tourné ça avant. Eux ils sont à leur vrai Réveillon ce soir, tu sais ! Pas comme nous, qui regardons ça comme des ânes. », disait chaque année sa mère, qui s'y connaissait pour casser l'ambiance. Femme de fermier pauvre, elle avait entièrement intégré sa condition de vaincue, de poussière insignifiante dans la grande horloge sociale, mais n'entendait pas pour autant se faire rouler, selon son expression. C'était une femme intelligente, quoiqu'ayant dû interrompre sa scolarité très tôt. Peu après son mariage, elle était devenue une ménagère entièrement dévouée au bien-être des siens, mais son âme était perpétuellement tourmentée. Depuis le déclin physique de son époux, travailleur agricole tôt devenu à demi-invalide, son ressentiment contre le monde entier avait enflé dans des proportions formidables. Cela rendait les conversations avec elle non pas sans intérêt, car elle avait des tournures amusantes, mais impropres à apporter le moindre apaisement. Son fils unique, Yoann, était son idée fixe, en même temps que son souffre-douleur. À moitié par amour, à moitié par vice d'esprit, elle lui inventait toujours toutes sortes d'ennemis imaginaires dans leur entourage, de prétendus amis minés par la jalousie, des périls invraisemblables auxquels elle seule avait pu penser, voire des maladies dégénératives qui le guettaient forcément dans un proche avenir, compte tenu de leur « patrimoine génétique pourri » disait-elle, s'ingéniant à remonter tout leur arbre familial pour en détailler les victimes passées.

Dans quelques semaines désormais, la soirée maudite du 31 décembre reviendrait, comme chaque année, et la seule perspective de la passer ainsi devant le grand poêle noir en fonte de la maison, était en soi une défaite existentielle profonde. Yoann préférait néanmoins cela à l'idée de vivre cette nuit de fête comme un élément surnuméraire au milieu d'une famille étrangère unie. Il en était venu à envier la vie de n'importe quel homme mal marié, de n'importe quel père de famille coincé dans la plus commune, et même la plus mortelle des existences. Avoir une femme pour vous empêcher de commander une deuxième bière, ou vous faire des scènes incompréhensibles pour un mot de travers, c'était déjà considérable, car c'était être quelque chose pour quelqu'un. Avoir mis au monde des enfants braillards qui vous empêchaient de vivre, et même de dormir, c'était déjà avoir gagné sa place sur terre, avoir la certitude d'être utile sans discussion possible à quelqu'un pour des dizaines années encore, peut-être même pour toujours, si par chance ceux-ci devenaient un jour eux aussi des parents.

Lorsqu'il allait dîner chez son ami Claude, père de trois petits de quatre à douze ans, ce sentiment de n'être rien, qu'une particule livrée à elle-même dans un éther sans bordures, le prenait à la gorge. Un spectacle lui brisait invariablement le cœur là-bas, dès qu'il se rendait dans les toilettes agréablement parfumées de leur maison, où à chaque coin de couloir, on butait sur un jouet ou une peluche. Celui des dizaines de cartes postales colorées des plages de toutes les vacances d'été passées en famille qui, collées soigneusement ensemble, sérigraphiées, et reproduites à l'infini, formaient comme une tapisserie sur le mur situé en face de la cuvette. La mère de famille avait eu l'idée de cette décoration originale en feuilletant un magazine d'art de vivre, acheté à la maison de la presse de Guéret.

Hammamet, Playa de Tamariu, les Sablettes, Punta Cana, plage du Lazaret, le Pila, et tant d'autres noms inconnus, dont certains étaient désormais à demi-effacés. Toutes ces semaines passées ensemble, tous ces avions, toutes ces heures de route, toutes ces valises faites et défaites, tous ces projets de l'hiver évaporés en quelques journées de chaleur étouffantes, tous ces lieux à peine explorés, déjà abandonnés, tous ces retours mélancoliques sous la pluie à Orly ou Roissy, avant de reprendre le bus ou le train pour la Creuse. C'est tout cela qui était matérialisé par ces photos alignées les unes contre les autres. Yoann connaissait désormais des zones entières du mur par cœur. Souvent il laissait son esprit vagabonder en les fixant, assis dans la pénombre sur la cuvette refermée. Il pensait à toutes les frustrations qu'il faut surmonter pour parvenir à vivre dans une même famille, à la banalité des mots, aux étreintes devenues mécaniques, souvent même inexistantes, à tout ce qu'il faut de renoncements pour en arriver à s'asseoir encore ensemble le soir, à la même table, et pouvoir se dire que, oui, malgré la routine, malgré les déceptions, malgré les trahisons peut-être, on approuve tout le chemin parcouru, on embrasse l'ensemble de ce temps traversé, et que l'on ne pourrait littéralement être nulle part ailleurs ce soir qu'autour de ce gratin de pâtes un peu brûlé, sur ces sets de table familiers, à entendre les mêmes anecdotes depuis une vingtaine d'années.

Son ami Claude était représentant d'une célèbre marque d'apéritif, et sa femme, serveuse chez un traiteur de la ville. Ils vivaient confortablement, quoiqu'étant loin d'être des notables, même pour une ville comme Guéret. Tout leur argent était en revanche mis dans leurs vacances d'été, fastueuses pour des gens du coin. Était-ce eux qui étaient des gens sans imagination, pour se satisfaire ainsi des nirvanas dérisoires d'agences de voyages, et se contenter d'un couple usé jusqu'à la trame ? Était-ce lui qui était un type à part, au point de n'avoir jamais pu se sentir heureux dans aucun couple ? Avec certaines filles, dont il s'était senti pleinement propriétaire, Yoann s'était mortellement ennuyé. Avec Sonia, au contraire, il avait été maladivement jaloux. Un seul regard de la brune aux traits fins en direction de son téléphone portable suffisait à lui gâcher la soirée. Il ne pouvait s'empêcher de lui imaginer des intrigues de bureau, des jeux de séduction coupables avec ses collègues, ou d'imaginer d'ex petits amis, avec qui elle aurait renoué un soir où Yoann et elle se seraient disputés, et avec qui les relations se seraient de fil en aiguille montrées à nouveau glissantes, comme la chose est courante quand on a déjà partagé le même lit.

Dès qu'un SMS tintait dans la poche du blouson de sa compagne à l'autre bout de la pièce, son cœur était prêt de s'arrêter de battre. Ce bruit-là, qui reproduisait de façon étonnamment réaliste le tintement d'un verre, était devenu pour lui celui-là même du malheur. L'enfer devenu sonorité. Si elle se précipitait aussitôt pour en prendre connaissance, il trouvait son impatience suspecte. Si elle ne prenait pas la peine de se lever, continuant à fixer sans trouble l'écran de la télévision, c'était à l'évidence de la dissimulation. Si Sonia, se levant, de dos avec ses bras fins, et ses fesses rondes, ne commentait pas le message, Yoann y voyait la plus sinistre confirmation de son soupçon. Pour plusieurs heures au moins, il pouvait en être anéanti, jusqu'à ce que son esprit torturé arrive à changer enfin brusquement de sillon, comme le saphir des anciens tourne-disques. Si commentant au contraire ledit SMS, elle évoquait d'un ton enjoué une amie connue de lui, il en ressentait à l'instant un puissant soulagement, comme si un shoot de morphine lui avait directement été planté dans l'encéphale, même si bien sûr l'idée du mensonge ne pouvait être entièrement écartée.

« Tiens c'est Elodie ! Elle a enfin trouvé un boulot dans la restauration. Je suis contente pour elle. »

« Ah oui ? Elle se couche tard dis donc, ta copine. »

« Il n'est pas si tard. »

« C'est tard quand même pour écrire à quelqu'un… surtout un dimanche. »

Même l'aumône d'un mensonge à demi suspecté, avait fini par devenir de l'eau clair pour Yoann, tant sa souffrance était grande. Jusqu'à parfois occuper l'essentiel de ses pensées dans la journée, depuis qu'il avait perdu son emploi au printemps dernier, et se trouvait très souvent désœuvré.

Le plus fréquemment, Sonia optait pour la pire des options. Insouciante et spontanée par tempérament, elle se levait généralement d'un bond pour regarder ses messages, et voyait rarement l'intérêt de les commenter. Avait-elle jamais eu conscience de la déflagration intérieure dans le cœur de son voisin de canapé à chaque tintement de son appareil dans la pièce ? C'était là l'un des grands mystères que même la séparation n'avait pu éclaircir. Il aurait évidemment préféré mourir à l'instant plutôt que d'avouer à sa compagne sa jalousie de chaque instant. En eu-t-elle d'ailleurs été touchée ? Eu-t-elle ri à l'instant, saisissant le visage de son amant à pleines mains ? Lui eut elle dit : « Mon amour, mon amour, quelle incroyable folie... je n'aimerai jamais que toi ! » ? Eu-t-elle pris des mesures radicales pour sauver leur vie commune, eu-t-elle par exemple accepté de renoncer à son portable ? La chose se voyait après tout dans certains couples, même si elle était bien entendu fort rare, du moins chez les moins de soixante ans. Les malentendus, la suspicion permanente, en eussent-ils à l'instant été évanouis ? C'était peu vraisemblable, compte tenu du caractère indépendant de la jeune femme, élevée sur des bases féministes comme la plupart des filles de sa génération, et peu portée par ailleurs à l'exaltation romantique.

Innocente, eu-t-elle été blessée par ses soupçons, lui assénant qu'il était un malade mental, un ayatollah creusois, un meurtrier de femmes en puissance ? L'eu-t-elle agoni de reproches, en femelle prise de furie défendant férocement son territoire ? Infidèle, eu-t-elle entortillé davantage ses ruses, le tourmentant plus sournoisement encore, jusqu'à l'insoutenable ? Nul ne le saurait, car Yoann n'avait jamais eu le courage de lui en parler, et s'était contenté de porter sa croix en silence, jusqu'au bout.

Il ne saurait probablement jamais non plus si elle l'avait un jour réellement trompé. Si un jour ses yeux avaient brillé aux phrases d'un autre, moins introverti, plus détendu que lui, après un pot de départ d'une promotion d'élèves à l'auto-école où elle travaillait à Guéret. Si elle avait ensuite accepté ce verre place Bonnyaud, où l'on trouvait la seule terrasse un peu classe de la ville, prenant le risque de voir surgir à tout moment son compagnon, alors qu'elle fumait une Marlboro sur le pas de la porte, en tripotant nerveusement ses mèches brunes. Il ne saurait jamais si elle s'était remaquillée avec soin aux toilettes, khôl noir et gloss rose pâle sur ses lèvres minces, avant de le rejoindre à table, enjouée et lascive, et tout ce qui s'ensuivait d'effroyable. Le savoir, connaître les détails de cette trahison, en posséder la preuve, eut été presque un réconfort pour Yoann après avoir enduré toutes ces hallucinations inavouables. L'idée d'avoir tout saccagé par le fait de seules chimères, était la pire des imaginations. Après avoir tellement douté, il avait faim de certitudes, même humiliantes, même obscènes.

Toujours est-il que désormais il était totalement seul face à la vie. Son caractère entêté disait certains, peu porté au compromis en tout cas, lui avait fait rompre avec beaucoup de gens depuis quelques années. Très présent sur le rond-point depuis le mois de novembre, et désormais au sein du groupe La Creuse Ensemble, son intégrité, reconnue par tous, et aussi sa prestance physique, il fallait bien le dire, en avaient fait une figure dans la région entière. On connaissait la haute taille de Yoann, et son visage farouche de paysan soldat surgi du siècle de Saint Louis. Ses mots soigneusement pesés étaient écoutés dans les moments d'incertitude collective, lorsqu'il fallait évacuer un ivrogne qui importunait les femmes, décider du bien-fondé de laisser la cabane ouverte toute la nuit, ou négocier avec la gendarmerie locale afin de gagner un sursis avant l'expulsion du rond-point.

Le mouvement avait apporté une puissante diversion à son isolement, et bien davantage encore. Le déploiement de son esprit, stoppé net par les horaires de travail harassants dès la sortie du lycée technique, s'était récemment remis en marche avec les joutes collectives, et les découvertes quotidiennes qu'il faisait sur le Web. Maintenant, le fils de paysans creusois, avançait à pas de géant dans le dévoilement du monde. La prédation capitaliste, les avancées de la Chine face à une France en train de solder tous ses biens publics, l'obtention de la Sécurité sociale à l'époque où les Russes faisaient encore trembler le bourgeois, le saccage de la nature entière, les élus à la solde des lobbies bruxellois et des banques, le déterminisme scolaire qui avait définitivement banni les fils de prolétaires des écoles de l'élite, tout était en train de s'emboîter méthodiquement dans sa tête. Hier encore le monde était dur, et indéchiffrable. Il offrait aujourd'hui pour Yoann un visage plus féroce encore, mais également plus lisible, révélant son affreuse logique. Il offrait enfin une prise.

6

Ce qui frappait dans la masse de manifestants qui, par grappes de silhouettes noires cuirassées de jaune vif, commençaient à se rassembler, ce 1er décembre, dans un froid glacial au pied de l'Arc de triomphe, c'était l'impression de fierté.

En une semaine à peine, l'effet d'étrangeté du samedi précédent, où beaucoup semblaient encore errer sur les Champs-Élysées comme des groupes de boy-scouts intimidés dans un jeu de forêt, était passé. La foule prenait ses aises, humait l'air matinal avec confiance, se renforçait à chaque minute dans les regards conquérants qui se croisaient, avec tout le charme d'une timidité à peine surmontée. On sentait une puissante joie flotter dans l'air comme un étendard. Les drapeaux français croisaient les drapeaux noirs de l'anarchie, les cœurs de Vendée ondulant au vent côtoyaient des mots d'ordre punks sur les murs, toute une France écartelée par tout ce que la répulsion politique réciproque et la formation des imaginaires sur des siècles entiers peuvent produire de forces centrifuges fusionnait à nouveau, pour la première fois peut-être depuis la Libération.

Tôt levé, Eliel Laurent était arrivé peu avant dix heures sur la place de l'Étoile. Son reportage devait être prêt pour l'édition du soir, il n'allait pas falloir chômer. En début d'après-midi, après un bagel attrapé dans un des bars à sandwichs luxueux du quartier Saint-Augustin, il pensait plier les gaules et foncer écrire son reportage à la rédaction, au bout de la ligne 8 du métro. Le matin, il avait rempli ses poches de flacons de sérum physiologique et s'était également muni du chèche de ses années lycée, ainsi que de lunettes de piscine pour se protéger des gaz, avant de s'enquérir de l'état de la circulation des métros sur le plan en ligne des transports parisiens. Plus d'une trentaine de stations étaient fermées, du jamais vu. Tout le Paris de l'Ouest, la rive droite des riches, celle des m'as-tu-vu et des cathos à veste de chasse, semblait notamment se préparer à recevoir un assaut ennemi. Il se décida à rejoindre le théâtre des opérations au niveau des fleuristes du métro Ternes, pour remonter ensuite l'avenue de Wagram en direction de l'Arc de triomphe.

Sur la messagerie cryptée Telegram, un contact d'Eliel l'avait informé d'événements tout à fait inhabituels. Ce commissaire de police qui travaillait au cabinet du ministre de l'Intérieur n'en revenait pas lui-même. Peu avant cinq heures du matin, la compagnie de CRS déjà positionnée devant la grille du Coq, à l'arrière du palais où séjournait le président de la République, avait pu constater avec stupéfaction la présence de premiers manifestants. Une heure plus tard, ils étaient près de sept cents à se masser dans tout le quartier. À huit heures quarante-cinq, les premières grenades lacrymogènes avaient été tirées pour tenter de doucher les ardeurs de cette foule inconnue et fluidifier les artères. Du jamais vu, là encore, à une heure si matinale. Les spécialistes du renseignement intérieur le savaient : cette journée ne ressemblerait à rien d'ordinaire, pas même aux barricades de la semaine précédente, dont l'humiliation était encore cuisante pour les hommes de la police.

Nous étions le 1er décembre 2018, et Eliel Laurent s'apprêtait en effet à assister à l'une de ces convulsions de l'Histoire que des générations d'esprits brûlés par la politique ont désespéré de ne pouvoir un jour traverser de leur vivant. Le réveil d'un dragon dont la gueule pleine de flammes viendrait bientôt lécher les murs des hôtels particuliers du VIIIe, les avenues aux noms de maréchaux figées dans la pierre de taille de la richesse, un ordre auquel plus personne ne songeait à demander ses titres, dont l'injustice semblait justifiée pour les siècles des siècles et qui se voyait brutalement remis en mouvement comme un magma fluide.

Par un processus émeutier dont nul n'aurait pu donner aisément la formule, le problème de la taxe sur les carburants s'était précipité en problème Macron. La figure même du président de la République, son ambiguïté personnelle, mi-rapace au profil acéré, mi-garçonnet aux yeux bleu tendre, son éternel sourire d'insoutenable *winner* pour saga entrepreneuriale, l'étreinte infernale des multiples injustices qu'il infligeait depuis son élection à un peuple déjà très abîmé, tout cela avait remué des choses invisibles dans les profondeurs du pays. La haine qu'il suscitait, lui qui n'était après tout qu'un des nombreux garçons d'étage du capital, était devenue fabuleuse. Elle débordait désormais de toutes les bouches mal soignées, mal nourries, d'un pays où les patrimoines des nouveaux grands voyaient leurs dividendes croître sans mesure depuis déjà des années. Son patronyme lui-même, Macron, rimait avec démission, avec destitution, avec abolition, et même avec pognon. Lui qui, un mois avant son élection, s'était introduit une nuit dans la basilique Saint-Denis, où il avait rêvé de restauration devant la tombe des rois de France, était devenu le spectre honni qui hantait un peuple régicide.

Sur le plateau de l'Arc de triomphe, la situation avait mûri en un éclair. Interdite de sortie et d'entrée depuis une heure, la foule qui venait de toutes les provinces s'était équipée de masques de toutes sortes afin de ne pas se laisser surprendre comme la semaine précédente. Elle tournait en rond, à la manière d'un tigre en cage, lorsque soudainement une profusion de grenades lacrymogènes fut tirée de toutes les directions. La foule entière rugit et se cabra. Impuissant à interviewer qui que ce soit au milieu de l'épais brouillard de gaz qui se reformait à intervalles réguliers et obligeait à mettre un terme immédiat à toute action, Eliel Laurent avait même perdu son coéquipier dans la brume. C'était cela, la force secrète des grenades lacrymogènes : contraindre chacun à se recentrer sur un minuscule périmètre formé par ses propres poumons suffocants et ses yeux brûlants. Casser la puissance de la multitude en ramenant chacun à ses organes.

Les communications Telegram étaient coupées, la désorientation totale. À un moment donné, il eut l'idée de se réfugier le long de la paroi de l'Arc de triomphe en grimpant sur l'un de ses contreforts, minuscule silhouette de chair plaquée contre la pierre monumentale. Depuis cet abri, niché au creux du pilier Nord de l'Arc, ainsi qu'il l'apprendrait plus tard, il pouvait observer l'extrémité des différentes avenues, obstruées par l'ombre noire des formations gouvernementales, et l'incroyable ballet des différents groupes jaunes, étrangement coordonnés, audacieux, presque dominateurs.

Le lendemain, il apprendrait également dans la presse que l'intérieur de l'Arc de triomphe, où il n'était jamais entré, avait été enfoncé à coups de banc de béton et de plots d'acier, et entièrement saccagé, pillé par quelques voyous qui s'étaient, comme c'est souvent le cas, greffés sur l'émeute. Une charge de CRS isolée, partie du haut de l'avenue de Friedland, fondit droit sur son refuge de fortune. Pendant un instant, pris en tenaille entre les CRS et les manifestants lançant des pavés à toute volée, il crut qu'il ferait partie de ces dégâts collatéraux de la grande Histoire, de ces victimes involontaires de conflits qui les indifféraient, de ces cibles ridicules de tirs amis, comme l'armée les appelait, ou encore de ces simples passants embarqués et fusillés sur un malentendu. « C'est trop bête, tout de même », eut-il juste le temps de penser avant qu'une main ne l'empoigne fermement par le col, son camarade du journal à l'instant même recraché par le nuage de gaz, pour le tirer de force hors de la zone de danger.

« Mais enfin, à quoi tu penses ? Tu es totalement malade, Eliel ! Tu veux mourir, ou quoi ? » En écoutant les mots hurlés par son collègue, il prit conscience de la torpeur mentale qui l'avait envahi un instant et empêché de se sauver, littéralement cloué sur place. Était-ce la rapidité des gestes qui l'avait pétrifié, ou leur caractère inédit ? Était-ce un manque d'attachement à sa propre peau, une hébétude face à la vie elle-même, ce sentiment qu'il sentait monter en lui depuis des mois déjà ? Tête baissée, presque rasant le sol, les deux hommes gagnèrent l'autre côté de la place, vers l'avenue Marceau, obligés de se toucher à l'épaule au milieu de l'épais nuage de gaz pour ne pas se perdre définitivement dans les nuées blanchâtres. Avant de sortir de la nasse grâce à leur carte de presse, les manifestants restant, eux, inflexiblement bloqués à l'intérieur, ils se retournèrent et contemplèrent un long moment le spectacle le plus incroyable qu'il leur ait jamais été donné de voir.

Une foule immense, un millier de corps peut-être, comment le savoir, encerclait un groupe d'hommes en armure noire. Par cercles concentriques puissants, d'une amplitude presque irréelle, elle les contraignait à reculer encore et encore, toujours davantage, vers le centre de l'Arc, où aucune issue ne les attendait. Un instant, Eliel s'imagina dans un film d'époque, sur un immense champ de bataille plongé dans la brume, au milieu d'un bataillon de figurants d'une armée ancienne. Sa légère myopie lui permettait seulement de distinguer les mouvements, non les détails de ce ballet sublime où la garde royale, dont on ne distinguait par moments que les casques, se trouvait en grande difficulté. Il n'en était que plus absorbé, entièrement, par cette scène extraordinaire. Ce jour-là, peu avant midi, le visage ravagé par les larmes sans émotion provoquées par les gaz, Eliel Laurent vit la force en échec. Il vit la troupe en détresse, sans recours face à la foule, presque prête à implorer la clémence. Il vit la puissance de l'État se soumettre face à l'avancée fulgurante de l'émeute. Il vit tout cela qui ne survient jamais, même pas une fois par siècle, mais aucun mot ne vint mettre le sceau de la certitude sur ces impressions puissantes. Aucun souvenir ne vint à son aide pour saisir la nature de ce qu'il était en train d'embrasser du regard. À peine Eliel eut-il réussi à rejoindre l'arrière du Drugstore des Champs-Élysées que l'indifférence retomba dans son cœur. Comme un rêve dont la puissance nous torturait, il y a quelques secondes encore, s'évapore avec une déroutante immédiateté si l'on n'en note pas les détails au réveil, il était déjà passé à autre chose.

La plupart des êtres ont besoin de confirmations collectives, après coup, pour comprendre la nature de ce qu'ils ont vécu. Rien n'est jamais historique au ras du bitume, dans le bruit et l'action, même pour les protagonistes du moment. L'Histoire commence sur le cadavre des événements, une fois la fièvre retombée, dans la nostalgie éperdue des acteurs ou dans le pas de recul effrayé des observateurs, quand le linceul des mots vient recouvrir des réalités honnies ou chéries, dans la bataille des récits sincères ou obliques, quand les épithètes et les adjectifs tombent comme des sentences pour décider de ce qui sera anecdote négligeable ou bascule décisive du temps.

Même un regard pétri d'Histoire aurait d'ailleurs eu du mal, peut-être, à évaluer sur le vif la teneur véritable des scènes vécues ce 1er décembre. Paris fut autrefois si généreux en soulèvements depuis recouverts par l'oubli. Le 12 janvier 1870, près de deux cent mille hommes descendent les Champs-Élysées pour venger la mort de Victor Noir, journaliste de vingt et un ans et fils de meunier tué par un parent de l'empereur Napoléon III. Le pouvoir vacille, l'insurrection pointe dans ces mêmes beaux quartiers de l'Ouest, avant que l'incendie ne reflue. Un an plus tard, alors que chacun pensait le brasier éteint, ce sera la lame de fond couleur sang de la Commune de Paris.

Mais l'incompréhension froide d'Eliel Laurent, c'était encore autre chose que le scrupule de l'historien face à l'événement cru. Comme tous les anciens lycéens des années 1990, il connaissait deux ou trois banalités sur les sans-culottes, à peine quelques chromos sur le Front populaire ou sur le Programme commun de 1981. Il ignorait en revanche jusqu'à l'existence d'événements tels que la Commune de Paris ou les journées sanglantes de 1848, où la bourgeoisie communia littéralement dans le meurtre des ouvriers. Eliel n'aurait pas davantage pu situer tout cela dans le temps. Tout était flou dans sa tête, sans consistance. Parfois, lui-même s'en apercevait du reste avec tristesse. Surtout lorsqu'il rencontrait Frédéric Chatel, un de ses amis d'enfance, qui avait réussi à intégrer une grande école et connaissait des anecdotes historiques mordantes sur Churchill, pouvait citer le nom de tous les bars fréquentés par Fitzgerald ou déclamer quelques vers d'un poète de la Renaissance afin d'impressionner la tablée. Les filles, même les plus écervelées de la bande, adoraient cela. Eliel en concevait une envie presque indicible à son égard. Au fond, il ne savait rien, et toute sa génération était plus ou moins dans la même situation que lui, du bas en haut de la société, à ceci près que lui le savait et s'en voulait. Il ne connaissait pas grand-chose à l'histoire politique de son pays, et si peu aussi à sa littérature. Par tempérament, il n'était de toute façon guère porté à l'épopée. Seuls les deux grands conflits mondiaux lui avaient été à peu près enseignés en profondeur, du moins il en connaissait quelques détails pittoresques, quoique sur le mode humanitaire sentimental qui formait pour l'essentiel la tonalité du temps. L'oubli lui-même avait été recouvert par l'oubli.

7

« La journée d'hier restera pour la nation une blessure collective. » Le patron du *Figaro* opta résolument pour le registre grandiloquent dans son éditorial en une le lendemain, tandis que, sur les plateaux de télévision, des perruches bijoutées et de vieux bonimenteurs médiatiques, habitués à toutes les ruses et à toutes les grimaces, décrivaient sans relâche, depuis la veille, une fureur de détruire pour détruire. Les grands mots et l'indignation réflexe des gens d'ordre confrontés à pareille secousse dissimulaient toutefois mal leur propre incapacité à prendre l'exacte mesure des événements. C'était à n'y rien comprendre, en vérité. La veille à Paris, en une journée, plus de grenades avaient été tirées par une police débordée de toutes parts qu'en un an dans tout le pays. Deux cent trente départs de feu avaient été recensés dans la ville, ainsi que d'innombrables dégradations. Et, cependant, partout l'on avait chanté *La Marseillaise* avec ferveur, partout l'on avait brandi le drapeau, dans un esprit évoquant décidément bien peu le hooliganisme, le brigandage, ou l'irrespect soixante-huitard à l'égard de l'ordre que mettaient en avant les chiens de garde de la bourgeoisie pour condamner le mouvement. Des émeutiers avaient même protégé la flamme du soldat inconnu en se donnant fraternellement la main sous l'Arc de triomphe autour de la tombe, restituant tout son sens à ce symbole usé, depuis longtemps profané par toutes sortes de passages éclairs de chefs d'État à l'esprit occupé lors de cérémonies mécaniques.

Les éditorialistes conservateurs se trouvaient pris à contre-pied par ces émeutiers sans expérience, sans passé judiciaire, animés par le goût du travail, du drapeau et des bonnes mœurs. Il était tout de même délicat, idéologiquement parlant, de tourner les faits de la veille en émeute antinationale, sauf à postuler que tout trouble, toute atteinte à l'ordre public, était en soi une agression contre la patrie. C'est ce qu'ils firent. Sans le moindre état d'âme, ils dressèrent le portrait de ces travailleurs de l'aube qui ne réclamaient que leur dû, dans un des pays les plus favorisés du monde, en vandales assoiffés de violence, en partisans de l'anarchie, en pendards en attente d'un mauvais coup.

Les voyaient-ils réellement ainsi ? Méconnaissaient-ils à ce point les réalités du pays et les aspirations de leurs concitoyens qui trimaient tout en bas ? Agissaient-ils au contraire cyniquement, en conscience, voire en connivence avec un pouvoir qui, la veille, avait vu sa propre mort en face ? Ne rien savoir et ne rien vouloir savoir avaient fini par se confondre pour le personnel intellectuel, politique et médiatique au service des grandes fortunes du pays. D'ailleurs, il y avait si longtemps que les entrailles du peuple ne s'étaient pas manifestées à l'air libre, et que celui-ci besognait en faisant oublier son existence même, qu'on ne savait rien de lui. On parlait même tout à fait sérieusement, dans les publications savantes du CNRS, de la disparation de la classe ouvrière, ce qui était sans doute vrai concernant les travailleurs des hauts fourneaux, mais totalement absurde pour ce qui était de l'innombrable masse affectée à toutes les tâches mal considérées, ingrates, parfois effroyables.

Hormis la très grande pauvreté et la très grande richesse, on disait que le pays entier s'était moyenné dans une seule catégorie informe qui, globalement, mangeait à sa faim, regardait les mêmes séries télévisées, s'intéressait aux mêmes footballeurs et aux mêmes playmates de clips musicaux, partageait le même engluement dans la matérialité, sans la moindre fenêtre ouverte sur un quelconque idéal, religieux ou politique, sans le moindre rituel, hormis Noël peut-être, et le fameux spasme de la présidentielle. Tous les cinq ans, celui-ci s'apparentait d'ailleurs plus à l'excitation de stade qu'à une quelconque émotion politique.

Le peuple avait littéralement été escamoté. Il n'intéressait plus, même pour faire peur, même pour faire rire. Même la figure du « beauf », qui faisait encore s'esclaffer les lecteurs de périodiques dans les années 1980, avait disparu des imaginaires. Ce partisan du Front national que les caricaturistes présentaient en survêtement, poussant son caddie dans une grande surface aux côtés d'une femme obèse et sans grâce, ne prêtait plus à rire. Ces gens-là, même sous les aspects difformes de la farce, avaient littéralement disparu. Ils avaient été engloutis dans une espèce de trou noir de la représentation collective. On n'envisageait même plus leur existence. Comment une telle chose avait-elle pu arriver ?

Les éditorialistes de la gauche libérale, en professionnels chevronnés du mensonge, cherchaient, eux, à minimiser la situation de la veille. Tout cela n'avait évidemment pas été un nouvel épisode de la Liberté guidant le peuple à travers l'Histoire, mais l'agitation de quelques trublions gorgés de pintes, pour la plupart très à droite, la haine de l'autre en bandoulière, et pour tout dire franchement indéfendables. Rien ne se réglait jamais par la violence, seulement par la négociation, la réforme entre partenaires, la bienveillance pour tout dire. Cette doctrine finissait par rejoindre en tout point les principes affichés par l'actuel président de la République, qui durant sa campagne électorale avait invoqué la renaissance de ces vertus comme boniment permettant de jeter un voile pudique sur la violence du nouvel ordre qu'il entendait inoculer au pays dès son accession au pouvoir.

Fort heureusement à leurs yeux, la situation était sous contrôle grâce à des forces de police républicaines durement éprouvées, mais solides sur leurs os. En faisant sa revue de presse, quelques temps plus tard, Eliel Laurent lut que son préfet de police s'était laissé aller à des confidences : « Je n'ai jamais douté que nous l'emporterions, mais pour la première fois de ma vie, j'ai compris que la République, les institutions, toutes ces choses qui nous sont chères, et que nous croyions acquises de toute éternité, pouvaient tomber du jour au lendemain, renversées par une foule haineuse. »

Cette dernière expression, «foule haineuse», fut du reste jugée si heureuse dans les hauts cercles que le président lui-même la reprendrait mot pour mot quelques semaines plus tard dans ses vœux de Nouvel An adressés à l'ensemble des Français. De là à revenir en odeur de sainteté, il y aurait néanmoins encore du chemin pour le haut fonctionnaire, plus que jamais sur la sellette après le saccage de l'Arc de triomphe, dont le récit avait pris des proportions méphistophéliques dans les journaux, du très conservateur *Figaro* jusqu'à *Libération*, en passant par toutes les antennes, où l'on entendait de hauts cris.

C'était donc cela, désormais: la presse de progrès parlait comme le pouvoir, qui elle-même parlait comme la police, dans un continuum qui n'étonnait plus que quelques originaux, et tout cela avait fini par former le fond même de l'esprit public. Ainsi le spectacle d'une trottinette électrique en feu était-il devenu plus inquiétant, et finalement plus révoltant aux yeux d'un trentenaire parisien travaillant dans l'édition ou la communication, que celui d'une matraque s'abattant sur le crâne d'une mère de famille touchant les minima sociaux ou d'un retraité corrézien monté pour la première fois de sa vie se faire entendre des puissants à Paris. Dans son dernier avatar historique, la figure des *honnêtes gens*, ces bourgeois endurcis qui de tout temps avaient préféré soutenir une injustice plutôt qu'assister à un désordre, s'était considérablement modernisée et étendue à des franges inattendues, et pour tout dire plus séduisantes, de la population. Désormais, ce n'étaient plus seulement les grenouilles de bénitier du passé qui raisonnaient ainsi, les pharmaciens étriqués de province, les détenteurs de portefeuilles financiers bien garnis, c'étaient les attachées de presse écologistes, les *startuppers* les plus cool, sans parler bien sûr de tout le personnel parisien des affaires, de la mode et du spectacle.

C'est ainsi qu'aucune voix parmi celles qui étaient encore invitées dans les grands médias, ne rendit ce jour-là justice à la sombre émeute qui avait remis le peuple et sa puissance en pleine lumière. Tout le monde détourna le regard face à cette masse inconnue et menaçante. Même les universitaires de gauche les plus en vue observaient prudemment à distance. Ce qui n'avait pas d'existence ne pouvait en tout état de cause pas avoir surgi. Les hipsters parisiens se racontaient des histoires en frémissant, le soir, aux terrasses des cafés du canal Saint-Martin ou dans les restaurants branchés du bassin de la Villette. L'un avait aperçu une vieille Peugeot à la saleté repoussante, gilet jaune ostensiblement étalé sur le siège passager, garée en bas de chez ses parents. L'autre avait vu les nouveaux barbares à quelques mètres de lui en allant faire une course pour l'anniversaire de sa petite amie, boulevard Haussmann. Enfermé pour un moment par les vigiles à l'intérieur du grand magasin, il en avait conçu une fureur sans limite à l'égard de ces individus au regard torve, jaunes et noirs comme des guêpes, qui l'avaient pris en otage, c'était bien le mot, lui qui n'était pour rien dans leurs histoires et s'en moquait éperdument.

On avait du mal à se figurer désormais que Paris avait autrefois été la ville de la sédition, celle des faubourgs populaires de la porte Saint-Martin et de Belleville, où une multitude laborieuse avait encore droit de cité.

On avait du mal à penser que cette ville ait pu un jour faire trembler le pays entier, la presse bourgeoise de province la qualifiant de « cancer de la France » peu avant la flambée de la Commune et sommant le gouvernement de la réduire définitivement par les armes. On n'imaginait tout simplement pas qu'une ruche d'agitateurs, d'écrivains exaltés et de conspirateurs ait pu hier encore en occuper les cafés enfumés. Il était même invraisemblable que, un siècle et demi plus tard – autant dire un surplace à l'échelle monumentale de l'Histoire –, la butte Montmartre, autrefois surnommée le mont Aventin de la révolution, soit devenue ce lieu du faux où même les pavés semblaient en silicone, où l'on croisait des mariées japonaises marchant sur la pointe de leurs escarpins pour ne pas abîmer leur robe, et où des acteurs vedettes retraités habitaient de vastes maisons aux stores perpétuellement baissés.

La ville entière avait été vitrifiée par l'argent comme par un désastre nucléaire. Tout ce qui avait pu sécréter l'indiscipline des siècles passés en avait été à jamais nettoyé. Aucun pauvre, aucun travailleur manuel, aucun livreur payé à la course, ne pouvait même simplement dormir entre ses murs. Les loyers pour une simple chambre de bonne avec kitchenette atteignaient facilement les huit cents euros mensuels. Rien ne pourrait un jour sortir du ventre de Paris qui soit à nouveau menaçant pour le pouvoir. Le prix de cela était que son charme vital s'était entièrement évanoui, sauf pour quelques esprits superficiels, bien sûr, qu'une tournée des bars à Oberkampf ou une pipette de LSD suffisaient à convaincre de la survie de la nuit parisienne.

La certitude de cette mort-là jetait la plus puissante des mélancolies dans l'esprit des autres.

Ce n'étaient pas les Parisiens, ni même les banlieusards, qui s'étaient à l'évidence soulevés la veille, le 1er décembre, et avaient embrasé les artères de la ville. Une transfusion de sang frais venu de toutes les provinces françaises avait été nécessaire à cette résurrection, mais le résultat était là : le pouvoir avait tremblé, et il tremblait encore. On vit le Premier ministre, grand échalas guindé à l'œil dur que le président était allé chercher, à son habitude, dans le camp adverse, se précipiter à la tribune de l'Assemblée nationale pour annoncer une suspension partielle des taxes controversées. On sut, dans certains cercles, que ce dernier avait confidentiellement reçu des hauts gradés militaires pour tenter de s'assurer de leur loyauté. Auprès de lui, les généraux consultés avaient néanmoins été clairs : jamais ils ne donneraient l'ordre de tirer sur le peuple français si d'aventure celui devait pénétrer dans un bâtiment public, fût-ce le palais de l'Élysée. Des solidarités inobservées depuis des décennies se recréaient dans les tréfonds de la société. Le parti de l'argent n'avait pas encore tout dévoré, il ne tirait pas toutes les ficelles. Certains corps constitués résistaient encore pour quelque temps. Bizarrement, ce n'était pas dans les rangs de ceux que l'on payait pour penser que les dissidents se comptaient.

8

« Je vous l'avais bien dit, mon jeune ami, l'armée française ne lui est pas acquise. » Le préfet avait maintenu son rendez-vous avec Eliel Laurent sur l'île de la Cité, en ce milieu de semaine pourtant extraordinairement chargé. « Néanmoins, je vous l'annonce, dès samedi prochain nous pourrons compter sur quelques blindés. Purement symboliques, évidemment. Quel usage pourrions-nous bien faire de ces vieux machins rouillés ? » Le pouvoir était debout encore, mais il chancelait. La France vivait des heures dont, selon sa provenance, chacun ressentait l'ivresse ou l'effroi, front contre front, classe contre classe.

Comment le préfet pouvait-il trouver encore le temps et même la force de le recevoir, se demandait Eliel tout en l'écoutant. Sans doute ces séances de travail lui permettaient-elles de ne pas se laisser happer entièrement par le souci, par la hantise de déchoir, et de continuer à analyser le tableau d'ensemble avec distance, du moins à tenter de le faire. Quelques jours plus tard, ce serait un nouveau samedi, une nouvelle épreuve, les dés de l'Histoire rouleraient à nouveau sur les Champs-Élysées. Mais ce que le pays ignorait encore à cette heure, c'est que cette fois-ci l'Élysée avait décidé de les piper. Ainsi que le préfet le fit comprendre à Eliel, la doctrine avait changé en haut lieu. L'heure de l'affrontement loyal était révolue. La partie ne pouvait plus être laissée au seul hasard. Un autre samedi de chaos comme ce funeste 1er décembre, et l'autorité de l'État serait à jamais ruinée, avec toutes les conséquences qui pourraient s'ensuivre.

L'attente pétrifiée des premières semaines ne pouvait plus suffire. Il fallait terrifier l'ennemi désormais. Il fallait susciter la peur dans les entrailles dès le petit matin, à l'heure de garer sa voiture et d'éteindre ses phares aux abords de Paris pour gagner le cœur de la ville. Décourager les chargés de famille, faire en sorte que les petits, et les vieux, supplient les hommes et les femmes dans la force de l'âge de rentrer intacts le soir. Il fallait extorquer la docilité à défaut de l'adhésion ou du respect. Toute la violence de l'État serait mise à contribution. Toute la haine du pouvoir bourgeois pour la plèbe, qui n'avait pas trouvé à s'exprimer depuis un siècle et demi, du moins pas en métropole et pas à l'égard des autochtones blancs de peau, serait à nouveau convoquée. Le préfet s'exprimait de façon contournée, assurant au journaliste que, naturellement, nul ne le ferait jamais dévier de sa ligne républicaine, qu'il continuerait à marcher sans peur ni reproche dans les traces du préfet Grimaud, son homologue de Mai 68, un humaniste ferme, disait-il, qui renonça à faire couler le sang sur les pavés du Quartier latin.

« Dites-vous bien et répétez-le autour de vous », avait écrit le haut commis ardéchois à ses hommes en 1968, au bout de vingt-cinq journées d'émeute au moins aussi inquiétantes qu'aujourd'hui pour la sûreté de l'État, « toutes les fois qu'une violence illégitime est commise contre un manifestant, ce sont des dizaines de ses camarades qui souhaitent le venger. Cette escalade n'a pas de limites. Dites-vous aussi que, lorsque vous donnez la preuve de votre sang-froid et de votre courage, ceux qui sont en face de vous sont obligés de vous admirer, même s'ils ne le disent pas. »

À cette heure pourtant, Eliel observait avec circonspection le visage devenu familier au fil des mois du préfet. Celui-ci offrait une expression chattemite, faussement conciliante et authentiquement dure, pas très éloignée de celle du précédent président de la République, avec qui il avait été du reste la même année sur les bancs de l'ENA, dans une promotion passée à la postérité comme celle de tous les renoncements. Ce dernier président, homme d'appareil au ventre rebondi, éternel combinard qui s'était sabordé en introduisant le jeune Macron en politique, tenait lui-même ses manières d'un prédécesseur illustre, François Mitterrand, celui-ci les tenant pour sa part d'on ne savait où. De l'esthétique en vigueur dans les cercles du pouvoir fréquentés durant sa jeunesse, très certainement. Le vieux sphinx parcheminé, qui réussit enfin à se faire élire en 1981, n'écrivait-il pas à sa propre sœur, après avoir aperçu Pétain au théâtre au cours de l'année 1942 : « Il est magnifique d'allure, son visage est celui d'une statue de marbre. »

Du temps de sa jeunesse, Mitterrand avait été l'un des hauts fonctionnaires de son gouvernement de collaboration avec le pouvoir nazi, en charge des informations relatives aux prisonniers détenus en Allemagne, « à ce titre principalement chargé de la diffusion des mensonges », écrirait à ce sujet le quotidien *L'Humanité* après la guerre. Mise à plat, cette série de faits, pourtant connue de tous, restait toujours aussi peu croyable, et montrait de quel oubli effrayant était capable ce pays. Ainsi, du vieux Maréchal au jeune Macron, dernier rejeton de la lignée catastrophique qui avait mené la France jusqu'aux Gilets jaunes, une ligne obscure était en train de se tracer. Eliel Laurent lui-même, lecteur de revues gauchistes à ses heures, ne pouvait s'empêcher d'y penser, cet après-midi là, alors qu'il était assis dans les locaux lugubres de la préfecture.

Eliel ne parvenait pas non plus à sortir de son esprit l'intervention du préfet qu'il avait écoutée quelques jours auparavant sur une chaîne d'information en continu. Il l'avait entendu louer la modération du pouvoir dans l'emploi de la force lors des précédentes semaines, affirmation en soi plus que discutable. Pour la première fois, il l'avait entendu mentir surtout, affirmant que seul un blessé sérieux était éventuellement à déplorer lors du 24 novembre sur les Champs-Élysées, « sans doute parce qu'il voulait ramasser une grenade à terre », avait-il affirmé piteusement. Cet étourdi, malencontreusement estropié pour avoir prétendument ramassé des grenades comme d'autres ramassent des pommes de terre, était en réalité un jeune apprenti chaudronnier qui serait désormais manchot pour le restant de ses jours, et nul ne l'ignorait à la préfecture. Un tout jeune homme, dont la main avait été arrachée par une grenade GLI-F4 alors qu'il filmait paisiblement les événements sur son iPhone, s'apprêtant à quitter les lieux en direction de l'avenue Franklin-Roosevelt aux côtés de ses frères et sœurs. Rien ne pouvait justifier une telle attaque, une telle sauvagerie. Pire encore, tout le monde dans la hiérarchie policière en connaissait l'auteur. L'affaire avait fort heureusement réussi à ne pas être trop ébruitée, les journalistes se montrant encore compréhensifs. Apprenant les détails de la blessure, la main pulvérisée, les doigts pendants, Eliel en avait eu un haut-le-cœur. Voir son préfet mentir aussi crûment sur cette douloureuse affaire lui avait été pénible, même s'il aurait été bien en peine de lui dicter la conduite à tenir.

Mais où voulait aujourd'hui en venir le fonctionnaire avec ses mines sombres et ses propos alambiqués ? Eliel eut un mauvais pressentiment. Une espèce d'angoisse l'étreignit, et il se jura de ne pas retourner dans le quartier des Champs-Élysées le samedi à venir.

« Ce ne sont pas les mêmes émeutiers, vous savez, poursuivit le préfet. En 68, nous voulions refaire le monde. Ceux-ci veulent le détruire. L'ultradroite est à pied d'œuvre dans la rue. Ils ont perdu dans les urnes, ils reviennent aujourd'hui pour prendre leur revanche. »

Ce point-là restait à démontrer. Eliel fit remarquer que, quel que soit le peu de sympathie immédiate que ces gens lui avaient inspiré, aucun des manifestants qu'il avait interrogés ne lui avait spontanément parlé d'imams à raccompagner aux frontières, ni de grand remplacement, ni d'aucune question ethnique d'aucune sorte. Un seul incident, sur les Champs-Élysées, lui avait à vrai dire évoqué les ligues de la droite extrémiste, univers très éloigné de ses bases, quoique sur un mode si caricatural qu'il en était folklorique et presque irréel. Un individu de petite taille vêtu d'un pardessus noir – presque un nain, s'était dit Eliel sur le coup – avait traversé la large avenue devant lui à toute allure, lui coupant la route en direction de la rue Balzac. Au passage, il avait pu distinctement l'entendre hurler : « À bas la République, vive la France ! » Sidéré, Eliel l'avait suivi longtemps du regard, jusqu'à le perdre complètement dans la foule. Pareil individu, à coup sûr un jeune catholique traditionaliste, ne signalait en tout cas pas, à lui seul, un coup d'État fasciste en cours.

« Nos renseignements nous disent l'inverse », répliqua le préfet en tournant sèchement quelques feuilles sur son bureau rangé à angle droit.

À l'évidence, l'homme jouait cette fois son poste, et l'heure n'était plus aux confidences paternalistes ni aux aperçus philosophiques sur les missions civilisatrices de la police.

« Ne craignez-vous pas de devoir organiser une répression que l'Histoire finirait par condamner ? se risqua Eliel. Son jeune âge le rendait encore un peu inconscient, et la froideur du préfet commençait réellement à le décontenancer.

– Que craignez-vous pour moi, une *damnatio memoriae* ? »

L'homme avait prononcé cette locution latine en détachant chacune des syllabes avec une certaine cuistrerie.

« Je ne suis qu'un exécutant, restons modeste, poursuivit-il. Et c'est toujours un risque, voyez-vous, dans une fonction comme la mienne. Un risque que les acteurs de l'Histoire courent, et non pas les commentateurs.

Un risque qu'on ne court donc pas dans une profession comme la vôtre. »

Il avait accompagné cette dernière phrase d'un sourire mauvais qui ne correspondait pas à leur relation, ni à leur différence d'âge d'ailleurs, laquelle offrait peu de place à la moindre trace de rivalité. Sans même laisser au journaliste le temps de rétorquer à cette pique humiliante, il reprit :

« Mais l'Histoire, qui l'écrit ? L'Histoire est écrite par les vainqueurs, et c'est donc nous qui l'écrirons. Savez-vous ce qu'Adolphe Thiers déclara à la fin du mois de mai 1871 à la tribune de l'Assemblée nationale ? Je parie que vous ne le savez pas, n'est-ce pas ? "La cause de la justice, de l'ordre, de l'humanité, de la civilisation a triomphé." Il venait de faire liquider 20 000 Parisiens, sans compter les futures condamnations à mort et les déportations. 20 000 ! Quelqu'un y a-t-il trouvé à redire ? Tout le monde s'en est félicité, au contraire. Les hommes de lettres les premiers. En avez-vous déjà entendu parler quelque part ? Au lycée, peut-être ? Bien sûr que non, tout cela n'est qu'une note en bas de page dans la mémoire nationale. Voyez ce que je vous dis : l'Histoire, c'est nous qui l'écrivons, et une fois encore, nous l'écrirons. Raison, du reste, pour laquelle j'ai besoin de vous, je vous le rappelle. »

Sur ce, il tendit au garçon une main potelée par-dessus le bureau, mettant brusquement un terme à leur échange.

Quelques instants plus tard, franchissant les nombreux portiques de sécurité de la préfecture en direction de la sortie, Eliel se retrouva seul, à la nuit tombée, dans le froid perçant de l'île. Son malaise n'avait fait que grandir.

Un mauvais coup se préparait tout en haut, il en avait désormais la conviction. Le pouvoir préférait, semblait-il, une fin épouvantable à l'épouvante sans fin qui le saisissait désormais à chaque veille de week-end. Il songea au préfet Grimaud, qui, quoique gaulliste, était la référence souvent brandie par son préfet, lequel devait, lui, toute sa carrière aux socialistes. En effet, les émeutiers de 1968 n'étaient pas ceux de 2018. Ils étaient de jeunes fils de bourgeois, leurs pères étaient dentistes rue de la Pompe, chefs de clinique à Necker, avocats rue de Rivoli. Au pire, ils enseignaient les humanités dans un lycée pour élèves préparationnaires du centre-ville. On ne lâchait pas la meute contre eux, on ne leur arrachait pas les mains à coups de grenade explosive, on ne les condamnait pas à des peines de prison infamantes, et si l'on ne faisait pas cela, ce n'était pas par modération humaniste. C'était par prudence, pour ne pas insulter l'avenir. Mai 68 avait été une querelle interne à la bourgeoisie. Décembre 2018, cinquante ans plus tard, n'en avait nullement l'allure. C'était une guerre des classes. On allait donc franchir une marche inédite dans la violence. La chasse était ouverte. Le déchaînement ne serait pas le même face à ces prolétaires, ces travailleurs remontés des bas-fonds jusqu'à la capitale, ces « sans-dents », comme les avait surnommés le précédent président de la République, ainsi que l'avait révélé au pays son ancienne compagne dans un livre de Mémoires. Et personne en effet n'y trouverait rien à redire.

9

En ce début du mois de décembre, une réception fut organisée à Ménilmontant chez l'éditeur de toute la gauche insurrectionnelle. En plein spasme historique, le vieil homme avait décidé de recevoir chez lui ce que le pays comptait de penseurs rouges, d'universitaires progressistes brûlants d'ambition, et aussi de bas-bleus confits en bonne conscience gauchiste. Ce soir-là, il avait invité large, bien au-delà des auteurs de sa maison. Le tout Paris rouge était réuni dans la même pièce.

Généreux, follement épris de la Commune de Paris, cet érudit ne voyait le mal nulle part, surtout pas chez ses amis. Vertu fort rare, il aimait admirer les autres. Son propre talent littéraire les lui faisait souvent surpasser, mais jamais on n'aurait surpris à ses lèvres le moindre désir de se poser en concurrent. Dans cette attitude-là, il n'y avait pas même une forme subtile de mépris, plutôt un début de sainteté.

Il était né pour être le contemporain d'un Blanqui, ou d'un Bakounine. Son inlassable finesse en aurait fait le confident idéal d'un géant du concept, d'un premier rôle des gestes révolutionnaires du passé. L'époque étant peu profuse en grands hommes, il devait le plus souvent se contenter des fusées de quelques laborieux, des névroses bavardes de spécialistes de Foucault, ou d'un nouveau féminisme revenu en boomerang des campus états-uniens. Son amour intellectuel véritable ne le portait pas là toutefois. Un garçon que les autorités gouvernementales, affolées par le retour de la radicalité, avaient jeté en cellule pour quelques mois au milieu des années 2000 lui inspirait entre tous une tendresse paternelle. Aux yeux de la police, il était l'inspirateur fantasmatique de tous les jeunes anarchistes à cagoule qui défiaient la police. Il en avait payé le prix par plusieurs mois de prison. Il y avait une forme de génie en lui, très singulière en ces temps où la plupart se bornaient à singer les grandeurs du passé.

L'œil vif, émerveillé, le vieil éditeur écoutait ses poulains parler des heures au coin du feu, sans jamais se lasser de leurs vantardises, de leurs concours d'éloquence, de leurs confidences souvent désolantes de puérilité, qu'il accueillait d'un air bienveillant et faussement étonné. En quelques jours, lui avait déjà tout compris des événements en cours sur les Champs-Élysées. Son puissant coup d'œil historique le rendait infaillible à cet égard. Grand bourgeois par sa provenance familiale, il n'avait pas peur du peuple, et cela pour la bonne et simple raison qu'il n'avait peur de rien. Isolé, de santé fragile, il avait osé défier la bienséance intellectuelle en publiant les pires insolences sur l'affaire palestinienne. « De quoi se forger une haine de bonne facture pour des années.

Pour mille ans peut-être! » s'amusait-il souvent lorsqu'il était en compagnie sûre. C'était un des rares hommes vraiment libres du pays.

Passé les quelques amabilités d'usage sur les récentes publications des uns et des autres, la conversation roula rapidement sur les événements extraordinaires en cours. Aucun des penseurs professionnels de la lutte présents dans la pièce ne s'était aventuré sur les Champs-Élysées les semaines passées. Cette idée ne leur avait simplement pas traversé la tête. Les Gilets jaunes n'étaient pas leur peuple familier. Qu'auraient-ils bien pu faire au milieu de ces petits artisans vociférant à pleins poumons dans les quartiers de l'Ouest, où ils ne mettaient de toute façon jamais les pieds, de ces intérimaires montés de la campagne, de ces mères de famille en furie contre des problèmes qui ne concernaient qu'abstraitement ces urbains aisés? La plupart d'entre eux n'avaient d'ailleurs jamais trouvé le temps de passer leur permis de conduire, c'est dire si le prix de l'essence ne pouvait constituer un voyant rouge à leurs yeux.

Qu'ils soient trentenaires, quadragénaires ou même quinquagénaires, ils n'avaient jamais connu que l'échec de tout combat politique, à l'exception peut-être de la grande grève de 1995, pour les plus anciens, répit dérisoire en réalité, sorte de prise d'élan du capital avant ses grandes conquêtes des années 2000. Hormis les plus âgés de l'assistance, peu d'entre eux battaient encore le pavé, comme on disait à l'époque où la chose avait encore un sens. Ces derniers étaient coutumiers des parcours syndicaux encadrés de République à Nation, où l'on traînait la certitude de la défaite avec soi au milieu des odeurs de merguez, des grands ballons dirigeables colorés et des visages austères des militants de Lutte ouvrière.

Dans ces cortèges-là, pas un seul des slogans n'était vécu dans les fibres des corps qui défilaient. Rien n'était dit autrement que par habitude, paresse ou mauvaise foi, même chez les plus sincères. « Ça va péter ! », « On lâche rien ! », « Une seule solution, la révolution ! », « Allez allez les gars, on n'baissera pas les bras, si on réagit pas, on l'aura dans le baba ! ». Tout ce cinéma usé était accablant. En vérité, rien n'allait péter, et chacun avait la conviction qu'il ne connaîtrait jamais la moindre révolution, ni même le plus petit départ d'émeute véritable. Il s'agissait là d'un folklore défraîchi pour militants professionnels et couples de retraités qui prenaient leur après-midi pour revivre ensemble, main dans la main, le film de leurs années d'intensité, quand ils venaient de se rencontrer, et qu'ils croyaient encore à leur mission révolutionnaire. Ces scènes étaient le plus souvent d'une tendresse poignante, le plus souvent désespérantes à en pleurer.

« Une émeute de la faim, voilà ce que c'est, au mieux ! Politiquement, ça ne donne jamais rien, croyez-moi. Je me méfie énormément de ces gens-là. » Un jeune universitaire qui connaissait son heure de gloire à Stanford, Julien Denicourt, donna le ton de la soirée à Ménilmontant. Peu de gens se récrièrent. « Ne comptez pas sur moi pour emmener mes enfants le samedi au milieu d'une horde de lepénistes avinés ! » ajouta un sociologue inconnu, qui avait néanmoins publié il y a quelques jours une tribune remarquée en faveur de l'afro-féminisme intersectionnel dans *Le Monde*. Globalement, dans la pièce, les Gilets jaunes étaient perçus comme une masse hostile attirant peu de sympathie spontanée, voire aucune. On avait beau faire, impossible de superposer leurs visages à ceux du peuple parisien héroïque décrit dans les récits de la fin du XIXe siècle, celui qu'avait livré de la Commune, le journaliste Prosper-Olivier Lissagaray, par exemple. Surtout, chacun s'observait ce soir de décembre là, tentant de sentir de quel côté le vent allait tourner et quels seraient les oracles délivrés par les importants de l'assemblée.

Laurent Bourdin ne s'était pas encore exprimé sur le sujet du soir. Sa vestale, une professeur de danse qui avait récemment monté un spectacle pour dénoncer l'emprise des frontières sur nos vies au théâtre de la Criée à Marseille, guettait, du coin de la causeuse où elle s'était postée avec un théoricien de la décroissance, chacune des réactions de Bourdin à l'autre bout de la pièce. Il était son grand homme depuis plus de quinze ans. Rien à voir avec l'amour, son attirance était entièrement platonique. En état d'exaltation perpétuelle, fumant cigarette sur cigarette, elle était l'organisatrice de ses principales causeries publiques, en même temps que sa propagandiste la plus passionnée sur les réseaux sociaux, où elle ne cessait de proclamer son engouement. Au fil du temps, elle avait fini par le voir comme une extension d'elle-même, et, au pied des estrades où il se produisait, la chorégraphe approuvait chacune de ses interventions d'un grand hochement de tête tout en affichant un sourire extatique où l'admiration réelle se mêlait à la joie de montrer à l'assistance qu'elle était l'une de ses intimes.

Tandis que la professeur de danse en éveil scrutait les expressions du visage de Laurent Bourdin, lui-même observait les réactions d'un autre personnage assis à l'autre bout de la pièce. Yazid Bredar était devenu l'un des intellectuels les plus influents du pays en même temps que l'un des principaux organisateurs des grandes marches contre la violence policière de ces dernières années en proche banlieue parisienne. Né dans le 93, penseur des luttes postcoloniales à travers le monde, l'homme était l'infatigable procureur des calamités liées aux forces de l'ordre françaises, et chacune de ses prises de position se voyait scrutée par les petits bourgeois politisés et les revues engagées, où la dénonciation d'une police essentialisée tenait souvent lieu de substitut commode à l'élaboration d'une doctrine politique susceptible de renverser le capitalisme.

Tout était explicable chez ces professionnels du déterminisme sociologique, aucune culpabilité ne résistait à la chaîne causale qui renvoyait toujours, en dernier ressort, le dominé à sa domination. Tout, absolument tout, sauf les choix du flic, qui, semblait-il, était le seul agent libre de la création. Incarnation hideuse du mal, lui seul était coupable par essence, les théories de Durkheim ou de Bourdieu restaient muettes pour rendre compte de son parcours. Pourtant, il n'eût pas été bien complexe d'appliquer au cas des policiers les préceptes qui valaient pour tous les autres dominés. Le corps de ces jeunes prolétaires étant leur unique capital, on aurait pu facilement conclure à partir de là qu'ils se retrouvent à cogner sur leur prochain pour assurer leur subsistance, servant au passage de paillasson maltraité, mal payé et mal considéré à ceux d'en haut, leurs propres ennemis de classe.

Les lecteurs du *Figaro* voyaient dans ce préjugé des universitaires de gauche une haine de l'ordre. Ce n'était pas exactement cela, loin s'en faut. C'était avant tout une sorte de monôme pour grands enfants. Une façon de s'affirmer sans risque face de grands méchants indiscutables dont il n'y avait pas grand-chose à craindre pour ces bourgeois diplômés, pensionnés et résidant à Paris *intramuros*.

Telle n'était pas la façon de penser de Yazid Bredar. Lui ne se racontait pas d'histoires sur lui-même ni sur les autres. Il savait ce qu'était un contrôle au faciès, il avait servi de viande arabe à palper dans le RER pour des membres de la BAC en chasse. Il s'était déjà retrouvé en garde à vue sans avoir jamais commis un seul délit. Il connaissait la violence froide de l'État depuis ses quatorze ans. Fondateur de l'association Justice pour Bondy, c'était un homme encore jeune au beau visage loyal, comme taillé au couteau, avec de grands yeux noirs expressifs de Kabyle. Il était d'une droiture morale comme seuls l'étaient encore, dans une France largement affalée, les habitants des quartiers populaires élevés dans des familles où l'honneur était tout et où l'on aurait donné sa vie, au sens propre, pour les siens. C'était au demeurant une des rares têtes politiques bien faites du pays – inflexible sur les principes, mais intellectuellement de bonne foi et pragmatique quant à la méthode. Il savait très exactement où il allait, il servait son amour d'une Palestine combattante, d'une Syrie martyrisée par un conflit sans issue, et de l'Algérie, bien sûr, sa patrie d'origine, où allait aussi sa loyauté. Comme les bigots de l'ancien temps face à un abbé en vogue, les gauchistes osaient à peine bouger une oreille dès lors que Yazid avait parlé. Ne pas avoir son aval, c'était à leurs yeux courir le risque de passer pour un nostalgique du temps des colonies, voire pire, pour un plouc. Et, dans un milieu où la réputation était tout, peu étaient prêts à courir un risque pareil.

Or Yazid s'était exprimé sur les Gilets jaunes quelques jours auparavant dans une émission du groupe de médias Canal+, désormais détenu par un magnat ayant bâti le gros de sa fortune sur la publicité, ainsi que dans divers trafics en Afrique qui n'étaient pas sans rappeler le temps des colonies. Bizarrement, Yazid était invité de temps à autre à s'exprimer sur cette antenne, où sa venue, de même que celle de quelques rappeurs perpétuellement en *jet lag* entre Saint-Denis et Miami, servait à donner bonne conscience à l'animateur, ainsi qu'à lui conférer une certaine *street credibility*, comme on disait dans le hip hop états-unien. Exprimée à l'écran, sa position avait pris tout le monde à revers. Les profs de lettres d'extrême gauche présents ce soir-là, les doctorants en sociologie et, bien sûr, la danseuse présidente du fan club de Laurent Bourdin en étaient encore affolés. Car l'intraitable Franco-Algérien avait inexplicablement pris fait et cause pour le peuple inquiétant des Champs-Élysées. À tous il avait donné la consigne de rejoindre ces hordes jaune et noir grouillantes sur le terrain, de les soutenir sans la moindre ambiguïté. Depuis, c'était la panique dans la fourmilière gauchiste. Littéralement, on ne savait plus quoi penser.

« Une fois de plus, le comité Justice pour Bondy nous a ouvert la voie. Désormais, plus rien ne peut retenir le soutien qu'il est de notre devoir d'apporter au peuple qui vient de se soulever, quelles que soient nos appréhensions légitimes et la vigilance qui doit rester la nôtre. », prononça distinctement Laurent Bourdin en esquissant un sourire aimable, quoique légèrement forcé, en direction de Yazid, placé à quelques mètres de lui. Le pape de Nanterre avait commencé à trouver la parade au silence dont il ne savait plus comment sortir depuis des semaines. Avouer à demi-mot ses atermoiements et mettre cet attentisme sur le compte d'une espèce de grandeur d'âme qui lui interdisait, en tant que grand Blanc universitaire, de rejoindre les petits Blancs d'en face, par peur de trahir les anciens colonisés. Voilà à vrai dire tout ce que son cerveau en surchauffe avait réussi à mettre au point en rejoignant à pied la soirée de Ménilmontant.

Le coup était un peu tordu, mais *a priori* jouable. Par ailleurs, les observateurs intéressés par ce genre de manœuvres intellectuelles étaient peu nombreux aujourd'hui en France, et encore plus rares étaient devenus ceux en mesure de les repérer pour vous foudroyer adéquatement. Le mensonge n'était au demeurant que partiel. Bourdin et ses disciples, à cette heure-ci en train de se servir en taboulé oriental et autres feuilles de vigne vinaigrées au buffet de l'éditeur, étaient bel et bien terrorisés par les verdicts de Yazid et des siens.

La notoriété de Bourdin ne cessant de croître, le public français de gauche lui étant désormais acquis sans restriction, il devait entièrement se concentrer sur son déploiement international. Là était l'enjeu pour lui, le prochain théâtre des opérations à investir. Or comment imaginer conquérir les campus états-uniens sans l'aval des minorités dites ethno-raciales qui, là-bas, y avaient implanté la science sociale tout entière depuis le XIXe siècle, Du Bois et l'école d'Atlanta ? C'était impensable, naturellement. L'intersectionnalité entre toutes les formes d'oppression était désormais le point de passage obligé pour tout projet de sciences humaines d'envergure mondiale. Il allait donc falloir jouer serrer. Quelques-unes de ses positions, jugées trop proches du vieil universalisme bourgeois, et même, *horresco referens*, trop masculinistes et trop occidentalo-centrées, étaient acclamées jusque dans les rangs conservateurs, où il jouissait d'un certain prestige. Bien malgré lui, se devait-il désormais de répéter rituellement à chaque intervention un peu médiatisée. Son succès était tel, en effet, qu'on brandissait ses écrits comme le Nouveau Testament dans des publications fascisantes pour europhobes enragés à cheveux blancs.

Dans les milieux de gauche, il était devenu dangereux, et surtout compromettant, de surestimer le poids des classes en négligeant les dominations patriarcales et coloniales. Il ne fallait pas se raconter d'histoires : les *ethnic and racial studies*, un temps retardées par les pontes réactionnaires de l'université française, gagnaient désormais rapidement du terrain et étaient même en passe de devenir la nouvelle norme académique. Tout cela lui avait déjà coûté cher, en coulisses, et le lestait lourdement dans la bataille qui s'amorçait pour traverser l'Atlantique. Un faux pas de plus, et il risquait de finir comme une vache sacrée nationale, totalement inexistant dans les médias étrangers. Un provincial du *hub* intellectuel mondial, un *nouveau philosophe* version gauche radicale, en somme. La perspective d'une telle injustice le révoltait.

Il n'était pas le genre d'homme à se complaire dans une adversité véritable. Les gigantomachies de papier lui suffisaient amplement. Il n'avait jamais connu de réel revers, son traitement de fonctionnaire tombait à chaque fin de mois sans qu'il ait à redouter les caprices d'un patron ni même à se lever le matin. Il n'avait jamais traversé une véritable persécution, ni essuyé un seul refus cuisant, sa vie était réglée de bout en bout comme du papier à musique. Il entendait toucher les fruits de son talent sans attendre, récolter les lauriers de son vivant. L'obscurité acceptée sur fond de devoir accompli, l'ironie subtile de l'homme supérieur observant le médiocre célébré à sa place, tout cela était à ses yeux des lubies aristocratiques entièrement dépourvues de sens. Bourdin méprisait tout ce qu'il identifiait comme des scrupules moraux venus du monde d'avant. *To the happy few*, les derniers mots de *La Chartreuse*, étaient aux antipodes de son état d'esprit, où l'envie d'admiration sonnante et trébuchante le disputait de plus en plus au désir de s'adresser aux masses.

Le jeune universitaire qui s'était récrié en début de soirée contre les Gilets jaunes avait à cet égard pris beaucoup d'avance sur lui. Internationaliste sans complexe, Julien Denicourt portait fièrement en bandoulière ses convictions *no border*. Il était devenu le théoricien le plus en vue du « paradigme hospitalité », expression qu'il avait popularisée à travers ses interviews grand public, comme véritable *Aufhebung* miraculeuse à tous les problèmes occidentaux. Plus d'accueil devait résoudre les problèmes nés de l'accueil lui-même. Ses livres ésotériques, proprement illisibles pour le commun des mortels, portaient sur des questions telles que la reconduction inconsciente, et potentiellement discriminante, d'une logique identitaire au sein d'une théorie de l'universel des différences. Il était amusant, pour les rares qui savaient lire à travers l'amphigouri universitaire, de voir ce Denicourt tordre ainsi la vieille ontologie platonicienne au service d'opinions xénophiles finalement assez banales au sein de sa classe.

On l'avait déjà vu s'enchaîner aux grilles de l'Assemblée nationale pour protester contre les nouvelles lois sur l'asile. Ami d'un activiste russe connu pour ses frasques à demi artistiques, à demi politiques, il s'était aussi mis entièrement nu au Parlement européen en signe de soutien à une politique migratoire allemande de plus en plus contestée. Denicourt ne connaissait rien à l'économie, ni au réel en général, ce qui l'aidait beaucoup à dire exactement, sans le moindre scrupule, ni d'ailleurs la moindre arrière-pensée maligne, ce que les gens avaient envie d'entendre. Brillant au demeurant, d'une indéniable agilité intellectuelle, quoique totalement dénué d'humour, il était à moins de trente ans le plus grand spécialiste mondial de Leibniz. Major de la rue d'Ulm, il avait raté de peu la toute première place à l'agrégation de philosophie à cause d'une angine blanche attrapée avant les oraux – anecdote que chacun connaissait –, il traînait après lui cette aura fascinante que confère un *cursus honorum* entièrement abouti. Dans ce genre de soirée, il marchait littéralement sur l'eau.

Homosexuel, il disposait de sérieux atouts personnels pour incarner le progressisme, et cela dans tous les compartiments du jeu. De fait, ses prestations à Berlin, Lisbonne ou Istanbul attiraient parfois jusqu'à un millier d'étudiants, pour qui il était la nouvelle étoile venue de France. La simple évocation de ce personnage mettait Laurent Bourdin hors de lui. La croyance bien ancrée que ce dernier conservait en l'importance persistante des réputations et des institutions, par-delà ses opinions démagogiques exhibées sur le génie méconnu des humbles et des sans-grade, rendait ce rival particulièrement odieux.

En songeant à ce gandin couvert de diplômes et de gloire, il avait l'impression de toucher du doigt l'iniquité la plus noire, celle que vit le bagnard impuissant à trouver le sommeil sur son banc de la Kolyma par une nuit glaciale. Parfois lui prenait l'envie d'alerter la communauté intellectuelle tout entière contre cette imposture. Ces jours-là, il souffrait. Une fois, il avait même tenté la chose dans un article à la fois agressif et extrêmement entortillé du *Monde*, qui, non sans perversité, lui avait confié la recension du dernier ouvrage de son jeune concurrent. Même les partisans les plus indéfectibles de Laurent Bourdin avaient trouvé le texte déraisonnablement long, doctrinaire, et surtout hargneux.

Entre les oracles de Yazid et les principes énoncés par le gandin, deux phares pour la communauté intellectuelle de l'heure, une discorde irréconciliable avait pour la première fois éclaté, et c'étaient ces maudits Gilets jaunes qui l'avaient occasionnée. Qu'est-ce qui avait bien pu permettre à l'intellectuel musulman de banlieue de sympathiser ainsi d'instinct avec le peuple qui s'était soulevé durant l'hiver ? À l'évidence, disait Yazid à ceux qui lui posaient sans détour la question, ses propres conditions de vie difficiles jusqu'à la fin de son adolescence, ses trente euros en poche pour tenir les dix derniers jours du mois, son habitude des logements insalubres et des équipements urbains toxiques pour la santé.

Là où le gandin ne voyait que difformités politiques répugnantes, brutes soûles et possibles bourreaux de migrants, Yazid revoyait les petits grands-pères blancs du PMU de Bondy qui, durant son enfance, roulaient leurs gitanes en jetant un œil à l'écran de télévision dans un coin. Il revoyait les cernes et les visages livides des femmes seules poussant un caddie à l'hypermarché en traînant après elles trois enfants hurlants. Il revoyait le malheur matériel écrasant qui faisait de la vie, pour ces gens-là, une simple pierre à rouler jusqu'au soir, sans autre joie que la proximité des chairs de temps à autre.

Il repensait à ce *lait de la tendresse humaine* dont Claude Lévi-Strauss parle quelque part et qui, pour les plus démunis, rend seul la vie tolérable. En découvrant cette expression de l'anthropologue pendant ses études à Tolbiac – était-ce dans *Tristes Tropiques*? –, Yazid avait eu les yeux brouillés de larmes. C'était tout cela qui remontait aujourd'hui à la surface dans sa maturité, tout cela qui rendait ces vies de Blancs si proches de la sienne, tout cela qui l'éloignait irrémédiablement de ses homologues intellectuels de gauche, généreux seulement en mots, mais humainement froids. Eux n'avaient connu ni la chaleur des fratries, ni les privations, hormis très occasionnellement pour certains, lors d'années universitaires gâchées par un père un peu regardant aux dépenses. Eux ne ressentaient rien face à ce peuple qui tenait aujourd'hui les ronds-points, hormis de la perplexité, et pour la plupart un franc dégoût. Ils étaient fondamentalement des philistins, toujours prompts à s'indigner sans vraiment s'émouvoir.

10

Apprenant ce qui s'était passé ce samedi 8 décembre dans l'après-midi sur les Champs-Élysées, Eliel sentit une faiblesse dans ses jambes. À cet instant en train de boire un mojito entre les tentures en velours grenat du Zimmer, place du Châtelet, il prit précipitamment congé d'un ancien camarade de l'université, qu'il raccompagna à la porte de la brasserie, à la manière d'un automate, pâle comme la mort. Revenu à l'intérieur du café, il trouva un endroit calme, près de l'escalier qui menait au sous-sol, pour se connecter via son téléphone portable à la messagerie Telegram ainsi qu'aux réseaux sociaux, où de nombreuses vidéos à la fois confuses et effroyables circulaient déjà, suscitant la stupeur.

Alors, c'était cela, le changement de stratégie que le préfet lui avait annoncé à demi-mots il y a quelques jours à peine. Dès midi, des murs entiers de tireurs de flashballs avaient fait face aux manifestants désarmés à l'entrée de chaque rue perpendiculaire en haut des Champs-Élysées. Mettant en place avec méthode un véritable champ de tir, les hommes de la préfecture, guidés depuis le PC Lutèce, n'avaient laissé sortir personne de la zone, pas même les confrères. Une amie d'Eliel qui travaillait pour la télévision, le lui écrivait à cette heure: quoiqu'elle fût parfaitement identifiable comme journaliste, et comme femme, avec son casque noir, ses cheveux blonds et un brassard homologué, un vieux commissaire de police à l'expression vicieuse, difficile à interpréter sur le coup, l'avait à plusieurs reprises empêchée de sortir sans même répondre à ses suppliques, au niveau de la rue de Tilsitt, alors même qu'elle et son cadreur le priaient de plus en plus nerveusement de les laisser s'échapper, les mains finalement levées en l'air comme deux malfaiteurs. Elle gardait l'image d'une policière, surtout, qui l'avait tenue en joue pendant de longues minutes au niveau du visage. Il n'y avait pas le moindre doute que des ordres explicites de viser la tête avaient été donnés ce jour-là à la troupe.

La suite de la journée avait simplement été infernale. On dénombrait déjà de multiples blessures de guerre à l'hôpital Cochin, et à la Salpêtrière. Crânes fracassés, yeux désorbités, mâchoires enfoncées; un journaliste était en ce moment même sur la table d'opération, touché par un tir à la nuque, menacé de devenir infirme. Au moins quatre manifestants avaient été éborgnés ce samedi – fallait-il prononcer ce mot en soi atroce qui vous écœurait jusqu'à la moëlle? Mais oui, il le fallait, éborgnés, c'était bien le mot, éborgnés sur ces même Champs-Élysées qui, quelques mois auparavant, accueillaient l'innocente parade des joueurs vainqueurs de la Coupe du monde de football. On prononçait ce mot qui ne mettait de sens sur rien de connu, se disait Eliel, comme une sentence venue du Moyen Âge, et la sidération ne faisait que croître. Ainsi, ces gens de la start-up nation, ces bons élèves appliqués qui avaient pris le pays par surprise, tirant parti de l'incurie de ses dirigeants depuis des dizaines d'années, se croyaient désormais suffisamment légitimes pour marquer les corps de leurs opposants et se venger du peuple de la manière inhumaine dont le firent les pires rois de France.

Même le dernier des Capet, Louis XVI, n'avait pas osé faire tirer sur la foule avant la dernière extrémité, et eux, ces usurpateurs, ces diplômés d'école de commerce, ces ex-petites gloires pour soirées arrosées du bureau des élèves, ces lobbyistes lamentables, se pensaient autorisés à en revenir aux châtiments corporels. Eliel songea aux mots du régicide Damiens au matin de son exécution, dont le récit figure en tête de *Surveiller et punir*, de Foucault : « La journée sera rude. » Alors, c'était ça, le président banquier et sa bande venaient de rétablir le crime de lèse-majesté, au sens propre. Le souverain ayant eu peur pour sa personne la semaine précédente, il fallait désormais lui offrir la chair suppliciée des gueux venus faire entendre leur désespoir à Paris.

Eliel ressentait à cet instant une colère dont il ne se croyait plus depuis longtemps capable. Il pensa au préfet avec fureur, imaginant un instant lui envoyer un SMS vengeur, mais il s'abstint de le faire. Ces gens finissaient par lui inspirer une crainte physique à lui aussi, jeune bourgeois pourtant très introduit du monde des médias. Il se promit de cesser tout commerce avec l'hypocrite fonctionnaire, et d'enterrer dès que possible ce projet de Mémoires aberrant. Personne ne s'intéresserait de toute façon aux manœuvres justificatives d'un Fouché au petit pied, mitrailleur sournois et sans charisme du peuple des Champs Élysées.

Cette fois, le préfet croyait donc avoir trouvé la martingale pour durer. La nuit tombée, Eliel, rentré chez lui, aperçut l'homme sur son écran de télévision, petite silhouette ronde surmontée d'une curieuse casquette de détective. Il faisait la revue des troupes, quelques CRS ayant été rassemblés pour la télévision à l'Arc de triomphe, aux côtés du ministre de l'Intérieur, ancien joueur de poker de l'arrière-pays niçois à qui l'on avait confié le gardiennage de la police, alors même qu'il ignorait tout du maintien de l'ordre. Le pouvoir manquait à ce point de cadres de valeur qu'il recyclait désormais des hommes de sac et de corde appartenant à tous les anciens camps, sans aucun souci de leurs capacités. L'allégeance seule comptait dans une période aussi trouble, et l'on sait que celle-ci est d'autant plus facile à obtenir qu'un homme est lui-même conscient d'être un usurpateur. L'incompétence de ce ministre était devenue proverbiale, surtout parmi ses hommes – il ne connaissait pas même le surnom usuel de leur matraque – le « tonfa » –, avec laquelle il leur commandait chaque samedi de fracasser le crâne des manifestants. L'œil aux aguets, le préfet semblait moins à son aise que l'ancien socialiste roublard à qui il faisait cortège. Le ministre plastronnait face aux caméras, exprimant sa satisfaction concernant le déroulement de cette journée, affirmant sans rougir qu'il y avait eu beaucoup moins de dégâts humains et de violences à déplorer qu'à l'acte précédent. C'était un mensonge éhonté. On apprit même plus tard que, ce 8 décembre, le moteur de l'hélicoptère présidentiel était resté allumé toute la journée, prêt à exfiltrer l'hôte du palais et ses proches, tant la crainte du pouvoir était grande. On apprit que même les sous-sols étaient désormais placés sous surveillance, un assaut venu des égouts ayant un temps été redouté.

Pour la première fois, surtout, des brutes de la BAC, les fameuses brigades en jeans et baskets affectées à la délinquance et aux cités, zones où tout leur était permis, avaient été lâchées sur le terrain face à des grands-mères, des ouvriers agricoles, des carreleurs et autres ventres creux venus de Forbach, de Limoges ou d'Asnières. Au milieu de ce naïf gibier, le carnage opéré par ces violents aguerris avait été imparable. Le permis d'affoler et de cogner sans limite avait été délivré. Une jeune fille de vingt ans, presque une enfant, avait été défigurée par une grenade jetée peu après quatorze heures par les hommes de la police. La dépêche de la principale agence de presse du pays à ce sujet serait à peine reprise par les médias, une appartenance à la droite identitaire la plus dure ayant tôt été repérée chez la malheureuse. La situation était excellente pour le pouvoir : les clercs de la gauche eux-mêmes vérifiaient désormais les affiliations idéologiques avant de distribuer au cas par cas leur compassion, et se plaignaient du sort des victimes seulement s'ils les jugeaient présentables.

Ce jour avait en tout cas fixé la nouvelle jauge de la violence acceptable pour le pouvoir face à ce soulèvement que personne n'attendait, et désormais plus rien ne l'en ferait dévier. À l'avenir, l'impact serait autorisé sans restriction contre ce petit peuple qui venait dire sa détresse, son désir de fraternité, son envie de retrouver un peu de puissance. Aucun attroupement ne serait plus autorisé à se solidifier dans la rue sans être aussitôt dilué par un déchaînement d'ultraviolence opéré par les *droogies* cagoulés et motorisés de la préfecture de police. Le destin de ces gens désarmés était donc scellé. C'était une vraie guerre et Macron avait pris la responsabilité de la mener.

Alors qu'il s'apprêtait à s'endormir, Eliel reçut via le réseau social Twitter un message privé d'un correspondant inconnu :

« Ils ont eu si peur qu'ils ont dû éborgner les tigres pour que ceux-ci reviennent dans leur cage. Bonne continuation à vous, monsieur Laurent. »

Ces lignes, émanant d'un compte non identifiable, suscitèrent en lui un puissant malaise. Elles venaient offrir un sens et une perspective à l'expédition punitive dont le jeune journaliste avait commencé à documenter la férocité, en cette fin de journée. Mais ce sens-là était orthogonal à la vision du monde qui était celle d'Eliel. Pour lui le monde habituel était sans surprise, tout finissait toujours par trouver une explication banale, et finalement par s'effondrer en anecdote. Ce « bonne continuation à vous » ressemblait au demeurant à une provocation. Que voulait dire ce mystérieux correspondant ? Qu'Eliel Laurent était lui-même un membre repéré de la caste aux mains ensanglantées ? Que quelqu'un avait au contraire constaté en observant à distance qu'il était sur la voie de la rédemption ? Il s'endormit à grand-peine. Des courses éperdues dans un brouillard de gaz sur les Champs-Élysées zébrèrent d'anxiété sa nuit entière, le réveillant à de nombreuses reprises.

11

Le lendemain matin, Eliel arriva tôt dans le complexe sans âme du XVe arrondissement. À deux pas du ministère de la Défense, l'ancien quotidien de Sartre et des maos dépérissait, à l'image de toute la presse nationale. Son patron, le bras droit de l'homme d'affaires qui en détenait l'actionnariat majoritaire avait déclaré que c'était le prix à payer pour « la constitution d'un véritable groupe médias au sein d'un ensemble télécoms ». Même les éléments les plus obstinément *corporate*, et les derniers embauchés, qui n'avaient jamais eu l'occasion de connaître si peu que ce soit le monde d'avant, avaient été refroidis par ces propos, qui ne portaient guère au rêve. Une jeune journaliste très appréciée de la direction avait pourtant exprimé le sentiment général, auquel voulaient se raccrocher les gens de la maison : « Ça ne va pas changer l'esprit *Libération*, car c'est l'humain qui compte, et ce sont les mêmes gens qui le font. » En entendant cette phrase en assemblée générale, Eliel Laurent avait ressenti un certain abattement.

Une fois de plus depuis le surgissement des Gilets jaunes, la rédaction en chef avait décidé de réunir tout le monde un dimanche à neuf heures. Cela devenait usant pour les troupes, dont beaucoup, passé la nouveauté des premières semaines, arrivaient désormais en traînant les pieds avec ostentation et espéraient pouvoir revenir bientôt à leurs *afters* sur les quais ou au dernier pétard de cinq heures du matin. Le ton était plus que jamais solennel. Bien sûr, ces gens étaient des factieux, entama le chef de service. Des extrémistes qui mettaient la vie commune en péril en ne respectant pas les résultats d'une présidentielle tout à fait légitime, et la haine était inexcusable, quels que soient les reproches sérieux que l'on pouvait adresser au président. « Personnellement, je ne revoterais pas forcément pour lui aujourd'hui, ajouta le garçon en hochant gravement la tête. Mais les faits sont là continua le jeune leader dynamique. Il va falloir lâcher du lest, donner la parole à tous, on ne peut pas continuer comme ça, laisser penser aux lecteurs que nous soutenons sans réserve l'Élysée. » On ne pouvait pas en effet, chacun en convenait, continuer à ne fricoter qu'avec des experts pro-gouvernementaux et des *people* décatis qui n'avaient pas rempli eux-mêmes leur frigo depuis parfois trente ans, et ne connaissaient de la France que ses hôtels de charme cinq étoiles, mais donnaient tout de même leur sentiment sur la situation politique du pays, et appelaient les nécessiteux à retourner sans broncher à leurs entrepôts et à leurs établis, au nom de la concorde nationale.

Il fallait être un peu tactique, après tout ce n'était peut-être qu'une bourrasque à passer, et sans doute serait-elle brève. Cette agitation n'enjamberait à l'évidence pas les vacances de Noël, rien ne survivait à la trêve des confiseurs, apprenait-on aux élèves dans toutes les écoles de journalisme du pays. « Ce faisant, nous sommes d'ailleurs pleinement dans notre mission », ajouta le chef, un ancien reporter du *Parisien*, qui s'exprimait le plus clair du temps par phrases toutes faites et n'avait pas oublié ses années de formation à arpenter les trottoirs de la petite couronne parisienne ou les couloirs du métro, micro en main, pour « recueillir l'avis des Français ».

Ainsi Eliel, qui avait sa pleine confiance et passait un peu pour le cerveau parmi les jeunes recrues, notamment à cause de son amitié avec Bourdin le rouge, se retrouva-t-il chargé de réaliser un long portrait d'une figure émergente du mouvement. « Celui que tu veux, fais-toi plaisir. Mais explore bien son background en amont. Qu'on ne se retrouve pas avec un ancien facho, ou avec un négationniste sur les bras. » À peine la réunion terminée, le journaliste poussa la porte du rédacteur en chef, qui, quoique surpris, accueillit favorablement sa demande de quitter le mois suivant le desk police-justice de la rédaction pour se remettre au reportage. « Je veut voir du pays, assura Eliel, prendre à nouveau des trains, revenir aux bases du métier. » L'explication, de fait, semblait un peu floue.

« La violence de ces dernières journées à Paris m'a pas mal miné, je crois.

– Tu n'étais même pas sur les Champs aujourd'hui ! nota le chef, un peu étonné.

– Justement, je n'étais pas dedans, j'étais dehors. J'ai vu la situation mieux que jamais. Et ce que j'ai vu n'est pas beau à voir.

– Tu ne me facilites pas la tâche. Je comptais sur toi pour finir de staffer le service. Qu'est-ce qui t'arrive, tu as des problèmes ?

– Disons que j'ai besoin de prendre de la distance. »

Il avait réellement la mine abattue, et son comportement était inhabituel. Le jeune leader, fossettes viriles et dents parfaitement régulières, le considérait avec une vraie bienveillance. Pour lui, petit-cousin de l'actionnaire du journal, les Gilets jaunes étaient avant tout, et même uniquement, un défi, un nouveau challenge qui, en l'occurrence, l'obligeait à se lever pour la première fois de sa vie tous les dimanches matin. Il ne voyait là qu'une gageure de plus, comme passer son permis moto l'été dernier ou faire basculer l'organisation du journal vers le *digital first* au cours de l'année précédente. À tout prendre, ce mois de décembre était finalement assez excitant, aventureux, les conversations étaient animées entre potes le vendredi soir autour des tartines de chèvre aux aubergines et des bières faites maison. Il ne s'était jamais posé une question politique de sa vie.

Les événements n'étaient que des occasions plus ou moins propices à son avancement ou à son amusement. Eliel sentait à quel point leurs vies étaient en train de commencer à diverger irrémédiablement. Mais il n'en voulait pas à ce garçon à la fois commun et sympathique, incarnation aboutie de tous les idéaux de sa classe. Après tout, de simples occasions, c'est ce que les événements étaient sûrement pour tout individu normal, parfaitement adapté à son environnement et qui allait bien. Le seul fait de voir ceux-ci prendre des proportions extraordinaires, commencer à vous préoccuper en dehors des heures de bureau, voire à vous habiter littéralement, était en soi très sûrement un signe de début de désordre psychique. À l'instant même, Eliel se sentait comme un de ces animaux malades qui s'écartent tristement du troupeau avant que les soigneurs ne finissent par le repérer et ne se décident à l'abattre afin qu'il ne contamine pas les autres.

12

Yoann avait la conviction de vivre un moment exceptionnel, quelque part au milieu du temps. Le dernier peut-être avant que les techniques de surveillance de masse, la reconnaissance faciale et le contrôle intégral des réseaux sociaux, autant de phénomènes à propos desquels il s'était renseigné sur Internet, ne rendent impossibles un quelconque soulèvement du peuple. « Il y a eu Henri IV, il y a eu le général de Gaulle, et puis un jour viendra au pouvoir je ne sais quel imbécile. Mais, au milieu, il y aura eu nous, les Gilets jaunes. Bientôt, nous serons dans les livres d'histoire », répétait, l'œil brillant, un de ses compagnons de rond-point, un petit patron local ruiné qui ne gardait de son ancien statut de bourgeois que sa veste de chasse Barbour élimée et qui avait pris fait et cause pour les ouvriers agricoles du voisinage. Il avait autrefois travaillé dans l'injection plastique. Chaque soir, il se rendait avec sa femme sur le rond-point. Et, là, les cœurs se livraient jusque tard dans la nuit, autour d'un brasier de palettes en bois. Sur la bâche de fortune de la minuscule cabane, en signe de défi dérisoire, on pouvait lire à la peinture noire sur un panneau clair : « L'Élysée du peuple ». Des gens qui jusqu'ici n'avaient jamais fait que se croiser sans se voir, autour des bacs à viande surgelée low cost chez Lidl, levaient enfin la tête et se parlaient soudain, dans les yeux, entre inconnus. Et cette scène de fraternisation-là, autour d'un feu de joie, se produisait au même moment dans des milliers de communes sur tout le territoire français. C'était un tremblement de terre sensible d'une magnitude inouïe. Un événement bien plus improbable, et plus dangereux encore pour le pouvoir, que les démonstrations de force du peuple jaune qui commençaient à se ritualiser chaque samedi à Paris, à deux pas des avenues commerçantes les plus riches du monde.

Depuis son retour au Douzel après son arrestation à Paris, Yoann passait chaque jour sur le rond-point en cette fin du mois de décembre. Électricien au chômage, autrefois spécialisé dans l'entretien des lignes à haute tension, il avait du temps à tuer. À la fin de l'adolescence, on lui avait vendu cette profession comme un secteur d'avenir, bien payé pour un ouvrier spécialisé. Avec un bac pro et deux années de qualification, on pouvait ainsi accéder à une vie au grand air, en déplacement sur les routes, et même en altitude très souvent. Il aimait ce métier à la fois technique et viril, qui nécessitait notamment une excellente condition physique pour pouvoir grimper en haut des pylônes. Avec patience, méthode, volupté parfois, il avait veillé au câblage aérien des lignes, installé des transformateurs, détecté et analysé les pannes, sécurisé des installations, participé aussi à l'élagage des arbres au besoin.

Il aimait l'idée de travailler pour le deuxième plus gros fournisseur d'électricité au monde derrière China Energy, cela lui donnait le sentiment gratifiant d'appartenir à une grande famille, prestigieuse, presque à une lignée de scientifiques et de capitaines d'industrie. Ce que Yoann ignorait, c'est qu'au moment même où, au début de la vingtaine, il était entré sur le marché du travail, tout avait déjà commencé à péricliter.

Les restructurations en cours avaient violemment contracté le marché de l'emploi dans le secteur de l'électricité au cours des années 2000. L'action publique exigeait « de plus en plus de souplesse » : telle était du moins l'explication avancée par l'armada de DRH du groupe EDF, afin de « libérer les énergies » selon l'expression consacrée. Un chômage massif commença à toucher les jeunes électriciens, certains territoires ruraux étant particulièrement frappés. Les meilleurs postes, les plus stables, ceux des titulaires, se voyaient en tout cas réservés par promotion interne aux quinquagénaires. Ainsi la profession vieillissait-elle à vue d'œil.

Trop orgueilleux, pas assez habile avec les chefs, Yoann avait raté le bon moment, celui de l'« insertion », comme lui avait dit le conseiller qu'on lui avait affecté à Pôle emploi. Ensuite, il n'avait cessé d'être ballotté de contrats courts en occasions de titularisation manquées, autant de fiascos dont il s'accusait en bloc, sans entrer dans le détail. À Guéret, on ne se défaussait pas sur les statistiques, sur la mondialisation qui consume l'emploi des ouvriers nationaux ou sur les causes macroéconomiques, comme les jeunes bourgeois des centres-villes. On embrassait son propre malheur sans se chercher d'excuses, jusqu'à la lie.

Les discussions à la cabane avaient rendu un semblant de but aux journées de Yoann. Lui qui se vivait comme un salarié au rebut, et désormais comme un homme quitté, avait retrouvé une forme de fierté. Là-bas, on échangeait pour la première fois sans honte sur les combines pour assurer sa survie. À bientôt trente-six ans, il ne mangeait réellement à sa faim qu'en ayant recours aux légumes du potager de son vieux père retraité. Beaucoup de ses camarades étaient dans une situation similaire, ne subsistant que grâce aux enveloppes de billets glissées par une grand-mère ou aux restes de repas des clients, pour ceux qui faisaient des heures dans un resto du coin. Qui aurait pu imaginer une chose pareille dans la « sixième puissance mondiale », selon l'expression pompeuse des journalistes à cravate sur le petit écran ? Son échec était radical, sans appel, croyait Yoann. Il devait l'affronter dans le regard de ses parents, qui pourtant l'aimaient inconditionnellement depuis son premier cri, mais étaient trop frustes pour l'entendre hurler silencieusement chaque jour à leur table.

Il n'avait pas su conquérir une belle situation, ni garder une femme à ses côtés face aux épreuves, une main à serrer quand le crépuscule tombait sur les bois du Douzel. Il n'avait pas non plus d'enfants, contrairement à tous les gens de son âge, dont l'aîné était déjà souvent au collège. Il n'avait pas de canapé en cuir, ni de véranda aux plantes exotiques, ni de barbecue en inox pour égayer l'été de grandes réunions familiales. Il était donc une moitié d'homme. La culpabilité minait chaque jour plus gravement ses défenses vitales. Il filait un mauvais coton, la chose crevait les yeux. À Paris, fils d'architecte, de journaliste ou de grand patron, une relation l'eût sans perdre un instant expédié dans le cabinet d'un psychiatre qui lui aurait discrètement prescrit quelques comprimés pour six mois, le temps que les vents mauvais de la vie s'éloignent, qu'une autre fille arrive, un boulot en intérim ou quelque répit.

Mais l'on était dans l'arrière-pays de Guéret, un des bourgs les plus endormis de France, proverbialement moqué depuis le XIXe siècle pour son retardement, et se confier ou admettre un jour avoir dû prendre des psychotropes eût été se condamner aux yeux de la tribu, et plus gravement encore aux siens. La simple idée de questionner quiconque, même son médecin ordinaire, sur ce genre de médication pour l'humeur eût fait s'évanouir de honte un ouvrier agricole du coin. C'était un truc de rupin à problèmes, ou d'homosexuel ; d'ailleurs même les femmes y avaient très rarement recours. Autant s'aider tous les soirs d'une bouteille, à condition de le faire dans la clandestinité – les buveurs étaient eux aussi moqués, et les clignements d'yeux les escortaient où qu'ils aillent.

Aux abords de Guéret, dans les fermes avoisinantes, la peur du regard des autres taraudait les êtres. On nettoyait les lieux avant l'arrivée de l'aide-ménagère, de peur qu'elle ne répande dans le voisinage quelque improbable secret. On n'avouait jamais son vague à l'âme, et celui-ci n'avait d'ailleurs pas de mots pour se dire. De la paysannerie des années 50 ne survivaient que la dureté des travaux, la violence de la solitude, le travail harassant avant même l'aube arrivée. La camaraderie vécue, les grandes tablées de quinze personnes, la fierté de l'effort physique surmonté ensemble, elles, avaient entièrement disparu. Avec les fermes géantes administrées par un seul damné, la seule sociabilité qui restait aux âmes dans ces vallons perdus était celle du qu'en-dira-t-on. Une espèce de lien social fantasmatique qui n'épaulait pas, mais asphyxiait encore davantage.

L'an dernier, la femme d'un fermier du voisinage était morte suicidée dans sa propre mare de soixante centimètres. Une mère de famille sexagénaire, pourtant entourée de ses grands enfants. Personne n'avait vu la chose venir tant les épanchements personnels étaient rares. Jusqu'à quel degré de souffrance dissimulée avait pu en arriver la pauvre femme pour un matin faire son lit, desservir la table du petit déjeuner devant le grand poêle froid de la ferme, retirer lentement son tablier, le nouer délicatement comme à son habitude sur la chaise, et aller s'immerger jusqu'à l'asphyxie dans l'eau nauséabonde où pataugeaient les canards de la ferme, cette chose-là, personne ne la saurait exactement un jour.

Yoann en avait le souffle coupé rien que d'y repenser. Cette femme n'était pourtant pas l'une des plus à plaindre sur la commune, si l'on se fiait du moins aux apparences. Son mari était un paysan du coin balourd, mais plutôt jovial, on ne pouvait imaginer qu'il l'ait un jour maltraitée, et elle trimait du reste beaucoup moins depuis la retraite. Ensemble ils avaient fait des voyages organisés aux Canaries ou même, plus rare dans leur milieu, un séjour balnéaire en Martinique. Combien d'enfers ainsi repliés dans le plus petit recoin de l'univers, se disait-il ? Combien de suppliciés inconnus sur cette terre ? Combien étaient-ils à tricher, à dissimuler même à leur voisin de lit leur détresse inguérissable ? Pour la première fois de sa vie, il enviait l'insouciance des bêtes.

Tirant plus de honte que de rancune du constat de son échec, Yoann dirigeait contre lui-même l'essentiel de ses reproches. La période d'effervescence politique l'avait toutefois soulagé d'une part de son fardeau, lui faisant comprendre qu'il était un rouage d'un système d'où quelqu'un comme lui n'avait eu quasiment, dans aucun cas de figure et à aucun moment, la chance de sortir triomphant. Il commençait à entrevoir quelle petite part de liberté avait en réalité été la sienne depuis son premier cartable jusqu'à son inscription en ligne, deux ans auparavant, en tant que demandeur d'emploi.

« Ils ne se demandent pas comment nous faisons pour vivre avec nos tout petits revenus », avait-il répondu à la mi-décembre à un journaliste dépêché par le très chic *New York Times* jusqu'à Guéret pour voir à quoi ressemblaient les Yellow Vests de vraie souche, ceux-là mêmes qui étaient en train de faire trembler le pouvoir à Paris. « Pourtant, nous aussi nous sommes des hommes, nom de Dieu ! » Le journaliste américain avait pudiquement traduit la fin de la phrase de Yoann Defresne par « pour l'amour de Dieu ! ». Ou alors, peu frotté de jurons français, il n'avait tout simplement pas compris le sens de l'apostrophe, ni saisi qu'il y avait longtemps de cela que les *rednecks* français ne s'en remettaient plus au Créateur, hormis par ironie ou désespoir. Dans toute la région, les églises étaient aux trois quarts vides le dimanche. Déchristianisée dès 1791, la Creuse n'avait jamais vu refleurir la foi dans ses campagnes depuis les curés jureurs. Après Vatican II, la dégringolade s'était accélérée, elle était désormais presque achevée. Du catholicisme vivant des siècles anciens ne restait qu'un résidu chez quelques notables. Chez les autres, ne demeuraient plus que la conscience déchirée, la honte qui taraude, et non le secours de la foi. Plus personne ici, ou presque, ne croyait en la bonne nouvelle ni en l'amour inconditionnel du Crucifié pour les hommes, hormis une ou deux grands-mères.

La morale populaire était vivace en revanche, faite d'ardeur au travail, de respect pour les vieux et de sacrifice pour sa famille en général, celle-ci fût-elle constituée de la plus infecte brochette de méchants et de tarés. « Tu honoreras ton père et ta mère » : ce commandement-là était le plus suivi d'entre tous. Une « femme bien » dans les discussions du coin, c'était généralement une mère de famille que la vie avait beaucoup tabassée, mais qui restait debout. Une pondeuse qui avait au moins deux ou trois enfants, condition nécessaire mais non suffisante pour accéder au rang de « femme bien ». La meilleure façon d'accéder à cette haute distinction morale, c'était toutefois d'avoir un parent lourdement à charge, incontinent et autoritaire, vous donnant des ordres du lever du soleil jusqu'à la tombée de la nuit. Pour être une femme bien, il fallait en tout cas être une créature qui s'éreintait au travail, et passait le reste d'une vie dépourvue du moindre recoin mystérieux, à récurer les casseroles et à changer les draps. Une femme sans la moindre sexualité représentable bien sûr. Un « homme bien », cela existait aussi, mais la chose avait finalement moins d'importance, car chez l'homme la moralité était moins scrutée.

Un homme bien, c'était avant tout un gros travailleur, quelqu'un qui faisait rentrer l'argent à la maison et régnait sans partage sur sa descendance. La posture du chef de famille indiscuté, voilà avant tout ce qu'on attendait de l'homme. Autant dire qu'un garçon de son âge qui n'avait ni travail ni famille, n'était pas exactement un homme dans la Creuse, et c'était justement le cas de Yoann.

Depuis son arrestation sur les Champs-Élysées, il vivait au demeurant avec un couperet au-dessus de la tête. Une menace qu'il était même impossible d'évoquer directement tant elle était obsédante. Une peine de prison aurait en effet scellé à jamais son destin. Une incarcération eût été une forme de peine de mort sociale dans la région, où l'on n'avait jamais vu un détenu, à l'exception du fils d'une ancienne maîtresse d'école, qui s'était laissé embarquer dans un braquage à main armée avec plusieurs voyous, après être tombé dans un trafic d'héroïne. Le drame s'était toutefois déroulé à distance, dans la lointaine ville de Toulouse, et l'institutrice de la commune avait déjà de longue date fait ses cartons. Néanmoins, l'on en parlait encore souvent, comme d'une effroyable déchéance. Il est vrai qu'on ressassait beaucoup, dans le coin, et que les souvenirs pittoresques n'étaient pas légion. Si Yoann écopait seulement d'une peine avec sursis, la situation ne serait, du reste, guère meilleure pour lui. De quasi quadragénaire encore à la charge de ses vieux parents, il deviendrait un chômeur au casier chargé, et son espoir de retrouver un emploi dans la haute technologie électrique serait cette fois quasi nul.

Un midi, la mère de Yoann, tendit à celui-ci par-dessus la table une enveloppe, avec un regard noir où pointait le reproche. C'était une convocation du Tribunal de Grande Instance de Paris pour le 7 janvier prochain. Quoiqu'attendue, et même inéluctable, cette lettre lui fit l'effet d'un uppercut en plein milieu de l'estomac. La froideur de la loi venait de s'abattre sur lui.

13

Les vœux de l'Élysée avaient été très attendus cette année-là sur les ronds-points de France, du moins sur ceux qui n'avaient pas encore été évacués, rasés ou entièrement brûlés. À Guéret, on avait même dressé un buffet, accroché une boule à facettes, et servi du vin chaud à la louche, pour passer ce moment entre membres de « La Creuse Ensemble ». Yoann était arrivé tôt, serrant toutes les mains sur son passage. L'occasion était idéale pour échapper quelques heures à l'ambiance de la ferme, qui évoquait plus une veillée mortuaire qu'un soir de fête.

Par la violence exceptionnelle de la contrainte exercée sur le corps collectif dès le lendemain de son élection, le président de la République, aussi inexpérimenté qu'infatué, avait libéré des forces d'une rare dangerosité. Il maintenait la bride du pays trop courte. Les saignées étaient trop rapprochées, le fouet claquait trop souvent. Quoique se piquant de finesses culturelles, il ne maîtrisait pas l'art antique de tenir un peuple, par les faux-semblants, et les concessions d'apparence. Sa compétence individuelle était largement dépassée par l'ampleur de sa tâche nouvelle, son flair de jeune banquier, qui autrefois avait pourtant fait ses preuves dans les affaires, était inconsistant au regard de sa mission. Un jour il serait sûrement jugé par les siens pour toutes ces fautes. Mis en accusation par la caste pour l'avoir crûment dévoilée dans son cynisme, sa voracité, et définitivement mise à nu.

Ne respectant aucun des codes qui avaient fait leurs preuves depuis le temps des Médicis, exclusivement entouré de novices enthousiastes venus de l'entreprise, et de débris de l'ancien monde attirés par la seule perspective du butin, ce freluquet au regard habité les mettait tous en danger. On retiendrait que c'était sous son règne que le peuple s'était remis à croire en sa force, à s'échanger des textes séditieux, à se penser un destin, et à se préparer à de futurs combats. Ce cadet sans habileté dans la conduite des hommes avait remis l'Histoire en marche. Perpétuellement escorté de son ancien professeur de théâtre, qui était depuis la fin de son adolescence devenue sa femme, mais qui, aux yeux du peuple, demeurerait à jamais sa mère, il était le futur fléau des puissants du pays. Sous ses allures d'être leur meilleur domestique, il était celui qui provoquerait un jour leur chute.

Il aurait pourtant suffi de peu pour que tout ce fracas retombe, que chacun retourne à ses affaires, que le consentement à l'ordre soit à nouveau extorqué. Il aurait suffi qu'il accepte, peu avant les fêtes de Noël, de mettre un genou en terre, fut-ce par ruse. Un symbole puissant aurait tout arrêté à l'instant. La restauration de l'impôt sur la fortune des grands. Le référendum d'initiative citoyenne, que tous demandaient, et qui n'avait d'ailleurs rien d'un scrutin révolutionnaire. Une dissolution de l'Assemblée nationale a minima. Même le grand de Gaulle avait dû en passer par là pour purger les barricades de 68. Il aurait suffi que le petit roi de Paris baisse l'armure et s'avance courageusement devant les Gilets jaunes, peuple innocent et sentimental, et qu'il dise en ce mois de décembre, les mots de la réconciliation que chacun attendait.

« Je vous ai entendu. J'ai entendu la souffrance du peuple de France.

Oh je sais bien que vous ne m'avez pas tous choisi. Je sais bien que vous ne m'aimez pas tous, que vous me haïssez, pour certains d'entre vous.

Et cependant ce soir, je vous demande de m'écouter pour la première fois, où que vous soyez. J'ai entendu votre colère. J'ai entendu votre souffrance. Elles sont les miennes désormais. Trop longtemps nous avons laissé nos conditions diverger, trop longtemps nous avons laissé certains d'entre nous sur le bord du chemin. Le fil de notre histoire collective s'en est trouvé perdu. J'en prends ma part.

Aujourd'hui, j'ai décidé de laver notre honte collective. À partir de cet instant et en tout lieu, je mettrai tout en œuvre pour qu'il n'y ait plus ni derniers, ni premiers. Par-delà nos différences, nous sommes un seul peuple, et c'est ensemble seulement que nous vaincrons le démon de la division, celui de la guerre civile, pour que la République ne soit pas un vain mot, pour l'avenir de nos enfants, et la gloire d'un pays que nous aimons. »

Chacun serait rentré alors chez soi, soulagé, tant chez ce peuple des ronds-points le respect de l'ordre était grand, et plus grande encore la crainte de le perturber injustement. Le président en eut été applaudi, une légende historique en serait née. Il n'y avait du reste pas besoin d'être un penseur florentin de génie, ni de se hisser à la hauteur de vue de l'antique Solon, pour imaginer pareille manœuvre, sentir les points de résistance à ne jamais dépasser avec la plèbe, ni comprendre l'absolue nécessité présente de donner un peu de mou à la longe.

Mais le malheur voulait que les tréfonds de ce peuple demeurent à jamais inconnus de ces élites sans profondeur. Rien de tout cela ne se produisit. Le discours présidentiel fut d'une arrogance compacte, traitant le peuple en adversaire, n'offrant pas à ce dernier la moindre sortie honorable. Sur le rond-point, la consternation se lut à l'instant même sur tous les visages. L'on se sépara très vite pour rejoindre sa soirée du Nouvel An aux alentours. Les regards semblaient se fuir, comme si chacun devinait que la défaite était déjà certaine, et craignait d'en lire la confirmation dans les yeux de ses camarades. On n'entendit même pas dans l'air les sifflets qui accompagnaient en temps ordinaire chacune des prestations de l'homme.

À force d'avoir été calomniés, ces gens étaient réellement vus comme une bande de brutes, qui ne comprenait que le bâton. Faute de les connaître, nul ne savait encore dans les cercles du pouvoir qu'ils n'attendaient au fond que des excuses, un peu de justice, un oblat verbal. Macron, lui-même authentiquement en train de perdre l'esprit à force de peur, se persuadait de l'influence sur cette émeute de l'ex-puissance soviétique, ainsi que de toutes sortes de sorcelleries numériques dirigées contre lui. D'ordinaire c'est le peuple qu'on rendait seul coupable de ce genre de supputations extravagantes.

Y avait-il aussi, quelque part dans un recoin de la tête de ces grands bourgeois, à la fois veules et durs, l'idée que les humeurs du peuple ne pouvaient de toute façon se régler que par quelques saignées occasionnelles ? Et que donc les raclées du samedi, les corps matraqués, les membres arrachés, tout cela était somme toute une saine pédagogie sur le long terme ? Ce n'est pas impossible.

Plus que tout au monde, le président voulait désormais chasser ces spectres qui le tourmentaient sans répit à chacune de ses apparitions, et le poursuivaient même lorsqu'il était convoyé au milieu de toute sa garde. Ne connaissant que le pouvoir de l'argent, outre les plaisirs solitaires du narcissisme, il crut qu'en signant un chèque de quelques milliards d'euros, l'affaire pourrait être enterrée avant Noël. Cette somme était une aumône au regard des finances d'un si grand pays. On apprendrait plus tard au demeurant, qu'elle était prise par subterfuge dans les poches de l'assistance publique. Elle ne suffit pas à éteindre la fièvre d'un peuple, auquel on n'avait même pas consenti les apparences du respect.

14

Laurent Bourdin avait passé des vacances de Noël moroses. Les bouleversements que connaissait le pays lui inspiraient de l'inquiétude. Les temps avaient indéniablement changé depuis que l'ange de l'Histoire avait redéployé ses ailes. Plus personne ne s'intéressait aux minuscules déplacements de pièces sur l'échiquier intellectuel français, dont il était devenu en quelques années le maître. Il se sentait semblable au virtuose d'un jeu désuet auquel plus personne n'avait envie de consacrer une heure de sa vie. L'équivalent d'un fin connaisseur du lansquenet, cet ancien jeu de cartes pour lequel les héros de Dumas sacrifiaient autrefois leur argent et leur cheval et dont, depuis deux siècles au moins, nul ne connaissait plus les règles.

Le spectacle politique était dans les rues de France chaque samedi désormais, et non dans les revues spécialisées. Une insurrection à date fixe, voilà l'étrange spectacle auquel chaque semaine le peuple jaune conviait le pays, avec ses actes numérotés à la manière d'une pièce de théâtre dont la France entière aurait été à la fois la scène, le parterre et le balcon. Une ritualisation qui avait du reste étrangement fait dire à un philosophe mondain à longue chevelure, largement passé de mode, mais au carnet d'adresses toujours menaçant, que tout cela n'était qu'un jeu, une pitrerie, un simulacre de guerre. Ses expressions faciales lorsqu'il évoquait les exploits des jaunes semblaient toutefois indiquer qu'il n'en menait pas large, ainsi que le reste de ses amis fortunés.

Annoncés à l'avance, à la manière d'un « Tirez les premiers, messieurs de la préfecture », ces actes conservaient pourtant quelque chose du panache des batailles du passé. On ne pouvait s'empêcher d'y voir la trace d'une très ancienne France et de son esprit chevaleresque, l'une des sources auxquelles puisait ce mouvement hétéroclite où les chants des rouges antifranquistes côtoyaient le folklore nostalgique des Camelots du roi. Le peuple y mettait tout son sérieux, de même que dans la fabrication méticuleuse des cabanes, ou la rédaction de nouvelles constitutions qui changeraient le destin de l'humanité. À mesure que l'on s'éloignait du cratère encore brûlant du 1er décembre, il devenait pourtant évident, chaque semaine davantage, que l'on se rapprochait de l'ornière finale.

Chaque samedi soir, en attendant ce terme, on comptait les blessés, et même les mutilés désormais. Chaque week-end émergeaient de nouveaux martyrs et de nouveaux héros populaires, galopin poussé sur les barricades bordelaises, grand-mère à la gouaille célinienne voulant botter le banquier hors du trône, ancien boxeur à la musculature fabuleuse qui un jour, administrerait à des agents de police apeurés une véritable correction filmée, digne d'un blockbuster hollywoodien. Des camionneurs de Melun infligeaient de cuisantes défaites télévisées à des énarques sur les plateaux des grandes chaînes le soir. Le président de l'Assemblée nationale, un ci-devant dont le nom avait le parfum même de l'Ancien Régime, s'était même vu sommé de donner les prix pratiqués par son coiffeur devant des millions de téléspectateurs. D'anciens militaires bretons prêchaient chaque jour par webcam depuis leur HLM, incitant le peuple à ne pas reculer face au président des milliardaires. Les vedettes de l'heure, c'étaient ces nouvelles têtes d'affiche prolétariennes. Pour une fois, les petits aussi avaient leurs célébrités, des hommes à qui ils pouvaient s'identifier, des tribuns du peuple qui venaient du peuple. Leurs déclarations étaient inlassablement commentées, critiquées ou glorifiées, le soir, dans les assemblées.

Le reste n'avait plus d'importance, et personne de vraiment sérieux ne s'y intéressait encore. Les télévisions les plus férocement proches du pouvoir ne pouvaient elles-mêmes détacher leurs caméras de ce fascinant spectacle. L'Élysée le leur reprochait, durement d'ailleurs, estimant de façon paranoïaque que c'était elles qui faisaient naître l'intérêt du public pour ces gueux.

En quelques semaines à peine, Laurent Bourdin était ainsi devenu l'ancien combattant de révoltes jamais advenues, un dinosaure importun, englouti en même temps que les hommes politiques démodés et les experts corrompus qui lui servaient hier encore de punching-balls. Dans le monde d'après l'émeute, le nom de Bourdin était inexistant, comme celui de tous les autres cadors des sciences humaines françaises. Il se voyait désormais condamné au clair-obscur des savants, aux ratiocinations pour convaincus, aux colloques dont tout le monde se contrefichait. N'importe quel bateleur gominé pour prime time avait désormais plus de poids que lui aujourd'hui dans la circulation des idées politiques. Il y avait vraiment de quoi être préoccupé.

Par ailleurs, il y avait pire. À la manière de tous ses pairs dans le pays, plus Bourdin considérait ces prolétaires en fusion, moins il se sentait proche d'eux. Tout au long de leur vie, ces penseurs avancés avaient attendu la révolution, et, par un détour ironique déplaisant du cours des choses, elle leur arrivait avec ces gens sous une face dérisoire, et même repoussante à maints égards. Leur morale surannée était un vrai problème. Sans parler de leur goût ridicule du drapeau et de leur humanisme rustique, que la pointe avancée du monde des idées avait entièrement révoqué depuis plus de cinquante ans. Tout cela était déplaisant, et surtout totalement hétérodoxe au regard du catéchisme entier de la gauche intellectuelle contemporaine. Quelle malchance, décidément, que la seule authentique insurrection que Bourdin ait eue à connaître de son vivant eût été incarnée par des fans tatoués de rallye automobile.

Pire encore, les sentiments ambivalents qui étaient les siens à l'égard de ces nouveaux forçats de la faim, le ramenait inéluctablement à sa classe d'origine. Contrairement à beaucoup de ses collègues plus ordinaires, il était bien trop lucide pour ne pas avoir ressenti le processus de rejet social se mettre en place peu à peu au sein de sa propre personne. Son moment d'auto-analyse hivernal avait été cruel. La chose était odieuse, mais indéniable. À cet égard, il détenait désormais la preuve que la sociologie qu'il professait depuis des années était une science authentique.

Sa mère était une ancienne commerçante de la porte de Saint-Cloud, dure en affaires et peu portée à la compassion. Il avait souffert de son amour aussi tentaculaire que glacial. Dans l'intérieur austère des Bourdin, en face de l'église d'Auteuil, on ne connaissait pas les moments d'abandon, ni les gestes tendres. La faiblesse personnelle était sévèrement jugée, la vie sociale, limitée au simple utilitaire. L'argent n'était jamais évoqué ouvertement, mais il faisait et défaisait l'attention que l'on portait à son prochain. Les divorcés étaient mal considérés. Le carnet de notes était la seule boussole sûre pour un enfant. Lorsque la moyenne montait, l'atmosphère était pimpante autour de la lourde table en noyer du salon. Lorsqu'elle baissait, les remarques blessantes pouvaient fuser vite.

Ainsi Laurent Bourdin avait-il le sentiment d'être entièrement né à lui-même en profanant les valeurs de la bourgeoisie, l'idée même de devoir, et en refusant obstinément de fonder une famille. La plupart des valeurs brandies par ces gens des ronds-points le mettaient donc au supplice. Presque toutes, en réalité, hormis la volonté de destituer les nantis, même si, sur cette question-là aussi, le malentendu avec eux était presque total. Chez lui, le désir de justice procédait d'une revanche contre les bourgeois étriqués de sa famille et leurs opinions prudhommesques, qu'il avait haïes depuis l'enfance. Partant de cette racine-là, le reste était purement une élaboration conceptuelle. Une construction logique, une excroissance entièrement cérébrale. Chez les Gilets jaunes, c'était tout autre chose. Le désir de justice s'ancrait dans une privation matérielle qui s'était aggravée au fil du temps, jusqu'à devenir une lutte quotidienne pour la survie, et même une longue agonie pour certains. Chez eux néanmoins, une part non négligeable de ce désir était également affirmative. Ils avaient vraiment à cœur de défendre les manières de vivre qu'ils aimaient, les liens du sang tels qu'eux les comprenaient, les territoires ruraux auxquels ils étaient attachés, tout ce que les coordonnées nouvelles et hostiles de la vie moderne avaient abîmé.

De ce fait, il ne pouvait y avoir aucun accord sur le fond avec ces gens pour les théoriciens contestataires bohèmes qui donnaient le ton aujourd'hui à Paris en matière politique. Le désolant poujadisme des Gilets jaunes en matière de mœurs, leur bon sens aux pieds plats, leur rejet primaire de la politique et des syndicats, tout cela renvoyait intellectuellement à l'âge des cavernes, aux yeux de Bourdin et de ses alter ego. Que pouvait-on faire avec un matériau humain pareil ? Était-ce avec des fans de tuning et des rustauds misogynes que l'on abolirait la propriété lucrative du capital ? Que l'on bâtirait un grand parti révolutionnaire pour permettre l'auto-émancipation de la classe ouvrière ? Que l'on répandrait le socialisme émancipateur à travers le monde ? Si l'on regardait les choses froidement, ça ne tenait pas la route une seconde. On partait de trop loin. Et surtout de trop bas, pensait Bourdin. S'il fallait se dire les choses franchement, ces gens étaient de véritables ilotes. Leur affaire était de toute façon mal engagée, et même déjà presque condamnée. À quoi bon se brouiller avec tout le monde intellectuel qui pesait pour des gens qui ignoraient jusqu'à votre existence ? Demain ils retourneraient vaquer à leurs enjoliveurs de voiture, à leurs fusils de chasse, à on ne savait quoi au juste, et sur le plan politique, ils retomberaient vraisemblablement dans les filets du Rassemblement national, il ne fallait pas non plus se leurrer à ce sujet. Il n'y avait décidément que des coups à prendre.

D'autant qu'il fallait rester sur ses gardes, la période était trouble, on ne connaissait pas nécessairement la provenance de ce genre d'interlocuteurs. Or comme tout le monde, Bourdin était sous surveillance. À vrai dire, le sociologue n'avait jamais pris le risque de passer quelques heures avec un seul de ces personnages, hormis ceux qui étaient issus du cercle des militants de la gauche anticapitaliste habituelle, mais ceux-là ne comptaient pas bien sûr.

« On ne sait pas bien qui sont les Gilets jaunes sous le gilet », avait résumé non sans franchise une historienne réputée des révolutions, exprimant là le sentiment général de ceux qui leur étaient pourtant les moins défavorables.

De toutes ces incertitudes le mandarin n'avait osé s'ouvrir à demi-mot qu'à Eliel Laurent, son jeune camarade journaliste. L'un des derniers proches qu'il ait pu conserver hors de son cercle d'admirateurs, de disciples et de groupies féminines. Il était bien entendu exclu de révéler le fond de sa pensée sur ces questions-là à l'un de ses pairs, qui aurait risqué d'en faire on ne sait quel usage malveillant, révélant au pays entier que l'illustre idéologue doutait du peuple.

Chez lui, lorsqu'il était enfant, toujours on s'était gaussé des fautes de français de la bonne, des maladresses provinciales, ou des barbarismes sous la plume d'un journaliste de *France Soir*. Tout cela lui revenait aujourd'hui lorsqu'il parcourait sur les réseaux sociaux les textes invertébrés de ces malheureux Gilets jaunes, où les accords de participe passé étaient martyrisés, où le sens lui-même échappait parfois entièrement à force d'incompétence syntaxique. Pire encore, il entendait dans ces moments-là le rire de sa mère, et l'idée d'être devenu comme elle au fil des années, selon la triste courbe de la détermination qu'il avait passé sa vie professionnelle à étudier, le rendait malheureux.

C'est avec toute la rage d'un ancien enfant appliqué qu'il avait renié entièrement les credo et aspirations de toute sa famille. Qu'il s'était converti aux revendications de la gauche la plus intransigeante qui soit. Le stade ultime de sa rébellion personnelle s'exprimait désormais à travers le style de vie priapique dans lequel il s'était lancé sur le tard, y apportant le même esprit de système que dans tout le reste. C'était sa façon ultime d'achever sa mue, de se dépouiller du vieil homme. Également dans ce domaine, Bourdin donnait le sentiment de chercher à égaler quelque norme olympique, plutôt que de laisser se faire les choses avec passion, ou simplement avec naturel.

Il venait de se séparer d'une thésarde en lettres modernes, féministe militante férue de *gender studies*, pour qui il s'était intéressé avec sincérité pendant plusieurs mois au roman expérimental américain, et était même allé jusqu'à écrire quelques lettres d'amour en écriture inclusive. Au bout d'un moment, la chose lui avait paru fastidieuse, et la jeune femme avait au demeurant la détestable habitude de le repeindre en fossile masculiniste à chacune de leurs querelles. À son âge, il devenait un peu dérisoire de se plier ainsi aux lubies de la dernière minette qui s'était arrangée pour se placer dans son champ de vision lors de ses cours magistraux. Il en avait une conscience au moins à moitié claire, même si, longtemps privé de ce genre de plaisirs, sacrifiés à l'étude, sa lucidité s'arrêtait là où commençait un appétit charnel qui, à force de facilités offertes, était devenu insatiable au fil du temps.

Il pouvait désormais avoir jusqu'à trois ou même quatre maîtresses en même temps, certaines acceptant durablement ce rang subalterne de femmes de l'ombre, moyennant la satisfaction d'avoir les faveurs d'une célébrité intellectuelle. Beaucoup finissaient rapidement évacuées, dans des conditions peu reluisantes. Ainsi un progressisme radical mis en application reconduisait-il aux pratiques des sérails anciens, avec tout un ballet de concubines dans la pénombre. Tel le sultan de Topkapi, le mandarin de Nanterre qui n'avait pas de mots publics assez exaltés pour défendre la libération de la parole des femmes venue des États-Unis, les traitait dans l'intimité en toute bonne conscience comme un polygame impitoyable.

Sa morale était de ne jamais se contraindre. Hormis dans le travail bien sûr, où il pouvait enchaîner plusieurs nuits quasi blanches, lorsqu'il s'agissait de préparer un colloque abscons susceptible d'asseoir sa gloire.

La dissonance engendrée par ce comportement volontiers compatissant à l'égard du genre humain, mais bien souvent sans scrupule à l'égard des femmes, était semble-t-il entièrement épongée chez lui par la psychanalyse. De sa séance hebdomadaire il ressortait galvanisé, convaincu de la souveraineté absolue de son moindre caprice. Toute femme qui entravait son discours, et ne le considérait pas avec une muette admiration, devenait à l'instant une matrone, une déesse de la fécondité effrayante.

Son psychanalyste devait du reste se régaler tant l'inconscient parlait souvent sans le moindre filtre à travers sa bouche. Ainsi Bourdin avait-il une véritable hantise de la maternité et prônait-il avec ferveur la recherche sur l'utérus artificiel comme une libération pour l'humanité. Il semblait attendre ce moment avec une ferveur tout à fait suspecte, et s'était même renseigné très en détail sur les avancées de la procréation extra-utérine. De récentes recherches anglaises sur la gestation presque aboutie de huit fœtus de veau dans un placenta artificiel géant l'avaient notamment transporté, et il s'en ouvrait régulièrement à des camarades ou à des disciples un peu circonspects. Ce point de vue était en effet assez difficile à comprendre, Bourdin ne courant pas le risque personnel d'avoir un jour à accoucher. Pourquoi cette affaire le mobilisait-il à ce point ?

De la même façon, le penseur pouvait soutenir qu'abandonner un enfant à l'assistance publique n'était pas nécessairement une mauvaise action, si l'on n'avait pas la force de l'élever. Ou encore, que la prostitution était une exploitation de la force de travail comme une autre, et que seul un moralisme désolant pouvait conduire à la placer à part des innombrables autres formes de servage salarié. Patron ou proxénète, quelle différence après tout ? Faire le trottoir n'était pas plus humiliant que de se retrouver en blouse derrière une caisse de supermarché, ou employée à la chaîne dans une conserverie. À tout prendre, l'activité pouvait même être bien plus rentable et avoir certains avantages que les autres n'avaient pas, allez savoir.

Loin d'être un point de vue iconoclaste, cette vision de la prostitution faisait quasiment consensus dans le milieu intellectuel contemporain, les positions féministes qu'on appelait « pro-sexe » ayant fait des progrès fulgurants au sein de la nomenklatura universitaire branchée. Le rapport au réel était tellement faussé dans ces milieux-là, qu'ils pouvaient défendre sans ciller le caractère anodin pour un être de se faire pénétrer par des inconnus à la chaîne moyennant quelques centaines d'euros par jour. Peu importait que ces femmes, ou ces hommes, aient statistiquement une espérance de vie inférieure de plus de vingt ans inférieure à celle des autres, un présent de toxicos et un avenir de suicidés, ainsi que, pour l'écrasante majorité d'entre eux, une enfance faite de violences sexuelles. L'important pour Bourdin et son peuple était de défier la morale bourgeoise depuis leurs apéros *after work* au Zorba, ou à la Rotonde de Stalingrad.

Au fond, la société entière était peuplée de dominés qu'il fallait aider à secouer leurs chaînes et d'odieux dominants à combattre, mais la prostituée à son compte, elle, était un modèle de libération, et même d'accomplissement de soi. Remettre en question son bon vouloir dans l'ensemble de ses activités, c'était appartenir soi-même au camp des oppresseurs. Malheur à celui qui se risquait d'ailleurs à pointer les contradictions dudit système, qui tenait désormais le haut du pavé chez les gauchistes. Les faits étaient certes têtus, mais à eux seuls ils ne parviendraient jamais à abattre une théorie gratifiante pour le narcissisme d'universitaires qui n'avaient pas la moindre idée de ce qu'il y avait dans la tête d'une ouvrière à la chaîne, non plus que dans celle d'une jeune Malienne faisant des passes en lisière de forêt à Fontainebleau.

Ce profil-là formait pourtant le gros du cheptel prostitué aux abords de Paris, où l'on trouvait davantage de suppliciées sans papiers ni ressources à qui l'on tatouait le nom de leur souteneur sur le poignet, que de grandes courtisanes babyloniennes vêtues de pourpre, attendant le client une coupe d'or à la main. Les affranchis de Nanterre, Vincennes ou Tolbiac n'en avaient que faire. Leur rapport au monde était globalement abstrait.

15

Il n'était pas si évident de trouver un spécimen de Gilet Jaune tout à fait typique, se disait Eliel. La plupart de ceux que l'on voyait sur les plateaux de télévision développaient rapidement les travers des célébrités naissantes, que ce soit dans la téléréalité, la politique ou les médias. Le cardinal de Retz dit quelque part que toute personne que le hasard, ou la chance, a transformé en homme public devient presque toujours, avec un peu de temps, un particulier ridicule. Cette vieille loi se vérifiait bien souvent encore. Pourquoi les plébéiens auraient-ils du reste échappé à la puérilité et au narcissisme de l'époque entière, que le président incarnait entre tous ? Qu'est-ce qui aurait bien pu les en prémunir ? Il fallait une personnalité hors norme pour résister au choc de la notoriété subite, aux têtes qui se retournent dans la rue, aux facilités soudainement acquises sans avoir fait grand-chose d'autre pour cela que d'apparaître, comme d'autres s'étaient seulement donné le mal de naître. Pourquoi auraient-ils échappé à cette règle, eux qui avaient jusqu'ici si peu reçu ?

Ainsi certains, pour être apparus dans des émissions de bas étage, où les applaudissements de commande étaient la norme, étaient-ils déjà devenus des tyrans capricieux et mégalomanes. L'un de ceux que le journaliste Eliel Laurent avait essayé de joindre, un volailler toulousain ultraconservateur, que l'on avait aperçu plusieurs fois sur la première chaîne d'information en continu du pays, lui avait sèchement donné par SMS des créneaux horaires pour se parler le surlendemain. « Appelez-moi jeudi vers 9 heures le matin. Nous aurons dix minutes. » Eliel ne l'avait jamais rappelé. Il n'avait pas fait le CFJ pour se faire donner des ordres par un vendeur d'escalopes lepéniste.

Il songea ensuite à un artisan forgeron du Vaucluse, fort en gueule, dont la notoriété ne cessait de croître sur les réseaux sociaux. Celui-ci multipliait les déclarations fracassantes, et avait même appelé à la rescousse publiquement sur les réseaux sociaux, un ancien général très populaire au sein de l'armée française, deux jours à peine après les événements du 1er décembre, lui intimant l'ordre de « prendre ses responsabilités ». Une proclamation putschiste, à vrai dire totalement incontrôlée, qui lui était depuis lors constamment reprochée par les médias du pouvoir, et aussi par de nombreux camarades du mouvement. Eliel Laurent, qui s'enhardissait, et maîtrisait de mieux en mieux les subtilités de cet univers, aurait bien aimé faire la rencontre de l'homme. On pouvait en discuter la finesse, mais nullement le côté couleur locale. Son maître Bourdin le lui avait du reste déjà dit : l'idée du forgeron était loin d'être saugrenue. Toutes les révolutions abouties des temps anciens étaient passées par une défection des forces de l'ordre ou de l'armée, à commencer par la grande révolution d'Octobre 17 bien sûr, qui n'aurait jamais pu voir le jour si la troupe russe ne s'était pas mutinée et ralliée dans sa quasi-totalité aux soviets, quelques mois auparavant.

Après quelques vacillements avant Noël, les policiers français restaient inexplicablement loyaux à l'égard d'un pouvoir qui se servait d'eux comme d'une garde prétorienne, d'un rempart pour les riches, et les envoyait éborgner leurs semblables pour l'exemple.

L'idée du recours à la hiérarchie militaire n'était donc pas absurde en soi, même si les remontées du terrain la rendaient à vrai dire extravagante. Il se disait certes que les hauts gradés méprisaient le président de la République. Depuis des semaines déjà, on se gaussait dans ces cercles-là de son retard constant dans la prise de décision comme d'un contre-exemple absolu à enseigner dans toutes les écoles de stratégie militaire. À l'appui de cette démonstration, on citait le général Eisenhower, joueur de poker magistral, qui expliqua un jour à un autre fameux général américain qu'il avait choisi pour mener la campagne de Tunisie contre l'AfrikaKorps fin 1942 : « Personne n'a jamais rien réussi à défendre avec succès. La stratégie militaire c'est attaquer, attaquer, et encore attaquer. »

Il fallait bien admettre que le jeune roi banquier faisait exactement l'inverse. Il courait chaque fin de semaine après l'événement, sans jamais parvenir à le rattraper, et à y mettre un terme. Deux jours avant Noël, la police nationale avait même subi une humiliation qui resterait dans les annales. Les Gilets jaunes devaient ce samedi-là se retrouver à Versailles, la ville de la monarchie absolue, en même temps que l'ancien bastion des bourreaux de la Commune. Un puissant symbole pour ce mouvement qui se revendiquait de plus en plus souvent, non sans naïveté, des sans-culottes de 1789. Les compagnies de sécurité les attendaient en masse là-bas, positionnées devant la statue équestre de Louis XIV et les lourdes grilles d'or façonnées par Mansart.

C'est alors que l'un des plus illustres pionniers du mouvement, un chauffeur de poids lourds qui avait fondé le plus influent des groupes Facebook, « La France sans chaînes !!! », eut l'idée d'une tactique digne des plus subtils manuels d'art militaire. À 9 heures du matin, alors que tous les regards étaient tournés vers Versailles, l'homme émit ce simple message via les réseaux sociaux : « Montmartre ! Parvis du Sacré-Cœur ». La ville royale, n'avait depuis le début été qu'un appât pour le ministère de l'intérieur et sa soldatesque. Tous avaient couru, sirène hurlante, aux fins fonds des Yvelines, et s'y étaient retrouvés bloqués pour un long moment. Une demi-heure plus tard, des milliers de partisans du mouvement arpentaient déjà les rues du 18e arrondissement, hurlant à plein poumons des chants de combat antigouvernementaux. Cet épisode resterait comme un des coups les plus fumants de toute la séquence. Au moment même où beaucoup voyaient les jaunes vaincus, ils renaissaient de leurs cendres pour infliger au gouvernement une cuisante défaite, sous les caméras venues du monde entier.

Pour Eliel Laurent, le forgeron militariste était décidément le candidat idéal à un portrait réjouissant du mouvement, quoique dans sa version exclusivement sudiste il est vrai. Sympathisant des Harkis, affichant la photo de Jean Moulin en guise de photo de profil, amateur de plaisanteries gauloises en tout genre, il était vraiment un spécimen de premier choix, même si certains, le disaient psychiatriquement atteint. Un certain nombre de propos compromettants, exhumés un beau matin par un stagiaire de la cellule d'investigation de Radio France, tuèrent néanmoins dans l'œuf le sujet d'Eliel. « Musulmans de France !!! », écrivait l'homme, avec force points d'exclamation, une caractéristique souvent observée dans les écrits des figures connues de Gilets jaunes. « Aujourd'hui vous êtes arrivés à la croisée des chemins. Soit défendre les valeurs de la République, soit finir purgés une bonne fois pour toutes. » Sur un autre Post, commentant la caricature d'une partie de chasse de sangliers, le fanfaron de Carpentras avait également écrit : « À la santé des musulmans extrémistes ! » Le tout datait de l'époque de la dernière présidentielle, lorsque la fille de Jean-Marie Le Pen se hissa au deuxième tour de la présidentielle. Il n'y avait plus rien à sauver. Le cas était clair, le dossier classé, on ne pouvait plus traiter avec un personnage pareil sans risquer soi-même d'être compromis.

Le temps pressait désormais. Le choix d'Eliel se porta donc vers une valeur sûre : un des rares personnages à peu près consensuels chez les profils de Gilets jaunes qui commençaient à cristalliser une petite notoriété sur les réseaux sociaux. Un ancien élève d'HEC qui, écœuré par les années de beuveries vécues sur le campus de Jouy-en-Josas, et par la médiocrité de ses condisciples, avait finalement opté pour une réorientation vers des études de droit. Il était devenu avocat en droit de la famille à Tourcoing, sa ville de naissance, pour un salaire assez modeste. Les affaires de divorces ordinaires, les gardes d'enfants et les harcèlements téléphoniques nocturnes d'ancien conjoints occupaient ses journées, mais ne suffisaient pas à combler ses rêves de gloire.

Il avait la certitude ancrée depuis l'enfance d'être voué à connaître un destin hors du commun. Son père, ancien instituteur à poigne, avait ouvert son imaginaire aux légendes grandioses d'une France où Jeanne d'Arc, De Gaulle et le docteur Pasteur tenaient chacun l'un des rôles titres, bien éloignés du quotidien dérisoire des Tourquennois. Au milieu de la paperasse relative aux turpitudes adultérines des notables locaux, et de la rédaction de demandes de prestations compensatoires pour des épouses délaissées, il s'étiolait, sans toutefois abandonner l'idée de prendre un jour sa revanche sur un sort qui ne lui avait jusqu'ici guère permis de briller. C'est là, à l'étude où il dépérissait, que le grand vent de l'histoire était venu le saisir.

Au début, il avait vu dans les Gilets jaunes un mouvement de petits propriétaires, et de commerçants de droite, assez dans ses idées. Lui-même venait d'une lignée de petits artisans du Nord. Son père avait du reste été le premier de toute la famille à échapper à ce destin, et le père de celui-ci, avait été en son temps un grand admirateur de Poujade. Il était rapidement allé faire un tour sur les ronds-points des alentours, où son aisance oratoire, et son vernis d'ancien élève des grandes écoles, avait suscité l'admiration des pauvres gens, qui l'avaient dès le premier soir longuement applaudi.

Sûr de lui, comme la plupart de ses anciens condisciples d'HEC, n'ayant guère lu que des manuels de management et des récits d'écrivains voyageurs exotiques, qui le détendaient en vacances au Maghreb, il était néanmoins un orateur à peu près correct, et son style légèrement vieillot, qui contrastait avec sa jeunesse, rassurait les retraités qui étaient nombreux parmi les Gilets jaunes du Nord. Il en avait été grisé. Le mouvement s'installant au-delà des premiers samedis, il avait commencé à le voir comme le kérosène de son ambition politique, qui ne connaissait plus de limites. Tous les soirs il était revenu rôder sur le rond-point local, où sa notoriété n'avait cessé de croître. « Un mouvement comme ça peut conduire un homme à l'Élysée. » avait-il confié à sa mère, enthousiaste, autour d'un poulet rôti un dimanche midi.

Se faire investir, lancer lui-même un parti, il ne savait pas encore exactement par quel bout se saisir de la chose. Une chose était certaine : il ne se mettrait pas dans le sillage d'un grand squale déjà installé de la politique afin de prendre sa place dans la file pour attendre son heure. Il n'irait pas user sa jeunesse à gravir tous les échelons d'un parti, depuis le collage d'affiches jusqu'aux confidences recueillies auprès du grand chef. L'heure n'était plus à ce carriérisme passé de mode, ni à ramper devant des dignitaires, et autres députés ventripotents, avant de connaître l'ivresse de saisir le poignard contre son propre mentor.

Qui s'intéressait encore à la politique locale, à la gestion des cantines scolaires, aux arcanes des découpages électoraux qui jusqu'ici avaient permis de se hisser par degrés jusqu'aux dorures élyséennes ? Qui avait encore envie d'amadouer les syndicats, d'entourlouper les militants sincères, d'échafauder les billards à trois bandes d'alliances et de retournements d'alliances entre ennemis de la veille ? L'exemple du président de la République aujourd'hui en place, qui avait brûlé toutes les étapes en quelques années à peine, et marché sur le corps de ses aînés, pulvérisant le vieux monde et traçant droit vers son destin, avait électrisé l'esprit de tous les ambitieux du pays. Les agoras numériques, où des centaines de milliers d'enthousiastes, ou de simples curieux venaient se connecter le soir pour être évangélisés, et vibrer au verbe de l'un des leurs, là était désormais la politique de l'avenir. Un homme, un corps collectif, et la rencontre fusionnelle entre les deux. Rien d'autre n'était désormais nécessaire. Rien qu'à y penser, l'avocat en tremblait d'excitation à certaines heures.

C'est donc à cet homme qu'Eliel Laurent en était venu à se résigner pour portraiturer un Gilet jaune présentant de vraies garanties de respectabilité. Un jeune bourgeois joufflu, qui fleurait bon l'ancien monde conservateur à peine défait, tromperait sa femme un jour avec diverses collaboratrices, et se montrerait tôt ou tard compréhensif à l'égard de la lourdeur des charges, de la nécessité des compromis raisonnables, et surtout du bien-fondé d'une force publique réarmée face aux périls de l'anarchie.

Un rendez-vous fut donc donné dans un café près de la Gare du Nord. L'avocat prit le TGV pour l'occasion. Un portrait dans un grand titre national comme Libération, cela n'avait pas de prix. Sa cote allait d'un coup bondir. D'autres journalistes, corporation sans imagination, allaient nécessairement tomber sur cet article, et dès lors on l'appellerait quotidiennement. Son IPhone ne cesserait de tinter de nombreux SMS. Il devrait même prioriser ses interventions, refuser des passages peut-être, y compris sur de grandes chaînes. Il se voyait déjà river son clou sans pitié à un représentant compassé du Medef, ou à de vieilles ganaches soixante-huitardes reconvertis en vigiles de l'ordre bourgeois. Il pensait aussi aux jolies journalistes de télévision, vestales du gouvernement maquillées comme des stars de cinéma, qu'il scandaliserait, et de fil en aiguille intriguerait, par son discours hors des sentiers battus. La situation était excellente pensait le garçon tandis qu'il regardait défiler le paysage par la vitre, en feuilletant mollement un hebdomadaire qui se cherchait une ligne entre un républicanisme intransigeant, et la découverte de circonstances atténuantes à l'oligarchie qui lui permettait de boucler ses fins de mois.

Lorsqu'il rejoignit Eliel Laurent, déjà assis sur une banquette de cuir rouge au café du Nord, en face de la gare, le rendez-vous ne prit néanmoins pas tout à fait la tournure prévue. Ce journaliste de son âge ne semblait guère impressionné par ses formules percutantes, ni par la tête froide qu'il se flattait d'avoir su garder en ce moment de bascule de l'Histoire. Ne comprenait-il rien, tout simplement, ce laquais macroniste ? Ne savait-il pas que, si des gens responsables comme lui ne pouvaient leur servir d'interlocuteurs, d'autres derrière lui, beaucoup plus vindicatifs, et dangereux, risquaient de surgir ? On disait ce métier totalement miné par l'inculture, la collaboration pleine et entière en matière politique, un conformisme sans remède. L'avocat eut comme un frisson de tristesse. Il repensa fugitivement à ces années de collège éprouvantes où son année scolaire d'avance, due à sa précocité, et ses kilos en trop, le condamnaient souvent à l'humiliation et à la solitude face aux petites frappes de la classe. Des gamins médiocres, mais parfaitement sûrs d'eux-mêmes, que la moindre parcelle de fragilité décelée chez les autres transformait en véritables démons. Des êtres qui ne feraient pas grand-chose de leur existence, connaîtraient des destins souvent sans intérêt, mais qui du moins traverseraient la vie telles des billes d'acier, sans connaître le doute, ni la mélancolie. S'apercevant dans le miroir du bistrot, en face duquel il était assis, avec ses lunettes de vue et son embonpoint qui le complexait depuis l'enfance, l'avocat se sentit soudain risible et surtout superflu.

À peine le Tourquennois s'était-il assis en face de lui qu'Eliel Laurent l'avait, il est vrai, considéré d'un œil froid. Sans sympathiser avec la cause des Gilets jaunes, il était néanmoins évident, en observant ce diplômé des grandes écoles aux allures d'ancien dispensé de sport, que rien n'aurait dû faire de lui leur porte-parole naturel. Peu charismatique, la bouche crispée par une expression d'indissimulable mépris, déjà anormalement persuadé de son importance pour un garçon hier encore obscur, il inspira au journaliste une antipathie immédiate. Un léger accent du Nord, pourtant presque entièrement corrigé, le rendait seul un peu « dans le ton », lui donnant un petit côté terroir dans la thématique du portrait attendu. Pour le reste, Eliel avait le sentiment d'être en présence d'une réincarnation de l'ancien Premier ministre Raymond Barre, en moins flamboyant.

Ainsi, le peuple se serait soulevé pour cela: exiger la destitution des yuppies et *startuppers* élyséens et réclamer la restauration des anciens énarques qui les avaient gouvernés pendant des dizaines d'années ? C'était donc cela qu'ils voulaient, des notaires à l'ancienne mode, de cette espèce paternaliste qui donnait de généreuses étrennes à leurs gens ? C'était ça, le nouveau monde rêvé par le peuple des ronds-points et la révocation des élites attendue ? Il y avait de quoi être écœuré, ainsi qu'il s'en ouvrit le soir même au téléphone à Laurent Bourdin, qui en fit des gorges chaudes, non sans en tirer quelques sombres réflexions sur l'état de délabrement général du pays et la candeur du peuple.

Alors qu'il serrait la main molle de l'avocat sur le trottoir devant la gare, Eliel Laurent se sentit sincèrement dépité. À cet ambitieux escogriffe d'autres que lui se chargeraient de servir la soupe, si l'envie leur en prenait. Pour sa part, ce serait service minimum, et même coup de pied de l'âne au passage. Avec un tel portrait assassin en dernière page de *Libération*, il était du reste sûr de faire un triomphe auprès de la corporation. Le journaliste commençait à se sentir maître et possesseur de son sujet. Sa décision était prise: il irait jusqu'au bout de l'expérience dans laquelle il s'était trouvé par hasard immergé. Il chercherait le spécimen idéal pour percer plus en profondeur les secrets du mouvement. Un Gilet jaune d'appellation d'origine contrôlée celui-là, totalement *roots*, comme on disait désormais afin d'éviter le côté sourdement pétainiste de l'expression « de souche » en français. Il était prêt à se déplacer à l'autre bout du pays s'il le fallait. Le prochain acte national, qui devait se tenir dans la Creuse, lui fournirait très certainement ce terrain d'investigation idéal. Après tout, c'était presque devenu un nouveau genre journalistique. Il y avait même une signature connue, appartenant à l'équipe des grands reporters du *Monde*, qui avait tiré de substantiels dividendes symboliques de son immersion de plusieurs mois en tant que femme de ménage sur une compagnie de paquebots. Elle avait ressuscité le genre, redonnant quelque lustre aux expériences de plongée parmi les petites gens des écrivains du passé. Bien sûr, Eliel Laurent ne se voyait pas à quatre pattes dans une étable du Loir-et-Cher, comme elle-même l'avait fait dans les cabines de douche du groupe Costa Croisières. Mais après tout, une petite virée dans la France profonde pouvait avoir un sens en ce moment, alors même que ses pairs se voyaient reprocher leur coupure d'avec le pays réel. « Encore une expression à éviter », s'amusa Eliel Laurent.

16

À mesure que le mouvement s'étalait dans le temps, et perdait de l'intensité virginale des premiers actes, les imposteurs de toute espèce, les Rastignac de sous-préfecture et les résistants de la vingt-cinquième heure y pullulaient. Toute une cour des miracles avait poussé en quelques semaines à peine dans le sillage de l'événement insurrectionnel. La plupart des figures nouvelles qui la composaient n'avaient du reste jamais pris part aux événements des Champs-Élysées, ni passé une nuit à discuter sur un rond-point, ni participé en quoi que ce soit au théâtre des opérations. Certains n'avaient même aucune espèce d'envie de partage ou de fraternité avec leur prochain, et entendaient au contraire tirer les marrons du feu de tout ce charivari national pour leur unique profit. Il suffisait souvent d'avoir un culot d'enfer, de trouver les bons mots pour exciter la fureur collective sur les réseaux sociaux, de cibler sans relâche les turpitudes des riches, et, en quelques jours à peine, vous pouviez devenir le nouveau guide d'un peuple désorienté.

Évidemment, cela ne suffisait pas pour durer. Ni les plus agités, ni les escrocs manifestes, ni ceux qui étaient trop ouvertement perméables aux avances des partis politiques ne tenaient la distance. Ils se voyaient tôt ou tard rejetés par la grande marée populaire, qui triait avec une justesse assez spectaculaire le cristal du caillou dont il fallait se débarrasser. Le processus d'expulsion pouvait du reste être brutal, certains n'ayant plus la possibilité, après leur bannissement, de remettre les pieds en manifestation, au sens littéral du terme. Pour tenir la route, il fallait quelque chose de spécial, où se mêlaient l'habileté tactique, l'autorité personnelle et, force était de l'admettre, la capacité d'intimidation. Le style mâle alpha plaisait beaucoup. Tatouages, fermeté du propos, confiance en soi inébranlable, ou du moins apparente. On revenait aux formes les plus élémentaires du charisme en politique.

Ce n'était aucunement la fin de la politique, c'était le retour à sa dimension plébiscitaire, une des plus archaïques. Le chef de file du mouvement devait ainsi offrir un mélange de césarisme sans complexe et de proximité fusionnelle avec le peuple facilitant l'identification. Il devait se présenter comme n'ayant peur de rien, offrir au regard la contenance d'une sorte de chevalier blanc, sans peur ni reproche. Maniant tour à tour l'ironie et la provocation verbale, il avait un style oratoire avant tout fondé sur les « coups de gueule ». Il était le contestataire incorruptible d'un ordre mauvais, qui chasserait les marchands du Temple. Volontiers rebelle, voire marginal, il alternait le lyrisme sentimental, lorsqu'il évoquait un peuple paré en imagination de toutes les vertus, à la grossièreté plus ou moins contrôlée, pour parler des complices du pouvoir, et des châtiments impitoyables qui leur seraient un jour infligés. Il fallait un vrai talent pour réussir une telle composition spontanément, et, de fait, beaucoup des imitateurs venus plus tardivement, ou s'appliquant à reproduire la recette, réussissaient seulement à se couvrir de ridicule.

Pour toutes ces raisons, aucune femme ne s'était durablement imposée parmi les têtes d'affiche du mouvement, alors que sur le terrain elles étaient nombreuses, et très impliquées, organisant la vie commune sur les lieux d'assemblée sans compter leurs heures. La seule dont l'avis pesait vraiment, une auto-entrepreneuse de la région parisienne dotée d'un caractère de fer, avait eu la sagesse de ne jamais dévoiler son véritable rôle au public. Les mâles la laissaient conseiller dans l'ombre. Son jeu était si subtil qu'il était passé sous les radars de la plupart des journalistes, qui n'avaient pas perçu sa centralité tout à fait singulière au sein du mouvement. Eliel Laurent se flattait d'avoir noté cela, ainsi que toutes les autres formes dissimulées de hiérarchisation d'un monde qui s'enorgueillissait de n'en avoir aucune. Sa connaissance de la moindre nuance de jaune était en deux mois devenue quasi encyclopédique.

Périodiquement, bien sûr, le mâle alpha était défié par un nouvel arrivant qui à tout moment risquait de lui ravir sa position, l'accès aux médias, le nombre de vues de ses monologues, l'admiration collective. Toutes les armes étaient alors autorisées contre lui. Racontars, sarcasmes, humiliation publique, jusqu'à ce que l'attention se détourne du gêneur. Souvent, un conflit violent venait trancher l'affaire, laissant peu d'incertitudes sur l'identité du véritable dominant. Ou bien l'on s'installait dans une espèce de paix armée, mais il fallait alors patrouiller sans relâche sur les réseaux sociaux pour surveiller le nouveau, empêcher tout départ de feu, répondre à toute calomnie en train de s'infecter.

Après tout, peu d'espèces animales sur terre s'accommodaient paisiblement des ambiguïtés hiérarchiques, et il en allait de même chez l'homme. C'était là l'essence même du pouvoir politique, à vrai dire, si on le réduisait à son noyau essentiel : comment soumettre l'autre sans avoir à l'assommer ? Comment se faire choisir par la communauté, élire au sens vrai du terme, sans donner l'impression d'avoir œuvré dans ce but ? Comment profiter aussi longtemps que possible de l'accaparement de l'attention publique, en faisant oublier que cette situation n'était que la consolidation d'un choix souvent arbitraire ? Éternel problème dessinant l'espace même de la chose politique. Une fois encore dans l'Histoire, il se posait à ces gens qui venaient à peine de sortir d'un long silence, mais cela était plus cruel pour eux que pour quiconque, car beaucoup des Gilets jaunes s'étaient justement levés pour abattre les jeux anciens de la politique, or ils venaient se briser exactement sur les mêmes écueils.

Beaucoup de gens commençaient du reste à s'agacer de la cristallisation de l'attention publique autour d'un petit nombre. Ces élus qui ne s'étaient pas même fait élire, et qui ne devaient leur légitimité qu'au fait d'avoir su capter un moment l'émotion de la foule, n'étaient pas du goût de tout le monde. Comme chez les Communards un siècle et demi auparavant, chez les Gilets jaunes il y avait l'effroi du nom propre. La hantise de voir confisquer une liberté à peine retrouvée par un nouvel homme fort. Un nouveau patron. Un nouveau roi qui s'accrocherait au sceptre. La peur de se faire à nouveau trahir, comme hier, comme toujours, taraudait véritablement le peuple. Ainsi la position de porte-parole improvisé n'était-elle pas de tout repos, et cela interdisait la consolidation de quoi que ce soit. Chacun de ceux qui sortaient du rang se voyait rapidement suspecter de toutes sortes de malversations, y compris les plus intègres, l'idée même d'avoir des leaders étant en soi douloureuse.

Ceux qui, de fait, occupaient cette position passaient la moitié de leurs interventions à se défendre de l'être. Leurs contacts avec des célébrités ou des élus étaient étroitement surveillés. Le mouvement était également très tatillon sur la question de l'argent. Certains, qui en avaient publiquement réclamé pour venir au secours des blessés, se voyaient harcelés, et à tort accusés de prévarications. À force d'autosurveillance, un grand nombre de brebis galeuses avaient, il est vrai, très tôt pu être repérées. Mais du fait de cette méfiance collective qui confinait à la psychose, beaucoup de gens qui eussent été utiles au mouvement, compte tenu de son inexpérience et de son état de désorganisation totale, avaient eux aussi été neutralisés au cours des différentes vagues de purges.

Quelques rusés savaient habilement utiliser à leur profit cette frayeur du peuple pour éliminer tout individu susceptible de leur faire de l'ombre. Plus gravement, le mouvement, entièrement abandonné à lui-même par la classe intellectuelle durant les semaines décisives, celles au cours desquelles des conseils avisés eussent été bienvenus, avait été investi par toutes sortes d'apprentis gourous en quête de fidèles. Des décennies de trahisons et de mensonges avaient conduit le peuple à se méfier de tout et de tout le monde. Il ne savait plus qui croire, ni où poser avec assurance son pied. Il ne voyait plus, partout autour de lui, qu'illusions et tromperies, et cela le rendait plus que jamais vulnérable aux manœuvres des charlatans. Quand plus un seul des maîtres n'est légitime, le temps des aventuriers et des escrocs est venu. Ainsi, le peuple était mûr pour suivre n'importe qui.

Un certain nombre de personnages douteux s'étaient donc mis à graviter autour de la masse en fusion. Cela s'était déjà observé à d'autres époques de grand tumulte, car la canaille trouve dans le clair-obscur et la confusion générale un terrain adapté à ses menées. « Eau trouble, bonne pêche », selon le dicton. Avortons intellectuels se présentant comme de nouveaux prophètes, avocats sans clientèle en quête d'avancement personnel, faux savants dissimulant des doubles fonds inavouables, ex-dealers soudain revêtus de lin blanc, ils se faisaient passer pour les visionnaires du prochain monde, alors qu'ils n'étaient bien souvent que les recalés de l'ancien. Depuis longtemps, ils attendaient que la roue tourne, et comptaient sur ces braves gens pour leur donner enfin le premier rôle dans une pyramide des grandeurs refaite à neuf. Pour les vrais sympathisants, ce manège était un crève-cœur à observer. Il tuait lentement le mouvement de l'intérieur, lui ôtant toute prise sur le réel, le dégradant moralement, détournant de lui les plus éclairés.

Il y avait pourtant au sein de celui-ci beaucoup de gens sincères. Et de vrais idéalistes. Souvent, ces derniers puisaient leurs forces dans d'autres ressources spirituelles, acquises avant que les Gilets jaunes ne surviennent. Certains étaient arrivés, avec une foi inébranlable, parfois née lors d'un passage en prison, d'autres avaient derrière eux des années de bénévolat dans des associations au service des pauvres. Ou bien c'étaient de jeunes anarchistes, animés par un esprit sacré de justice. Tous ceux-là n'étaient pas entrés chez les Gilets jaunes par hasard, pour jouer les caïds sur Facebook ou faire des vues de télévangéliste. Certains avaient attendu des dizaines d'années que la vague arrive.

Le mouvement les avait saisis, brûlés intérieurement. Ils lui donnaient tout, sans la moindre réserve ni arrière-pensée. Chaque soir, ils se dévouaient pour garder en vie la flamme de la révolution qui venait à peine de renaître dans un vieux pays que tous croyaient devenu stérile, vaincu par le goût de la marchandise auquel chacun était désormais attaché comme un animal de cirque à son sucre en fin de numéro. Ceux-là ne dormaient plus que quelques heures par nuit. Ils tractaient, postaient sur les groupes comme si le sort de tous en dépendait, organisaient des coups, pensaient des dates. Le mouvement était devenu leur vie, et tout le reste leur paraîtrait sans doute fade jusqu'à la fin de leurs jours.

Hélas, ce n'étaient pas ces gens-là dont les frasques étaient les plus bruyantes ni les plus commentées. Le mouvement ne se dotant pas d'instances de représentation démocratique, tétanisé qu'il était par la hantise de la politique, ces héros anonymes, qui ne cherchaient pas la lumière, avaient peu de chance de peser un jour sur son destin. Tout au contraire, au fil des mois, le milieu des Gilets jaunes était devenu un authentique pandémonium où prospéraient les plus folles rumeurs, les théories les plus insolites, ainsi que quelques pervers authentiques qui savaient exploiter à leur profit le ressentiment du peuple.

L'un d'entre eux jouait la partition ancienne du prophète de malheur, connue depuis l'Antiquité. Sans relâche, il stigmatisait la décadence des puissants, invoquant de prétendus renseignements confidentiels, dont lui seul disposerait via certains réseaux internationaux, satanisant l'adversaire jusqu'à rendre le tableau social d'ensemble grotesque et incompréhensible. Celui-là ne cessait d'entretenir les passions tristes du peuple, la peur et la colère en premier lieu dépeignant les énarques et les banquiers comme une classe dans son entièreté monstrueuse, stipendiée, diaboliquement guidée par la soif de l'argent. À l'en croire, ce cloaque de la très grande richesse était également aimanté par le stupre, ses membres dégénérés étant à tout moment prêts à séquestrer les femmes des manants et à violer leurs enfants. Derrière chaque ministre d'État se cachait un Gilles de Rais en puissance, seigneur du XVe siècle aux extravagances criminelles qui organisait des orgies sexuelles avec les petits des paysans, avant de les assassiner.

Cet énergumène chauffait la plèbe à blanc lors d'interminables harangues filmées, flattant sans vergogne l'auditoire qui lui faisait la claque, salissant des réputations, répandant des rumeurs, se haussant du col en permanence comme s'il était pourvu de dons surnaturels. Il était souvent moqué et même harcelé par les médias du pouvoir, mais il n'en avait que faire. Faute de pouvoir tenir un jour les rênes du pays, comme il se prenait parfois à en rêver, il lui suffisait de régner sans partage sur une secte de quelques dizaines de milliers de personnes. Sur les murs de la caverne où était ainsi maintenu le peuple, il projetait de lui-même l'ombre d'un géant, et ce spectacle le plongeait dans la béatitude.

À cette magie noire, un illuminé concurrent avait préféré la magie blanche. Ce dernier jouait sans état d'âme la carte de la bienveillance messianique, prenant des airs contrits de doux saint. On ne l'appelait d'ailleurs au sein du mouvement que par son prénom, comme on le fait parfois avec certains ecclésiastiques, chacun y allant de son anecdote naïve censée prouver sa parfaite bonté d'âme. Il avait autrefois conçu un vague système politique, fait de réminiscences de philosophie grecque et de démagogie sans frein, dont la mise en application pourrait un jour instituer la justice sur terre, assurait-il, tandis qu'il prenait des mines de thaumaturge prêt à guérir les écrouelles d'une minute à l'autre.

Ce dernier offrait du peuple un tableau pastoral, à rebours de la laideur calculatrice des élites. À en croire cet intrigant, ce dernier était entièrement constitué d'individus de bonne foi, farouchement épris de vertu républicaine, à qui il suffirait de rendre les clés de leur destin pour que toutes les injustices de l'ordre social se résorbent miraculeusement. Il y avait dans l'expression fausse de son visage et dans son comportement globalement déplacé quelque chose où se mêlaient le gourou interplanétaire et le tartufe de comédie. Il avait par ailleurs des opinions et des proximités détestables, mais, bizarrement, rares étaient ceux parmi les Gilets jaunes qui parvenaient à le percer à jour tant il savait faire couler un miel délicieux aux oreilles de ses dupes.

À leurs ouailles, ces deux ensorceleurs promettaient la purification, moyennant la ferveur à l'égard de leurs doctrines, sans parler bien sûr de la dévotion à leur personne. Ils veillaient du reste à ne jamais dire en public une quelconque phrase désobligeante l'un sur l'autre, afin de ne pas troubler leur clientèle. Avec ces pédagogues dépourvus de toute vergogne, le peuple ne progressait pas d'un centimètre dans sa compréhension du monde. Il reculait au contraire, troquant une superstition ancienne contre de nouvelles, parfois pires encore.

À force d'atermoiements, et de répugnances sociales indicibles, les intellectuels véritables avaient fait défaut jusqu'à la mi-décembre au moins. Ainsi laissèrent-ils passer les semaines où l'Histoire hésite, tourne sur elle-même comme une pièce de monnaie sur sa tranche, avant de tomber d'un côté, rendant son verdict. À peine commencèrent-ils, vers la sortie de l'hiver, à payer le mouvement de menue monnaie verbale, et à mettre enfin leur fauteuil dans le sens des événements. En s'absentant, ils furent doublement coupables, laissant prospérer sans contradicteur les mystificateurs qui égaraient ces gens qui étaient sans instruction, mais brûlaient de comprendre, les privant des sources vives d'une expérience politique acquise depuis des siècles. Cela revenait à dissimuler à un condamné à perpétuité le plan des souterrains qui, de sa cellule, le mèneraient à la liberté retrouvée.

Ainsi, à l'exception d'une poignée de figures fantasques – un ancien chanteur de variétés à longue chevelure, un élu exubérant à l'accent du terroir et d'autres singularités en rupture de ban –, personne ne tendit la main à ces opprimés dont l'allure et le pédigrée faisaient apparemment tâche. Aucun initié ne prit le risque de froisser les siens pour voler à leur secours et faire mentir les présages de débâcle qui commençaient à s'accumuler.

En quelques mois, les Gilets jaunes se virent ainsi sommés de parcourir seuls les étapes que des générations entières de révolutionnaires aguerris avaient déjà répertoriées. Ils durent eux-mêmes apprendre à identifier les pièges où le soulèvement le plus ardent s'englue. Ils durent découvrir à mains nues que la volonté générale ne se délègue pas sans danger, mais que l'horizontalisme radical conduit invariablement à la paralysie. Ils durent aussi apprendre seuls que, derrière l'État, il y avait les fortunes, que derrière les fortunes, il y avait une immense toile de prédations mondiales, que Macron n'était au fond qu'un leurre, une poupée gigogne dissimulant au regard collectif les véritables leviers du pouvoir. Tout cela, ils durent le comprendre sans aide, au milieu des tirs de flashball, des comparutions immédiates qui tombaient en rafale et des campagnes inlassables de dénigrement. C'était simplement impossible. Ils n'y parvinrent pas.

17

À l'hôtel Campanile de Guéret, Eliel Laurent se sentit seul, et même totalement perdu, en posant son sac ce vendredi soir de janvier. À peine arrivé dans la chambre sans âme où l'air conditionné en position chauffage faisait un bruit de moteur d'Airbus au décollage, il ouvrit le minibar à la recherche d'un alcool quelconque pour chasser ces impressions désagréables. Il hésita entre une bière blonde et une miniature de vodka. Il opta pour l'alcool fort, dont il versa le liquide transparent dans un verre en plastique, et, après avoir allumé la veilleuse de lecture, s'assit sur le lit, où il médita longuement sur sa situation. À quel moment sa vie avait-elle commencé à dévier du cours ordinaire de celle de ses camarades de promotion, déjà mariés pour la plupart, et même parents ? Il n'en gardait pas le souvenir.

Il est certain que la désertion de son père médecin, brutalement parti du foyer lorsqu'il avait quatre ans, l'avait tôt singularisé. Plus encore que son prénom, juif, alors qu'il ne l'était d'aucune manière. Sa mère avait simplement trouvé, au cours de sa grossesse, que ce prénom rare était celui d'un ange, et l'avait aussitôt adopté.

« Un soir, papa n'est pas rentré. » Cette phrase, déjà énoncée à de nombreuses reprises en des compagnies diverses, avec de moins en moins d'émotion au fil du temps, fort heureusement, contenait en soi toute l'enfance d'Eliel Laurent, traversée dans un état quasi somnambulique. À Bourg-la-Reine, riche banlieue pour retraités des Hauts-de-Seine, mortelle d'ennui le week-end, il était resté planté des années entières avec sa mère à ne rien comprendre à sa situation, ni aux événements en général. Il y avait peu de fils de divorcés à l'école primaire. Il avait détesté cette singularité, qui l'exposait, du moins le croyait-il, à toutes les supputations malveillantes et traînait avec elle un parfum de malheur.

Toujours est-il qu'il se retrouvait à trente ans, en cette veille de week-end, à moitié désemparé, préférant ce reportage au fin fond de la Creuse à la perspective de passer deux journées vides de sens à Paris à faire quelques courses plus ou moins utiles, à procrastiner en se demandant s'il allait ouvrir le nouveau roman d'Emmanuel Carrère ou bien avancer un peu son travail, ou encore traverser toute la ville pour aller piquer une tête à la piscine Molitor et se faire masser dans la pénombre de son luxueux spa. Le samedi soir, très souvent, Eliel en était venu à se forcer à sortir dans l'unique but de ne pas devenir à ses propres yeux un pacha neurasthénique à la dérive, de ne pas rompre entièrement avec les habitudes de sa classe, de ne pas couler à pic.

Jamais il n'avait pu s'installer durablement dans le déséquilibre engendré chez lui par l'amour. La sécurité de ses premières années de petit couple installé, choisissant avec soin ses rideaux dans les magasins de décoration de l'avenue des Ternes avant d'aller faire la queue pour deux boules de glace aux noix de pécan chez Häagen-Dazs, ne l'avait pas longtemps comblé. Toujours il s'était senti de méchante humeur, sourdement insatisfait, prêt pour des expériences moins ordinaires. Lesquelles ? Il n'aurait su le dire exactement. Son mal-être indéfinissable rejaillissait pour le plus léger prétexte sur sa jeune compagne, cadre dans la banque, blonde pour pages de magazine, qu'il ne rendait pas heureuse. Un quart d'heure de retard, un mot prononcé par elle qu'il trouvait soudain risible, et il pouvait devenir odieux, ou bien se taire pendant plusieurs heures. Plus tard, il avait commencé à la tromper, chose qui lui eût paru incongrue, voire impossible, quelques années auparavant. Ce n'était pas l'idée qu'il s'était faite de lui à l'adolescence, ce n'était nullement ce qu'il avait ambitionné pour sa vie sentimentale, mais c'était bien l'homme qu'il était devenu.

Une jeune écrivaine, qu'il avait contactée pour le journal, lui avait fourni l'occasion de franchir le pas en flirtant ouvertement avec lui après l'interview. Flatté d'avoir été distingué par une artiste plus ou moins en vue, il avait cru l'aimer pendant quelques semaines. Sur le quai du métro, il écoutait de vieilles chansons italiennes en montant à fond le son de ses écouteurs. La transe n'avait pas duré longtemps. En rentrant chez lui le soir de leur première étreinte, brève et sans émotion, il sentit comme une trace de boue, lui qui se pensait pourtant si profane dans son rapport à la chair. Elle ne le rappela pas le lendemain, probablement déjà passée à une autre conquête, plus reluisante que celle du reporter Eliel Laurent. Vexé plus que blessé, il ne chercha pas non plus à la recontacter. Sa rupture avec sa compagne, quelques mois plus tard, se passa sans drame elle aussi. Ils partagèrent le mobilier Habitat et le linge de maison acquis ensemble dans une boutique de la rue de Rivoli, régulièrement ils échangeaient encore des textos banals.

Étaient-ils deux automates déshumanisés, incapables de la moindre passion derrière les apparences de l'amour simulé durant des années entières ? Toujours est-il que le plaisir retrouvé de la chasse, des plans d'un soir et des situations scabreuses autorisées par la vie de célibataire avait rapidement laissé place à une sensation de vertige déplaisant. Se réveiller au petit matin dans un appartement inconnu, à boire son café dans une tasse non familière, l'avait déstabilisé bien au-delà de ce qu'il aurait cru. Ce n'était pas une vie pour lui, pas davantage que les rencontres via une grotesque application pour smartphone que ses ex-camarades de promotion ne cessaient de lui recommander. Au fond, hormis les petites satisfactions de vanité liées à son métier, et quelques soirées d'intimité amicale, il ne ressentait plus grand-chose. Il aurait indifféremment pu se décrire comme parfaitement privilégié, ou comme en perdition totale.

Ainsi Eliel Laurent se retrouvait-il ce soir-là plus que jamais seul au monde, dans une chambre sans intérêt, perdue au milieu d'une ville de seconde zone, totalement inconnue. Le lendemain, c'était l'acte XI des Gilets jaunes, et, pour la première fois, il allait le vivre dans le jus local, à Guéret, chef-lieu du département le plus pauvre de France, où l'appel national à se rassembler avait été lancé. Jamais le journaliste n'aurait imaginé il y a quelques mois encore pouvoir être émoustillé, par ce genre d'événement. Il se voyait changer, décidément, et devenait toujours plus étranger à lui-même. Après une planche de charcuterie au bar de l'hôtel, arrosée d'une demi-bouteille de Lalande-de-Pomerol râpeux, il s'endormit en quelques minutes à peine.

Le lendemain matin, alors qu'Eliel venait de s'habiller chaudement et se préparait à partir, on toqua faiblement à sa porte. C'était un homme de ménage, seau et balais à la main, aux grands yeux bleus étonnés et au teint très pâle, presque maladif.

« Je peux revenir plus tard, monsieur, je vous dérange probablement.

– Mais pas du tout ! J'allais sortir d'un instant à l'autre. Entrez, je vous en prie. »

Tandis que l'homme commençait à s'affairer dans la salle de bains, coinçant la porte avec une pièce de bois et changeant avec dextérité le sac poubelle, Eliel Laurent s'assit quelques instants à la table minuscule de la chambre pour jeter un dernier coup d'œil à ses mails. Rien de bien intéressant. Des newsletters de médias concurrents, des publicités pour chaudière ou des messages de son opérateur de télécoms, et aussi un mail de son chef, qui comme toujours avait un œil sur la pendule et lui demandait déjà à quelle heure il pourrait remettre son reportage sur les Gilets jaunes creusois. Le journaliste s'enquit auprès de l'homme de ménage de la distance à parcourir entre l'hôtel et la place où le rassemblement était prévu en fin de matinée. D'un bond, ce dernier sortit de la cabine de douche, qu'il était en train de nettoyer, pour venir se planter devant Eliel dans la chambre.

« Vous êtes venu pour les Gilets jaunes ? Eliel fut un peu déstabilisé par sa subite ardeur.

– Oui, absolument. Je suis journaliste… à *Libération*. Je suis venu, disons, pour couvrir l'événement. »

L'homme eut l'air étrangement dépité. Une expression de mépris passa même fugitivement sur son visage, remarqua Eliel sans erreur possible. Était-ce un signe de plus du dédain pour son métier, largement répandu au sein des couches populaires ? L'homme se lança dans un long monologue.

« Ah, journaliste, oui, bien sûr… Je comprends. Cependant, vous savez, monsieur, ce n'est plus l'actualité qui nous enseigne aujourd'hui quoi que ce soit sur ce qui se passe dans le pays. Les médias, c'est un peu la fausse alerte permanente, comme disait un philosophe allemand. Il y a longtemps en ce qui me concerne que je me suis débarrassé de mon poste de télévision. Moi, quand je veux comprendre ce qu'on vit, je n'ouvre plus la presse, Monsieur. J'ouvre les livres d'histoire du XIXe siècle ! Et c'est là que tout devient parfaitement clair. Voilà la réalité : nous sommes revenus aux alentours de 1820. Nous sommes à nouveau en pleine révolution industrielle. Les gens, on les paye à la tâche, on les fait trimer sans protection sociale dans les start-up les plus en pointe, on les condamne à la sous-alimentation et aux denrées malsaines, et bientôt on fera à nouveau travailler leurs enfants, vous verrez, il faut se préparer à ce jour. D'ailleurs, leurs portables contiennent déjà du minerai rare extrait par des enfants ; ils sont loin, pour l'instant, et on ne les voit pas, ce sont les enfants des autres. Ça va être long jusqu'à 1871... Et entre-temps il y aura eu 1848, et de toute façon ça ne réglera rien ! Les nôtres tomberont une fois encore, les égouts seront à nouveau pleins de sang. Et, sur leurs cadavres, le capital continuera à bâtir son royaume. »

Eliel Laurent le considérait en état de sidération. Cet homme qui lavait les toilettes de l'hôtel citait Nietzsche, tout en jonglant agilement avec des dates de l'histoire de France dont pas une seule, ou presque, n'évoquait quelque chose de vraiment précis au journaliste. Le sens général était relativement clair, mais les enchaînements lui échappaient. Eliel concevait une honte croissante de son analphabétisme de diplômé.

« Vous ne soutenez donc pas les Gilets jaunes ? »

Le journaliste avait lâché sa question avec un rictus faussement enjoué, ne trouvant rien d'autre à rétorquer tant sa stupeur était totale. Ce domestique venait de piétiner impudemment son métier, et lui infligeait par-dessus le marché une véritable correction à base d'histoire de France maîtrisée sur le bout des ongles. Il se sentait pourtant un intérêt irrépressible pour lui.

« Oh si, monsieur, et même, d'une certaine façon, on pourrait dire que je suis l'un d'entre eux ! Mais je n'ai pas leurs illusions. Je n'aime pas me payer de mots. Là-haut, ils ne céderont pas, l'histoire est écrite désormais. Ils ne lâcheront rien. »

À vrai dire, Eliel Laurent en était lui aussi convaincu depuis plusieurs semaines. Sérieusement, ce gars-là devrait être éditorialiste à *L'Humanité*, ou au *Monde*, ou maître de conférences à Paris I-Panthéon Sorbonne, se dit-il ! Le sentiment d'imposture et le malaise du jeune journaliste ne faisaient que grandir au fil de l'échange. L'homme poursuivit à voix basse, le regard fixe :

« Un nouveau terrorisme pourrait peut-être faire avancer les choses… Je ne parle pas des islamistes, bien sûr, qui sont des réactionnaires et détournent la colère sur le mauvais objet. Je parle d'un terrorisme local, de chez nous. Un terrorisme de souche. Mais la marge de manœuvre est très étroite, désormais. Même ça, à vrai dire, je n'y crois plus maintenant. Leurs moyens technologiques de contrôle sont trop puissants. Ils savent tout sur nous. Comment voulez-vous séquestrer un grand patron ou un ministre de nos jours ? Les traitements algorithmiques, de plus en plus perfectionnés, détectent toute connexion susceptible d'orienter vers un projet de cet ordre à partir du flux des métadonnées. Aujourd'hui, l'enlèvement d'Aldo Moro au milieu de ses cinq gardes du corps serait rigoureusement impossible ! »

Eliel objecta que les moyens de contournement évoluaient en même temps, et généralement aussi efficacement, que les obstacles mis en place par le pouvoir. La technique pouvait toujours battre la technique. L'homme secoua la tête et pointa du doigt le téléphone portable et l'ordinateur Microsoft Surface bleu glacier d'Eliel, qui étaient encore posés sur le bureau.

« Regardez votre iPhone et votre PC, tous les deux sont en ce moment même connectés au wifi de l'hôtel. Vous avez un compte Facebook, n'est-ce pas ? J'en suis certain. Et WhatsApp très certainement aussi, dans un métier comme le vôtre… Comme la plupart de ces entreprises sont basées aux États-Unis, la NSA, ou peut-être la CIA d'ailleurs, capte toutes vos données, que ce soit légal ou non, dans votre pays d'origine. Et de toute façon, depuis la loi renseignement consécutive aux événements de 2015, ils ont les pleins pouvoirs en matière de captation des données. On nous écoute peut-être en ce moment même, qui sait ? »

Eliel était dans un état de perplexité à peine descriptible. Il ne faisait même plus mine de répliquer. Ce mélange de considérations high tech, de roman noir et de Creuse profonde lui donnait le vertige. À Paris, on ne savait décidément rien de ce qui agitait en ce moment même les entrailles du pays, et qui était proprement effrayant, si l'on y réfléchissait bien. Un valet de chambre d'un niveau intellectuel bien supérieur à celui de la plupart des énarques, dans ce coin rural perdu, au pied du plateau de Millevaches : jamais le président banquier ni ses conseillers venus de *think tanks* états-uniens n'auraient pu en soupçonner la possibilité, et encore moins en admettre l'existence, en chair et en os. Il n'était pas étonnant que personne n'ait vu venir la fièvre de l'automne dernier. La coupure était nette et entière. Deux mondes se tournaient le dos, sans remède. L'homme poursuivit sa démonstration.

« Heureusement, je suis croyant, monsieur. Sinon, je serais désespéré. La littérature, j'ai arrêté, j'en ai fait le tour. Quand on a lu *La Comédie humaine*, on a tout lu, vous savez… La pensée, en revanche, la mystique, il y a encore tant de choses à y découvrir ! Je relis la Bible en ce moment. Je ne crois plus qu'à ça, à vrai dire : la sortie d'Égypte ! Je ne sais pas encore quelle forme elle prendra, mais je sais qu'elle viendra un jour. Au point où nous en sommes, seule une intervention surnaturelle pourra nous sauver. »

Cette espérance biblique résonna désagréablement à l'oreille du journaliste, qui se piquait d'être un libre penseur. Il n'empêche, le coup avait porté. Qu'en ce début d'année un homme de ménage creusois envisage la renaissance d'Action directe ou des Brigades rouges, groupuscules disparus depuis les années 1970, comme une possibilité à étudier, voire comme un espoir, montrait à quel point des forces puissantes avaient été déchaînées dans le pays. La résurrection d'un terrorisme contre l'État et contre les grandes enseignes du capital, voilà ce que ce président que la caste avait vu accéder au pouvoir tel un miracle en 2017, venait en réalité de léguer au pays. Un pourrissement meurtrier pour des décennies peut-être. Le désastre était total. Eliel Laurent eut pour la première fois le sentiment que l'Histoire s'était remise en branle. Ce que les événements nus de la place de l'Étoile, vécus en première ligne deux mois auparavant, n'avaient pas réussi à faire admettre à son esprit, le verbe de cet inconnu aux yeux illuminés y était parvenu en quelques phrases.

L'homme de ménage, qui finissait bientôt son service, lui proposa de l'accompagner jusqu'au lieu du rassemblement à la gare routière de Guéret. Le journaliste, ébranlé par leur conversation, déclina poliment l'invitation. Eliel avait besoin de reprendre ses esprits et de retrouver une contenance avant d'entamer son travail. Pour cela, il n'aurait pas trop d'une demi-heure de marche dans l'air glacé.

18

Les choses prendraient du temps, mais le processus était irrésistiblement entamé, pensa Eliel. « Nous entrons dans le siècle des révolutions », écrivait Rousseau quinze ans avant la prise de la Bastille. La distance temporelle tasse les événements, les compacte en une seule secousse, nous masque souvent le fait que la convulsion insurrectionnelle opère en deux ou trois soubresauts, parfois distants de plusieurs années. Ce qui venait de se réveiller en France ne s'assoupirait pas avant d'avoir atteint son terme, Eliel le sentait désormais avec la force de l'évidence.

La forme que prendrait ce renversement de l'ordre en place n'était pas encore claire dans son esprit. Le prix du sang, seule une minuscule avant-garde était prête à le payer à nouveau. Celle à laquelle l'homme de ménage du Campanile venait de faire allusion, justement, et qui préparait peut-être, quelque part dans les profondeurs du pays, une terreur d'un nouveau genre. La masse, elle, n'était nullement résignée à ramasser sur le carreau plusieurs centaines des siens, comme elle avait pu le faire par le passé. Le temps des charniers glorieux était révolu. Dans quoi au juste étions-nous entrés, alors ? Probablement pas dans un affrontement révolutionnaire à brève échéance. Un tel événement était devenu presque inconcevable au vu de l'état de décomposition dans lequel était tombé l'individu moyen occidental. Un adulte qui jouait à la PlayStation et faisait des selfies avec des oreilles de lapin sur les *social media* pouvait-il donner sa vie pour la liberté ? Bien sûr que non. Sans parler des bourgeois désolants qui brunchaient le dimanche à Paris, et arpentaient ses rues en *sneakers* colorées, leur cas était entendu. On ne faisait pas une révolution à trottinette, la chose n'avait pas de sens.

Envahir le palais présidentiel, à quoi bon, du reste ? Seuls quelques ingénus continuaient de penser que le pouvoir y résidait. Et encore, même eux ne voyaient probablement dans cette invasion qu'une métaphore de l'événement véritable qu'ils appelaient de leurs vœux. Ce n'était pas non plus demain que le système capitaliste, bien que moribond jusqu'à l'os, serait remplacé par un socialisme nouveau, ou quelque autre nom qu'on lui donne. Les lieutenants de la gauche intellectuelle qui ne cessaient de clamer l'imminence d'une grande révolution prolétarienne avaient décidément fait du mensonge leur gagne-pain, se dit Eliel, en avançant d'un pas décidé dans la brume matinale, tandis qu'il aperçut au loin un premier barrage de police. Les voir planter le peuple en rase campagne en un tel moment du temps était un spectacle profondément déprimant.

Par carriérisme, préjugé de classe ou bêtise, ces mêmes agitateurs de pacotille étaient présentement en train de se défiler devant les plus démunis d'entre tous, les « sans-parts » comme les appelaient parfois pompeusement certains d'entre eux dans leurs conférences, ceux-là qui auraient en ce moment même tant besoin d'eux pour élargir leurs objectifs stratégiques, au-delà du modeste RIC, votation qui ne serait qu'un premier pas vers la souveraineté retrouvée, quand bien même elle serait un jour arrachée de haute lutte aux puissants.

À bas bruit, sans se dévoiler, ils attendaient que revienne le temps des zadistes, des occupations de fac et des discussions à perte de vue sur les expériences passées d'autogestion. Ils se sentaient définitivement plus à l'aise avec la clientèle des diplômés contestataires, des altermondialistes précaires et autres utopistes sincères. À Eliel qui avait demandé à son ami Bourdin, quelques jours auparavant, pourquoi il n'accompagnait pas davantage le processus en cours, le mandarin avait, par exemple, répondu en s'esclaffant :

« Mais tu n'y penses pas ! Déjà, les parents de mes étudiants sont persuadés que quelqu'un qui vote pour le NPA ou toute autre formation politique anticapitaliste est susceptible de violer leurs filles et de piller leurs économies ! Tu ne veux pas qu'en plus j'enfile un gilet jaune et que je me promène à Nanterre une fourche dans une main, et une baïonnette dans l'autre ? Tu es devenu plus enragé que moi, ma parole !

– Ce mouvement a quand même le mérite d'exister et d'être là, avait insisté le journaliste. Une occasion pareille ne se représentera peut-être pas avant très longtemps. Tu ne connaîtras sans doute jamais d'autre révolution de ton vivant, Laurent.

– Allons, allons, ce sont des enfantillages, Eliel. Ces gens n'ont pas besoin de moi. Est-ce des recommandations qu'ils attendent ? Des harangues de penseurs grimpés sur leur bidon ? Bien sûr que non. Ils doivent apprendre à décider par eux-mêmes. C'est un rude apprentissage, mais c'est ainsi. Ils ne supporteraient pas d'être "parlés", de toute façon. Et ne te fais pas de souci pour moi : nous, à gauche, nous avons l'habitude de perdre. Nous ne gagnons jamais que pour quelques mois, et les matchs retour sont toujours féroces pour les nôtres. Ah ah, je serai fort, ne t'inquiète pas ! »

À nouveau, le sociologue avait ri en se raclant la gorge de façon sonore. Ce tic était décidément sa façon de se tirer de toutes les discussions glissantes où ses calculs de derrière risquaient d'affleurer. Eliel avait compris ce jour-là que très peu de ces matamores de la radicalité iraient au-delà de propos plus ou moins consensuels sur les violences commises par la police. Ce terrain attendu n'était pas vraiment dangereux, c'était même une sorte de grand air incontournable pour tout ténor de la gauche. Il ne déstabilisait pas vraiment le pouvoir, recréant de vieilles lignes de fracture prévisibles ; ainsi hérissait-il la droite, qui désapprouvait par principe le désordre, mais aussi les gens ordinaires, qui, en dépit de faits accablants, ne pouvaient se résoudre à envisager les policiers de France comme des nervis assoiffés de sang.

Une opinion à nouveau scindée en camps adverses, c'était tout ce qu'il fallait au gouvernement. Compte tenu du peu de risque encouru à tenir ce genre de positions, il était d'autant plus surprenant que tous ces professionnels de la révolte aient attendu le mois de janvier pour sortir enfin du bois, alors que le nombre de blessés et d'arrestations arbitraires était révoltant depuis les premiers jours.

Eliel aurait trouvé plus respectueux que Bourdin lui parle d'homme à homme. Il aurait préféré l'entendre lui expliquer que la société était un gros animal féroce, et qu'il fallait parfois lui flatter le col, sinon c'est elle qui finissait par vous dévorer. Il aurait compris et aimé cette lucidité, d'autant plus que lui-même avait toujours adapté sa morale à ses capacités en matière d'actions héroïques, qu'il devinait modestes. Mais l'intellectuel lui mentait désormais sans vergogne, comme à ses groupies, et plus le temps passait, plus Eliel ressentait jusqu'à la rancune la distance qui s'était ouverte entre ses harangues publiques et l'homme sans grandeur qu'il était dans les faits. Encore plongé dans ses pensées matinales, Eliel tomba nez à nez avec un groupe de CRS. On le fouilla au corps, les mains posées à plat sur un mur, ainsi qu'un groupe de jeunes hommes qu'il avait aperçu, marchant devant lui, sans Gilet jaune, en tenue de ville ordinaire. Deux fonctionnaires observèrent sa carte de presse longuement, avant d'aller trouver le chef. Un conciliabule de quelques minutes eut lieu, avant que l'un d'entre eux ne passe un appel sur la radio. On le laissa finalement passer, non sans l'avoir dévisagé d'un air que le journaliste ne sut interpréter.

Lorsqu'il arriva à la gare routière de Guéret, sur le lieu de la manifestation, Eliel eut la désagréable surprise d'apprendre que la préfète de la Creuse venait de l'interdire. Il y avait déjà là un demi-millier de personnes, peut-être plus encore, et plusieurs conciliabules étaient en cours pour savoir dans quelle direction se replier. Sur le dos d'un Gilet jaune, le journaliste lut l'inscription suivante, écrite au marqueur noir : « Tous avec nous, nous ne sommes pas des bêtes ». Et, plus loin encore : « Tu sèmes la misère, tu récoltes la colère ». La mode de ces dazibaos écrits au dos des gens s'était répandue comme une traînée de poudre dès le début du mois de décembre. Il se souvenait d'en avoir observé dès l'acte III, avenue Marceau, du moins c'était la première fois qu'il s'en était fait la remarque. « On en a gros », avait lu Eliel ce samedi-là sur le dos d'un grand-père voûté, dont l'allure générale indiquait un passé de lourds travaux. Souvent depuis il avait revu cette inscription, d'une simplicité et d'une tristesse absolues. Sur ces dossards, la poésie de la révolution se donnait libre cours. Les provocations pleines d'esprit, ou totalement ratées, les dessins au pochoir de Marianne en larmes, les citations venues de constitutions anciennes, les fautes d'orthographe, qui étaient souvent aussi poignantes que le propos lui-même. Ce jour-là à Guéret, et c'était nouveau, on pouvait observer aussi quelques gilets de couleur verte. « Climat, justice fiscale, même combat », lut Eliel au dos de l'un des participants.

En abordant un groupe apparemment très animé, il remarqua un homme de haute taille dont le dos portait lui aussi une inscription qu'il commença à déchiffrer en s'approchant. On y distinguait nettement trois dates : « 1789 / 1968 / 2018 ». Le commentaire qui accompagnait les chiffres était, lui, illisible. Il avait sans doute été à moitié effacé par la pluie, au fil des semaines, et formait un nuage sombre à la base du dos de l'homme. Les gens faisaient cercle autour du personnage, on l'écoutait avec attention.

« On ne va pas se quitter comme ça, les amis. Réfléchissez un peu ! Puisqu'on ne veut pas de nous dans le centre-ville, puisqu'on nous attend là-bas avec les chiens et les gazeuses, surprenons-les. Bloquons la N145 ! »

Une femme d'un certain âge lui tenait tête, assurant que son idée était trop dangereuse.

« Yoann, tu sais combien il y a eu de morts écrasés par des camions et des bagnoles depuis le début du mouvement ? C'est ça que tu veux ? Tu veux tous nous envoyer tous au casse-pipe ? »

Concentré, le colosse ne se démontait pas.

« Tu nous fatigues, là, Christine... En mettant un barrage filtrant en amont, nous ne risquons rien. Tu parles de la préhistoire ! C'est fini, tout ça, maintenant, on a appris à les organiser, les blocages. »

L'homme et sa stratégie intrépide l'emportèrent. Le gros de la troupe se rassembla pour prendre la direction de la nationale à deux voies qui reliait Guéret à Montluçon. Une route meurtrière, disait-on dans le coin, où beaucoup de gens des environs avaient déjà perdu des proches lors d'accidents de voitures. De petits bouquets de fleurs accrochés à certaines bornes kilométriques en témoignaient encore.

La foule devant la gare routière était devenue compacte, en dépit du froid perçant. Le rond-point de la Croisière avait été rejoint par celui de la Souterraine, ainsi que par de nombreux autres Gilets jaunes du Limousin. Il y avait beaucoup de groupes venus de la Haute-Vienne et de la Corrèze, mais aussi des gens des départements voisins, le Cantal, le Cher et l'Allier. C'était une réussite difficilement contestable, après tant de semaines d'adversité.

Certains avaient apporté une sono qui crachait des standards français des années 1980, pour tenter de réchauffer l'atmosphère.

« Comme la terre a besoin du soleil. Besoin d'amour. Comme les étoiles ont besoin des étoiles. Besoin d'amour. Comme le ciel a besoin de la mer. Besoin d'amour. Comme l'été a besoin de l'hiver. Besoin d'amour », chantait la voix acidulée d'une ancienne vedette populaire.

Dans l'air, on sentait la joie et le simple plaisir d'être ensemble. Certains corps, marqués par le travail et la misère, esquissaient quelques pas de danse, pour la première fois depuis des années peut-être. Des mères de famille s'échangeait des secrets à l'oreille en pouffant comme des gamines. Le regard pétillant, des adolescentes exhibaient leur début d'obésité, boudinées dans des leggins. Il y avait peu d'occasions de sortie dans le coin en temps ordinaire, hormis au multiplexe de Guéret bien sûr, où l'on pouvait voir le dernier blockbuster, et les bals avaient disparu de longue date, comme à peu près partout dans le pays. Ce samedi-là était un moment inespéré au milieu de vies sans imprévus, parfois même épouvantables.

Eliel Laurent s'approcha de l'homme qui avait initié le projet de blocage. On le lui avait identifié comme étant Yoann Defresne, porte-parole du rond-point Pompidou, où se rassemblait « La Creuse Ensemble, le plus puissant groupe de Gilets jaunes de la région ». « Bonjour, je travaille pour la presse, vous voulez bien répondre à quelques questions ? ». L'homme ne marqua pas de réticence visible, contrairement à beaucoup de ses camarades. Il eut simplement l'air gêné et perdit un peu de son assurance dès lors qu'un micro fut placé devant sa bouche. Eliel lui posa sans grande conviction les mêmes questions qu'il avait pris l'habitude de poser depuis le mois de décembre. Lui-même y croyait de moins en moins, et à vrai dire presque plus.

« On sait bien que la mobilisation baisse. Beaucoup de gens ne veulent plus être assimilés aux Gilets jaunes à cause des violences commises... Ça devient compliqué pour vous, non ? Avez-vous pensé à arrêter ? »

Avec application, Yoann répondait à chacune des interrogations qui lui étaient soumises, même les plus indélicates.

« Tant que nous ne serons pas écoutés, nous devrons continuer. Impossible autrement. Nous ne sommes pas des violents, nous ne sommes pas des haineux. Tout ça, c'est des mensonges pour nous casser. On a des difficultés dans tous les domaines ici, dans l'hospitalier, dans l'artisanat, dans l'agriculture. On est obligés de tendre la main pour survivre, c'est en soi très humiliant. Demain, serons-nous obligés de nous mettre à genoux ? Je pense que nos revendications sont tout à fait claires, et qu'ils les connaissent très bien, d'ailleurs. Il n'y en a pas cinquante. On veut la justice, c'est tout ! »

Ces gens prenaient au sérieux ce qu'on leur disait, et c'était là du reste la plus grande source de malentendu avec ceux d'en face, pour qui, depuis longtemps, toute affirmation était devenue un simple jeu ou une posture. Après avoir confié au journaliste qu'il n'avait pas voté depuis plus de dix ans, Yoann Defresne déclara :

« Si le peuple veut changer les choses, il va falloir qu'il fasse un peu de politique. Ce n'est pas le plus facile à faire comprendre aujourd'hui. C'est même mission impossible avec certains. Il y en a chez nous qui sont assez bornés, vous savez. »

L'homme avait un peu rougi en disant ces derniers mots, crut distinguer Eliel. Face à son air farouche, le journaliste eut l'impression soudaine d'être une limace rampant sur le calice d'une fleur. Ou bien une espèce de Judas guettant le moment de faiblesse, le faux pas, qui lui permettrait de porter la dépouille de ces pauvres gens aux maîtres de Paris. Il eut l'impression de participer à une mauvaise action, d'autant plus lâche qu'elle était invisible.

Le journaliste en était là de ses réflexions face à Yoann, quand leur échange fut brutalement interrompu par une femme d'une cinquantaine d'années arrivée en trombe, le visage rougi, comme tuméfié.

« Ils m'ont gazée en plein visage, j'avais rien fait, c'est vraiment des pourritures ! »

Le centre-ville avait été bouclé hermétiquement par les forces de l'ordre, et tous ceux qui s'y étaient aventurés en dépit de l'interdiction préfectorale se retrouvaient désormais pris au piège, face à un comité d'accueil de molosses immenses et casqués, prêts à en découdre. On avait sorti les matraques et les lanceurs de balles de défense sur la place du Marché de Guéret, événement en soi impensable dans la préfecture creusoise, où la délinquance était pour ainsi dire inexistante. Les rues étaient pleines d'une épaisse fumée, on ne distinguait plus la façade en granit bleu de l'hôtel de ville, ni la fontaine des Trois Grâces, qui avait également disparue dans une brume blanchâtre toxique. Des silhouettes couraient en tous sens. « Ça charge ! Ça charge ! » hurlaient quelques voix terrorisées. C'était le chaos complet, dans un bourg qu'on aurait dit réveillé en sursaut d'un très long sommeil. Au fond, ici, il ne s'était rien passé depuis la libération de la ville par les résistants des maquis limousins, le jour même où les Anglais reprirent Bayeux.

« Maintenant, c'est nous qui allons les faire courir », dit Yoann en serrant la mère de famille dans ses bras. Celle-ci sanglota longuement, la tête sur son épaule. Tout le monde sembla s'accrocher à cette promesse. Sa force et son calme faisaient à l'évidence impression. Eliel pris la décision de centrer son reportage sur cet homme si singulier, et ainsi d'aller le voir le lendemain chez lui au Douzel, hameau de cent quatre-vingts habitants où il vivait seul, en surplomb d'un étang.

19

Le dimanche matin, l'homme de ménage frappa une fois encore à la porte de la chambre du journaliste au Campanile. Les mêmes yeux bleus toujours pleins d'étonnement, comme ceux des saintes sur les images pieuses, apparurent dans l'entrebâillement. Curieusement, il ne lui demanda pas comment s'étaient passés les événements de la veille, alors que l'on avait tout de même ramassé plusieurs blessés sur la grand-place de Guéret, peu coutumière de la guérilla urbaine.

« Je vous ai apporté un livre, monsieur. Il me semble qu'il sera pour vous du plus haut intérêt. »

À Eliel Laurent, réveillé depuis peu, il tendit avec précaution un petit sac en plastique de supermarché froissé. Celui-ci contenait un roman de Zola en livre de poche, *Son Excellence Eugène Rougon*. Ne sachant trop que penser de l'offrande, le journaliste en caressa rapidement la couverture, illustrée par la reproduction d'un somptueux souper mondain du XIXe siècle, puis retourna le livre pour en découvrir l'argumentaire. C'était une citation de l'auteur, qu'il lut à haute et distincte voix dans la chambre pour se donner une contenance.

« Dans la poussée des hommes du Second Empire, Rougon affichait depuis longtemps des opinions autoritaires. Son nom signifiait répression à outrance, refus de toutes les libertés, gouvernement absolu. Cependant, à ses intimes, il faisait des aveux ; il avait des besoins plus que des opinions ; il trouvait le pouvoir trop désirable, trop nécessaire à ses appétits de domination, pour ne pas l'accepter, sous quelque condition qu'il se présentât. Gouverner, mettre son pied sur la nuque de la foule, c'était là son ambition immédiate ; le reste offrait simplement des particularités secondaires, dont il s'accommoderait toujours. Il avait l'unique passion d'être supérieur. »

L'homme de ménage sourit avec satisfaction, pardessus ses mains gantées de plastique bleu vif et son balai. Eliel le regarda, une fois de plus incrédule.

« Voyez, monsieur, je pense que, pour vous qui travaillez sur les événements en cours dans ce pays, ce récit sera fort utile. Au sujet de notre président, vous ne trouverez pas dans le commerce de biographie qui soit plus instructive aujourd'hui ! »

Eliel se surprit cette fois à rire à l'unisson de l'homme, qui le mettait pourtant encore plus mal à l'aise que la veille. Il admit en s'esclaffant que « l'unique passion d'être supérieur » convenait en tout cas fort bien au personnage en question, habité par la passion d'arriver depuis l'adolescence. Depuis ses premiers tréteaux de théâtre au lycée jusqu'aux vieux propriétaires de portefeuille boursier qu'il avait conseillés, le président de la

République n'avait jamais manifesté d'autre idée fixe que celle de rendre fous d'amour ses maîtres successifs, de se donner aux détenteurs du capital symbolique ou financier, de faire la roue devant les arbitres du jeu social. Tous, il les avait insolemment séduits, les uns après les autres – avant de se retrouver seul, pour la première fois, nez à nez avec la foule assemblée de ces gens ordinaires qu'il avait fuis toute sa vie. Avec eux les ficelles d'hier ne marchaient plus, l'envoûtement s'était détraqué. Ils le haïssaient ; pour lui c'était simplement inexplicable.

Vis-à-vis de son ambition sans bordure, sans repères moraux aucuns depuis ses seize ans, les opinions successives n'avaient été que des marchepieds, des déguisements quelconques, qu'il pouvait du reste intervertir au fil de ses rendez-vous sans même s'en apercevoir tout à fait. C'était sûrement une part de ce qui rendait ce chérubin quadragénaire, qui semblait pétrifié dans une éternelle puberté, si charmant aux dires de quantité de gens, dont tous n'étaient pas des imbéciles ou des misérables, certains d'entre eux lui vouant même une tendresse véritable sans en attendre aucune faveur.

Ne tenant à rien d'autre qu'à se rendre avenant aux gens de pouvoir, qui étaient désormais les derniers qu'il fréquentait, il servait à quiconque lui faisait face entièrement le discours qu'il voulait entendre. Ce n'était pas du cynisme au sens ordinaire du terme, plutôt une sorte de réponse mimétique incontrôlable au désir de l'autre. Il avait la passion d'être choisi, seul, au milieu de la classe, au milieu de la promotion, au milieu du monde entier désormais. La cause de tout cela était enfouie depuis longtemps bien sûr, lui-même n'y aurait sans doute plus jamais accès. Quand bien même la chose reviendrait un jour à la surface, il était du reste le dernier à pouvoir y changer quoi que ce soit. Le pli une fois pris, lui-même ne se possédait plus.

La fin de la conversation avec l'homme de ménage rompit le charme qui avait commencé à circuler dans la chambre sans attrait d'Eliel au Campanile. De façon assez déplacée, celui-ci fit remarquer au journaliste que son visage émacié, sa fébrilité, le léger tremblement de ses mains, alla-t-il jusqu'à ajouter, suggéraient une mauvaise alimentation.

« Je pense que des graines de lin vous feraient le plus grand bien. Moi-même, j'en trouve dans les magasins certifiés agriculture biologique. Acides gras essentiels et vitamines, il faut les mastiquer longtemps, cela vous redonnera beaucoup d'énergie. »

Eliel était consterné. L'homme qui venait de le rendre à la vie politique et spirituelle était un vulgaire prosélyte des médecines douces, comme on en trouvait dans toutes les supérettes bio de Paris, ou dans les séminaires de méditation pour cadres en souffrance. Son assurance intellectuelle tournait du reste à l'effronterie, et finissait par lui être pesante. Il se sentit ridicule de s'être ainsi laissé dominer par un illuminé. Cette mauvaise impression se renforça encore lorsque l'homme, en changeant ses draps à grands gestes dont la rapidité prouvait la maestria, entama une démonstration sur les francs-maçons que le journaliste trouva pour le moins glissante.

« Vous faites votre travail, monsieur, je n'ai rien à redire à cela. Vous décrivez ce que vous voyez, à la surface. Au fond, vous arpentez l'écorce. Mais l'important, c'est ce qui se meut dans l'ombre. Si vous la découvriez un jour, cette vérité ne serait de toute façon pas diffusée. Si vous l'écriviez, elle ne serait pas publiée. Il faut dire ce qui est: le mouvement des Gilets jaunes a été vaincu quelques semaines à peine après être survenu. C'est fini, plus rien n'adviendra. Tout s'est joué dans les jours qui ont suivi le 1er décembre. Les francs-maçons ont fait leur choix. Ils étaient très en colère. Ils auraient pu baisser le pouce, décider un changement de régime. Ils ont finalement choisi de voler au secours de Macron. Ils lui ont sauvé la mise, désormais il est entièrement entre les mains des frères. Il ne leur échappera plus.»

Eliel fronça les sourcils et secoua la tête en signe de réprobation. Décidément, on avait beau faire, la pente consistant à voir partout des complots inavouables, telle une lèpre intellectuelle, venait inéluctablement altérer le jugement chez ces gens-là; même chez les sujets les plus remarquables d'entre eux. C'était là une forme d'atavisme qui corrompait leurs appréciations, les faisant retomber dans des fanges mentales parfois repoussantes, quelque lumineuses qu'aient pu être leurs fusées précédentes. C'était devenu la maladie congénitale de l'entendement populaire, et cela disait beaucoup d'ailleurs sur l'état d'abandon dans lequel avaient été laissés ces gens depuis des décennies. Le journaliste chercha à abréger le moment pour s'épargner une fin de discussion pénible.

«Je vous arrête tout de suite: c'est un sujet anecdotique à mes yeux. Je ne crois pas du tout aux influences occultes, quelles qu'elles soient... Les Gilets jaunes n'ont pas eu besoin des francs-maçons, ni de Bilderberg, ni de quelque organisation secrète que ce soit pour être liquidés. Dans le monde social, les causalités sont souvent plus simples que ça. Et d'ailleurs, c'est ce qui les rend tragiques. »

Eliel avait dit ces mots d'un ton franchement agacé. N'importe quel interlocuteur en eût été stoppé net. Mais l'homme de ménage était, semble-t-il, un enthousiaste, ou bien il se croyait en mission. Il poursuivit de plus belle, la mine grave.

« La franc-maçonnerie est la clé de voûte de l'ordre social, monsieur. Ici et partout ailleurs, dans le monde entier. Sans elle, rien ne peut s'expliquer. Vous avez assisté au discours d'Emmanuel Macron le soir de son élection, le 7 mai 2017 ? »

Le journaliste eut un geste d'impatience et commença à enfiler sa parka noire en microfibre The North Face.

« Comme tout le monde, vous y avez assisté, j'imagine. Au moins devant votre écran, n'est-ce pas ? Un rite initiatique maçon, voilà ce qui a été offert ce soir-là aux yeux du peuple français ! Pour la première fois sans faux-semblant, sans la moindre pudeur, parce que, désormais, le pouvoir croit le peuple trop bête pour que ce dernier puisse le perce à jour. Du moins, il le croyait encore à l'époque. Le triomphe de la lumière sur les ténèbres ! Le tout sur un air composé par un maçon, devant une grande pyramide maçonne, avec en son sommet une lumière rouge parachevant la symbolique maçonne, rien que du monumental ! On voit là que ce président est un vrai transgressif. Il fallait oser une mise en scène pareille. Il ne se cache même pas. Au fond, il a retenu la leçon chinoise, celle de Sun Tzu : le grand jour est une cachette plus sûre que la pénombre. »

Le journaliste reposa sa lourde veste d'hiver et adopta un ton ironique, voire cassant.

« Ça n'a pas de sens. Les Illuminati, tout ça, je connais, ne vous en faites pas. Macron n'est même pas maçon. C'est un garçon un peu exalté, il accumule les symboles susceptibles de lui apporter les soutiens, les honneurs ; c'est son côté “en même temps”, rien de plus ! Au fond, il ne croit en rien, et nous le savons tous. »

L'homme, qui était à ce moment-là occupé à changer les taies des oreillers, s'arrêta net en entendant les derniers mots d'Eliel.

« Vous plaisantez, j'espère ? Il appartient à la plus grande, à la plus secrète de toutes les loges. Une superloge ! La chose a été établie de façon irrécusable par des Allemands proches du réseau WikiLeaks qui ont réussi à hacker certains mails du cercle Camille Desmoulins, de jeunes loups macronistes à qui il n'avait bizarrement jamais donné signe de vie depuis son élection. On l'a autrefois apparenté, mais c'était avant 2017, à la Fraternité verte. Pour ma part, j'ai toujours su que cette prétendue information était seulement une fusée éclairante, je n'y ai jamais cru. Le lieu du vrai pouvoir, c'est toujours là où le conduit sa boussole. Il a été initié, croyez-moi. Très tôt. »

L'homme de ménage, qui avait prononcé ces derniers mots à voix basse, vint s'asseoir au pied du lit double, à un mètre à peine d'Eliel. Celui-ci, qui bouillait d'indignation, ne pouvait néanmoins s'empêcher d'attendre la suite. De la bouche de cet oracle semblait sortir une vérité révélée qui allait à l'encontre de tout ce qu'on avait toujours appris à Eliel, de toutes les croyances qui, à cet instant même, étaient encore les siennes. Mais il restait là à l'écouter, comme en état d'hypnose.

« Écoutez-moi bien. Vous auriez tort de ne pas le croire. Le Vatican a été lui-même si inquiété de cet empire total des frères sur le futur président qu'il a, pour la première fois, renoncé à donner aux catholiques français des consignes de vote pour le second tour de l'élection présidentielle.

– Ce n'est pas le rôle du pape ! s'écria presque le journaliste, qui ne connaissait rien aux affaires de famille du catholicisme, mais se sentait de plus en plus oppressé.

– Bien sûr que si ! C'est même le grand rôle de l'Église catholique, apostolique et romaine. Abandonne-t-on le mariage de sa fille aînée, la France, à un aventurier, un homme qui demain rompra les sacrements et couvrira sa maison d'opprobre ? Ce même pape avait mis tout son poids contre l'élection de Trump juste avant. Souvenez-vous de ce que le pape François avait affirmé au sujet du futur président américain : qu'il n'était pas chrétien, l'homme qui bâtissait des murs et non des ponts. Vous rendez-vous compte de la gravité de cette phrase ? Il n'avait néanmoins pas hésité à la prononcer. Il aurait pu faire de même au sujet de la candidate anti-immigration qu'allait affronter Macron. Il ne l'a pas fait. À la place, il a simplement eu cette phrase, dans les semaines qui précédèrent son élection : "Je ne sais pas d'où il vient." Sibyllin, et tellement clair en même temps… Le pape ne peut pas qualifier sans détour le prince des ténèbres, sachez-le. "Je ne sais pas d'où il vient", c'est tout ce qu'il pouvait en dire, mais c'est pire que tout. »

Eliel était fasciné malgré lui par ce boniment, qu'il aurait qualifié d'entièrement délirant il y a quelques heures encore. Il sentit que sa propre rationalité devenait friable face à cette apparente cohérence qui venait agglomérer des faits épars.

« Quel rapport avec les Gilets jaunes ? ». Il avait posé la question avec calme et froideur cette fois, comme pour se réveiller d'un mauvais rêve.

« Les frères avaient mis tout leur poids dans l'élection de Macron sur la base d'un pacte précis. À peine élu, il a oublié qui l'avait fait roi et ce qu'il avait promis pour cela. Il n'a jamais rompu avec la verticalité jacobine, comme il l'avait promis, bien au contraire. On sait que les frères sont girondins par nature, l'affairisme préférant toujours l'échelon local, qui permet d'agir dans l'ombre. Il n'a jamais cessé non plus de frayer avec des forces catholiques intégristes, allant bien au-delà de ce que la maçonnerie peut admettre de la part d'un des siens. Le départ de son ministre de l'Intérieur, haute figure du Grand Orient, à l'été 2018 fut un avertissement. L'hiver de cette même année, le 1er décembre, le palais de l'Élysée manqua de tomber. L'entourage de Macron perdit la tête. Soudain, ils l'imaginèrent lynché comme un satrape libyen, ou bien jugé sous les caméras en direct à la manière d'un tyran communiste roumain. Ils ont si peur de nous depuis des siècles, vous savez, et ils nous connaissent si mal ! Les liens avec les frères furent renoués. Ils le tiennent serré au collier désormais. »

Le journaliste ne commentait même plus. La conversation lui échappait entièrement. Il savait si peu de chose, après tout, et ce président était si étrange. Aucune hypothèse, même la plus extravagante, n'était à écarter avec un spécimen pareil. L'homme de ménage acheva seul sa démonstration.

« L'Occident a été vaincu par la franc-maçonnerie, monsieur. Si nous sommes sans défense désormais face à l'islam, c'est parce que nos propres ressources spirituelles ont été entièrement sapées, livrées aux maçons par ceux qui nous dirigent ! Je ne crois pas au Grand Horloger des frères, monsieur, moi je crois au Dieu qui a souffert sous Ponce Pilate, au Dieu qui a été crucifié, est mort et a été enseveli, est descendu aux enfers, est ressuscité le troisième jour d'entre les morts. C'est bien à tort que certains redoutent aujourd'hui l'avancée des dévots d'Allah sur le sol français. L'œuvre de destruction a été accomplie avant leur arrivée. Et maintenant, on voudrait aussi anéantir leur propre foi ! Les attentats de l'année 2015 ont été une rébellion contre ça, monsieur, rien d'autre. Les musulmans ne veulent pas connaître notre sort. La France sans le catholicisme n'est plus qu'un vague agglomérat d'épaves, les rares qui y sont encore vraiment en vie savent cela. Un troupeau de morts-vivants fouettés par des petits-bourgeois, sans cœur et sans grandeur. C'est la fin de la grande Histoire, monsieur, les temps sont accomplis. Le désert croît, et moi, j'attends le signe ! »

L'homme mit lui-même un terme à son monologue, affirmant qu'il terminait tôt son service ce dimanche et que, avant le train d'Eliel pour Paris, ils avaient largement le temps de prendre un café à l'hôtel, ou même à la gare.

Eliel acquiesça d'un signe de tête crispé en le regardant sortir de la pièce, mais à cet instant même, il sut qu'ils ne se reverraient jamais. Le forcené creusois avait largement passé les bornes. Son agitation devenait à vrai dire inquiétante. Le peuple avait décidément ses gouffres, ses cavités à ne pas explorer, ses bouches d'ombre dans les recoins oubliés du pays. Amateurs de l'explication par l'Opus Dei, antisémites à la sauce Action française déguisés en révolutionnaires constituants, suppôts de la théorie des reptiliens pour les plus barrés d'entre eux, la canaille de toute espèce y proliférait à son aise, loin de la surface. Avec un réel plaisir, Eliel pensa à cet instant à son rendez-vous avec Yoann Defresne, qu'il devait désormais rejoindre chez lui. Un type carré, celui-là, les pieds sur terre. « Le Juste qui sauve toute l'espèce, à déposer au pavillon de Breteuil ! », se dit le journaliste comme pour reprendre ses esprits.

20

C'est un homme en état d'épuisement qu'Eliel trouva à son arrivée au Douzel ce dimanche, peu avant midi. Le froid était tel que, même devant le poêle à bois de son salon, dont la vitre brûlante semblait près d'éclater, laissant filtrer des lueurs incandescentes, l'homme garda une sorte de bonnet aux couleurs usées. Il vivait seul dans une bâtisse proche de la ferme de ses parents, dont les anciens hangars étaient à l'abandon, servant d'entrepôt pour des outils rouillés et quelques vieilles voitures. Ce n'était pas à proprement parler une ferraillerie, mais cela en avait toutefois les aspects inquiétants.

« Le peuple veut être écouté, c'est tout, lâcha l'homme d'une voix pleine de gravité et de tabac. Quand les riches volent les pauvres, on appelle ça les affaires. Quand les pauvres se défendent, on appelle ça la violence. C'est un écrivain américain qui a dit ça. Vous connaissez *Les Aventures de Tom Sawyer* ? Au collège, j'avais bien aimé. »

Yoann Defresne avait ramassé sa haute taille pour s'asseoir à quelques mètres du feu, dans un vieux fauteuil de velours apparemment assez raide. Il faisait face à son interlocuteur, qu'il avait invité à s'asseoir en contrebas sur un canapé usé de couleur rouille. Prince en exil ou SDF, son visage se prêtait à diverses interprétations selon les moments de la conversation et le profil qu'il offrait à son interlocuteur. Il cherchait ses mots et ne les trouvait pas toujours, du moins pas instantanément, mais il s'exprimait avec profondeur, comme souvent les timides lorsqu'ils se risquent à prendre la parole.

« Avant, j'étais quelqu'un qui ne parlait jamais. Maintenant, on ne parvient plus à me faire taire… N'hésitez pas à me couper le sifflet si j'abuse ! plaisanta à un moment donné Yoann. Nous, ce que nous voulons, c'est que ce soit équilibré, que les riches payent leurs impôts aussi. Cent milliards, voilà le coût annuel de l'évasion fiscale, ce chiffre on le connaît désormais. On va faire quoi, continuer à nous étrangler à la place, nous qui n'avons rien ? Macron et ses copains nous prennent pour des imbéciles. On n'a peut-être pas fait les grandes écoles, mais on en a tout de même suffisamment dans la tête pour savoir qu'on se moque de nous. »

Le ton était buté, mais le visage gentil de Yoann, dès lors qu'il souriait, et la lassitude générale qui se dégageait de son être n'orientaient décidément pas vers le coupeur de têtes sanguinaire.

Comme tous les gens longtemps protégés des vicissitudes matérielles, depuis l'enfance dans son cas, Eliel Laurent ne s'intéressait guère aux discussions sur le concret des choses. Il savait à peine remplir une déclaration d'impôts et, de manière générale, se sentait très peu concerné par tout ce qui touchait à l'argent. Il ne s'intéressait pas non plus aux combines pour payer moins tel service, ou rogner sur telle facture, un motif de conversation inlassable pour les Parisiens de son âge, et il aurait été bien en peine de donner sans quelques minutes de réflexion approfondie le prix d'une baguette de pain. Les grandes discussions viriles de fin de repas sur les orientations politiques générales du pays ne le passionnaient pas davantage. Le journaliste avait jusqu'ici été un homme d'anecdotes et de raisonnements superficiels. Son éducation lacunaire, en dépit de sa vivacité d'esprit, et son peu de goût pour l'effort, concouraient aussi sans doute à ce qu'il suive rarement une argumentation jusqu'à son terme et n'aille jamais vraiment au fond d'un sujet.

Face à Yoann, il se sentait à vrai dire surtout désarmé. Aucune mondanité ordinaire n'était envisageable avec ce garçon, qui était d'une bonne foi effrayante. Il donnait l'impression d'être un homme résolu, puissant à certains égards, et, en même temps, il semblait presque entièrement sans défense. Comme rarement, Eliel eut envie d'être lui-même, de tomber tous les masques, mais il ne savait comment s'y prendre, quel signal envoyer pour briser la barrière de classe qui, telle une paroi de verre infracassable, se dressait sans erreur possible face à lui, déformant la contenance qu'il essayait d'adopter, rabougrissant ce qu'il tentait de dire en grimaces banales. Chaque fois que le journaliste ouvrait la bouche, l'homme le regardait comme s'il se préparait à parer un mauvais coup ou devait faire l'effort de traduire ce qu'il entendait depuis une langue étrangère. Alors, Eliel se contentait de l'écouter, tandis que la lumière qui filtrait par la baie éclairait par moments d'un halo son beau visage, faisant pour un moment reculer les ténèbres.

« Paris est un leurre. Même si je n'avais pas eu l'interdiction d'y retourner, je n'y serais jamais retourné, affirma-t-il sur le ton peu convaincu de la bravade. C'est à nous, les gens des campagnes, de mener le combat. L'heure est venue de relever la tête. Ici et maintenant, nous devons reprendre notre vie en main. Le monde rural est le plus grand capital de ce pays ; c'est ce que nous devons faire comprendre à tous ces banquiers qui nous dirigent ! Ici, et partout, nous nous organiserons. Ils seront bien forcés de nous écouter. »

Pour Yoann, chaque mot semblait peser de tout son poids. Ce qui dans la bouche d'un autre aurait sans doute résonné comme une pastorale rousseauiste ordinaire devenait, par le sérieux qu'il y mettait, la gravité du moment et tout ce qui émanait de sa personne, le credo bouleversant d'une nouvelle vie, enfin humaine, qui permettrait aux forçats solitaires des alentours de se redresser, eux qui n'avaient plus accès à d'autres joies que celles du tabac à rouler le moins cher, le Stanley, ou aux plaisirs humiliants des écrans.

L'homme raconta aussi à Eliel sa garde à vue, les deux nuits sans sommeil, la honte, surtout, qui l'avait envahi alors qu'il marchait dans les rues de Paris, mains dans le dos, au milieu des gendarmes. « Je revois un groupe de touristes. Au milieu d'eux, il y avait une femme très belle, avec de longs cheveux noirs et de hauts longs, qui a même pris une photo. Ils me regardaient comme si j'étais un voleur. Ou bien une sorte de terroriste. »

Tout l'hiver, dans l'attente de sa comparution à Paris, il avait vécu taraudé par la peur d'être envoyé en prison. Chaque jour, il s'était réveillé avec l'angoisse de « finir taulard » – c'était son expression, et elle semblait contenir un océan d'effroi. « Je ne l'aurais pas supporté », dit-il, les yeux brillants, aujourd'hui encore visiblement très ému. Comme dans un trauma puissant, comme dans le deuil ou après un licenciement, il expliqua à Eliel que, chaque matin, il redécouvrait sa situation, comme s'il l'avait entièrement oubliée depuis la veille, et qu'il en était à nouveau blessé comme au premier jour.

Puis l'homme livra le récit de son bref procès, au début du mois de janvier, et de sa condamnation. « Deux heures à Paris, que j'ai payées de quatre mois de prison avec sursis. » Plus d'une centaine d'heures de travaux d'intérêt général avaient également été réclamées. Il se trouverait affecté au tri des déchets à la municipalité de Guéret. Voilà comment on soignait l'ardeur des misérables, se dit Eliel : en les renvoyant méditer chez eux, brisés, face à une montagne d'ordures. Une interdiction de revenir à Paris pendant un an avait par ailleurs été prononcée, mesure d'exception dont la légalité était contestée par de nombreux avocats dans le pays. « Retournerais-je sur les Champs-Élysées, ce 24 novembre, si je savais tout cela par avance ? » Yoann sourit tristement, sans répondre à sa propre interrogation. « On peut dire que j'ai eu de la chance, finalement. Je suis tombé sur une cour humaine. Je crois que le juge a bien compris le sens général de l'action des Gilets jaunes. »

Eliel se releva d'un bond en entendant cette dernière phrase et secoua vigoureusement la tête en signe de protestation.

« Je ne crois pas, non. D'abord, votre casier était vierge. Ensuite, quatre mois avec sursis pour avoir lancé une pierre, sans la moindre victime ni le moindre dégât, ce n'est pas ce qu'on appelle de la chance. C'est même absolument énorme !

– Je risquais trois ans ferme, tout de même…, protesta faiblement Yoann, qui n'était plus très loin de justifier sa propre sanction. J'ai été pris dans le feu des événements. Ce n'est pas comme ça qu'il faut s'y prendre. Ce que j'ai fait n'est pas à notre image. »

Soulagé par un verdict qu'il avait cru clément, l'homme avait renoncé à faire appel. Bien sûr, lorsqu'il était rentré au fond de la Creuse, l'ambiance à la ferme l'avait immédiatement douché. Sa famille vivait ses exploits parisiens de novembre comme une tache. Décidément, il échouait sur tous les fronts, même les justes batailles qu'il menait filaient au drame entre ses doigts.

Avec des adversaires comme ça, le gouvernement jouait vraiment sur du velours, se dit Eliel Laurent. Honnêtes jusqu'au scrupule, respectueux de l'ordre, pour un peu ils seraient allés eux-mêmes se dénoncer et se passer les menottes. Il imaginait un fils d'universitaire parisien dans la même situation, l'indignation qui eût été la sienne et le raffut qu'il aurait fait ! Les condamnations tombaient dru depuis le mois de décembre. Les tribunaux faisaient désormais défiler du Gilet jaune à la barre en quantité industrielle, et ils chargeaient la mule autant que possible dans leurs réquisitions. La justice était devenue un outil de châtiment politique à la pleine et entière disposition d'un pouvoir qui avait vu la mort en face, et ne pouvait le pardonner. Chose extraordinaire, on envoyait sous les verrous pour de féroces peines de prison des travailleurs au passé sans tache, on noircissait des casiers sur la seule foi de lunettes de piscine ou de bombes de peinture trouvées dans un sac. Et le plus invraisemblable, c'est que ces ordres scélérats étaient exécutés. Il y avait des juges pour consigner ces peines démesurées, des hommes de loi pour se prêter à cette répression sans frein dictée au sommet par la peur.

La justice ne se bornait plus à réprimer des actions, à sanctionner des dégradations, elle sondait les intentions, anticipait les gestes prétendument en instance d'être commis, servait à réguler les vagues de malheureux qui déferlaient à Paris en aidant la police à fermer les écluses aux portes des villes. Certains se voyaient séquestrés pour la journée entière sans avoir esquissé le moindre geste, ni même aperçu les lieux des débordements. Et les bourgeois applaudissaient, trouvant cela fort bien pensé. On ne pouvait tout de même pas laisser brûler des poubelles et casser des abribus impunément dans Paris, ni surtout empêcher les gens de faire leurs commissions le samedi. Plus que jamais, le monde de la boutique était vent debout contre celui de la barricade, prêt à sacrifier la dernière parcelle de liberté publique à l'usage frénétique de la carte bleue. Non, la France n'aimait plus la liberté, pas plus que les autres mots pompeux figurant sur le fronton de ses bâtiments officiels.

On avait aussi appris que, dans les commissariats, des employés de caisse, des mécaniciens et des ouvriers agricoles venus de tout le pays, étaient soumis dès leur arrivée, à des questionnaires politiques dignes de l'ex-Allemagne de l'Est. À peine interpellés, ces gens inoffensifs se voyaient soumis à des formulaires remplis de chausse-trappes, avant même d'avoir pu être instruits par un avocat des conséquences pénales éventuelles de leurs réponses. « Vous définissez-vous comme Gilet jaune ? », « Pourquoi êtes-vous Gilet jaune ? », « Depuis quand participez-vous au mouvement des Gilets jaunes ? », « Qualifieriez-vous de radical le mouvement des Gilets jaunes ? ». Les téléphones portables de simples manifestants étaient fouillés de fond en comble. Dans les profondeurs de la machine, on cherchait des noms, des plans, des preuves d'une appartenance irrécusable au camp de la plèbe. Les témoignages abondaient désormais sur les réseaux sociaux, peu repris dans la presse nationale. Il est vrai que, sur les plateaux, certaines têtes d'affiche, extrémisées par l'atmosphère d'exception qui balayait le pays, parlaient de « vermine jaune », qualificatif qui avait le parfum dangereux de Drancy, sans se cacher, ni avoir à présenter des excuses, ni bien sûr encourir la moindre sanction.

Une fois encore, assis face à Yoann dans le grand salon fané du Douzel, Eliel pensa avec colère au préfet de police. Quelques jours après leur dernière entrevue, il avait appris sa décision de transformer le sous-sol de l'île de la Cité en geôle géante. Rien que pour la journée parisienne du 8 décembre 2018, il y avait eu plus de mille arrestations. Et, parmi celles-ci, combien de garçons comme celui qui se tenait en face de lui aujourd'hui ? Combien de destins anonymes brisés par des peines de prison ignominieuses qui entraveraient leur avenir, leur interdisant à jamais d'occuper toutes sortes d'emplois ? Combien de familles minées par le souci ? Après avoir mutilé pour l'exemple, ce pouvoir avide et sourd broyait désormais les vies de quelques pauvres types pour intimider tout un peuple.

Eliel n'était pas un homme moral, mais il ne pouvait accepter de voir des innocents cyniquement piétinés. L'idée de raison d'État, loin de justifier la chose, la rendait encore plus odieuse à ses yeux. Souvent, il repensait à un rêve à la fois atroce et simple qu'il avait fait à l'adolescence. Il en gardait le souvenir des années plus tard, et l'avait du reste déjà raconté à quelques proches, sa dernière petite amie notamment. Une nuit, il s'était vu dans la cuisine de la banlieue riche de son enfance. Une voiture de police se garait sur le gravier de la cour, là où il jouait souvent seul. Deux hommes en descendaient. Ils informaient qu'ils étaient là dans le but d'interpeller Eliel. Le crime demeurait flou, mais il devait être considérable. Un meurtre, probablement, car la sentence était sans appel : c'était la mort. Il n'y aurait pas même de procès, on allait l'exécuter, c'est tout. On venait arrêter Eliel pour l'emmener vers un lieu de supplice. Lequel ? Le rêve était imprécis là encore. Eliel, quoique né après l'abolition de la peine de mort, voyait un échafaud surmonté d'une guillotine. Là n'était pas le plus insoutenable du rêve, néanmoins, il en gardait un souvenir très net. Ce qui était affreux, et qui lui donnait la chair de poule en y repensant aujourd'hui encore, c'était l'attitude de sa mère. La conviction immédiate, lisible sur ses traits, de sa culpabilité. Son assentiment à la sentence, et, fallait-il le dire, son empressement à l'égard des fonctionnaires de la police. C'était cela le pire. L'arbitraire de la loi, bien sûr, mais surtout la soumission à cet arbitraire. Et sans doute était-ce cela, des années plus tard, qui lui avait rendu à l'instant odieux le pouvoir qui brisait Yoann, autant que lui était incompréhensible l'acceptation du despotisme de la loi chez ces pauvres gens, leur façon de tendre l'autre joue, et même de se montrer magnanimes à l'égard des bourreaux.

« Vous vivez seul ? lança Eliel, même si la réponse tombait sous le sens.

– Depuis neuf mois, oui. Je suis séparé.

– Ça ne doit pas être évident, dans le coin, commenta le journaliste en hochant la tête.

– Non, ce n'est pas facile. Les coups de la vie frappent deux fois plus durement quand on n'a plus deux cœurs, et deux têtes, pour les affronter. Et à la campagne, c'est encore pire. C'est d'une violence inimaginable. »

L'homme lui-même semblait surpris par l'impudeur de ses aveux. Eliel regardait le visage de Yoann à cette heure, et il y décelait sans mal les traces d'une puissante atteinte intérieure. On aurait facilement pu lui donner dix ans de plus. C'en était même étrange, car cela ne nuisait pas à l'harmonie de ses traits. On aurait dit un bel homme tourmenté de quarante-cinq ans, ou plus, d'ailleurs. Trente-cinq ans, c'était néanmoins l'âge dangereux, se dit Eliel. Suffisamment vieux pour ne pas avoir été préservé de véritables épreuves. Au minimum des morts, et bien souvent une ou plusieurs séparations cruelles. Trop jeune encore pour que l'expérience de la vie ait amorti la blessure et vous ait enseigné, surtout, que le temps peut beaucoup, et même en réalité presque tout, contre les tourments de l'amour. Il n'était pas rare, à ce qu'on disait, que ce moment de la vie soit celui des détresses insurmontables. Dans un coin perdu comme celui-ci, où l'on devait traiter les hommes qui souffraient avec la même subtilité que les ivrognes, en les invitant à se secouer, à se « reprendre en main », le journaliste préférait ne pas même imaginer jusqu'à quel cercle de l'enfer intérieur on pouvait aller jusqu'à pénétrer. Fuyant son propre vague à l'âme, Eliel était venu chercher une sorte de terre promise au pays des vaches, mais c'est sur un Christ en croix qu'il venait en réalité de tomber.

Après avoir glissé ces confessions douloureuses, Yoann lui raconta les joies intenses du rond-point. Là-bas, on ne l'avait pas jugé. À tout prendre, son interpellation avait même joué en sa faveur, un peu comme une médaille de guerre, créant une sorte de mythologie autour de sa personne qui impressionnait certains au sein du collectif. Ces gens étaient devenus sa vraie famille, avait-il cru à un moment donné. Dans ce lieu sans charme situé entre l'hypermarché et le garage Opel de Guéret, il avait trouvé toute la chaleur dont il avait manqué à la ferme. « Pourtant, je serais ingrat de dire que, chez moi, j'ai manqué de quoi que ce soit », tempéra l'homme, qui justifiait décidément toutes les cuillerées de merde que la vie lui donnait à avaler généreusement, et cela depuis toujours.

À la nuit tombée, sur le rond-point, il avait appris la fraternité, les discussions à bâtons rompus, l'aventure autour du feu de camp, sans avoir à rougir de soi, les coups de trop sans regards de travers, les blagues lestes, les grandes phrases dont on s'ignorait jusqu'ici capable, la vie qui palpitait à nouveau, comme jamais depuis l'adolescence. Là-bas, il avait grandi. Il était même devenu une star locale. « Tout ce qu'il y a de plus locale », relativisa-t-il auprès d'Eliel en riant. Il avait appris à se voir plus fort dans le regard des autres qu'il n'aurait jamais cru pouvoir s'y voir. Il avait aussi appris la fierté d'être une classe, alors même qu'il n'avait jamais connu que celle d'être un peuple, et encore, généralement lorsque l'équipe nationale gagnait lors de compétitions sportives. Ainsi le Gilet jaune était-il devenu l'emblème de milliers de hontes quotidiennes surmontées, l'une des plus indicibles d'entre toutes étant celle d'être pauvre. Désormais, c'était une identité qu'il était possible de revendiquer avec orgueil, et c'est bien ça que ceux d'en face ne supportaient pas.

Là-bas, Yoann avait aussi appris la politique, la vraie. Avant, la politique pour lui, c'était surtout le sujet à éviter dans les repas de famille, simple prétexte pour vider de sombres querelles enracinées dans de tout autres motifs. Un de ses oncles était soi-disant communiste, par on ne sait quelle fantaisie personnelle, l'autre soi-disant « Le Pen ». On ne parlait pas d'extrême-droite dans la région, ni de lepénisme, à la manière des Parisiens ou des gens des médias. Ici on « était Le Pen », ou « on n'était pas Le Pen », voilà tout, et ce nom propre dessinait à lui seul tout un paysage mental. En réalité, les deux hommes ne pouvaient pas se sentir, et l'on aurait été bien en peine de dire ce que la politique avait à voir avec leurs animosités picrocholines de fin de banquet. Avant, la politique pour Yoann, c'était aussi ce bulletin qu'on mettait seul, à échéances régulières, dans une enveloppe, dans l'isoloir d'une salle de collège qui vous rappelait de mauvais souvenirs, après avoir été abreuvé pendant des mois de coups de menton et de mensonges. Et entre les élections, surtout, plus de politique, prière de la boucler, chacun chez soi sur son canapé à subir les décisions des amis milliardaires des présidents de la République successifs, plans d'austérité bruxellois, délocalisations, fermetures d'usine. C'était le train fantôme habituel des réformes, et tout cela semblait voué à n'avoir jamais de fin.

Maintenant, la politique, c'était tout à fait autre chose. C'étaient des discussions sans fin, des votes à main levée à une heure du matin, de la lave en fusion qui sortait des bouches lorsqu'un membre du groupe lisait à voix haute un texte trouvé sur Internet qui avait enflammé son âme. La politique, c'étaient des décisions prises ensemble, ici et maintenant, dans l'intérêt de tous, c'étaient des rêves éveillés de justice, des projets de renverser ensemble le despotisme, au-delà du pantin élyséen de l'heure, qui irait se prosterner à Washington ou chez les Chinois. Yoann avait été heureux là-bas, pendant quelques semaines d'un hiver qui resterait immortel. Le soir de la commémoration aux flambeaux des victimes, la première fois qu'il avait pris la parole devant tout le collectif en haut des marches de l'église de Guéret, il avait ressenti une sorte d'ivresse.

Cela n'avait pas duré. Sur le rond-point Pompidou et entre les différents ronds-points de la commune, les querelles étaient âpres désormais, nombreuses, et même constantes. Jusqu'à la paralysie totale des décisions. Lorsqu'il s'agissait de s'accorder au niveau du département, c'était encore pire.

« Les gens sont fatigués, de la durée, de la longueur que ça a pris. Personne ne s'attendait à ça. C'est l'enlisement. On ne sait plus comment attraper la chose, alors on s'engueule. Il y a une incohésion générale, expliqua tristement Yoann après un moment de silence.

– Une... quoi ? Pardon, pouvez-vous répéter ? demanda le journaliste.

– Une incohésion. Un conflit de paroles, une mésentente d'actions, si vous préférez, précisa Yoann, un peu mal à l'aise d'avoir à expliquer un point de vocabulaire à son interlocuteur parisien. On aurait besoin de se structurer, mais beaucoup ont peur de se faire avoir dans l'opération. En fait, je pense qu'il faudrait tout arrêter pour tout remettre à plat. »

Eliel apprenait des choses désormais, au Douzel. D'où Yoann sortait-il un terme aussi relevé ? Quel avait bien pu être le professeur ou le livre, au lycée professionnel ou plus tard, qui le lui avait appris ? Une fois de plus le journaliste se dit qu'on ne savait rien sur ce pays à Paris, où des technocrates sans culture et d'arrogants saltimbanques péroraient du matin au soir sur les écrans, comme des chiens de moins en moins savants.

« Ce soir, nous avons une réunion départementale pour tirer les leçons de l'acte d'hier. Vous pouvez venir avec moi, si vous voulez. On va planifier les prochaines actions, penser à l'avenir. Je ne sais pas vraiment à quoi il faut s'attendre, mais au moins il y aura du monde, pour vous ça peut être intéressant.

– Ah oui, très bien… pourquoi pas ? Si je peux prolonger l'hôtel d'une nuit, je serai à vos côtés ce soir », répondit Eliel spontanément.

Évidemment, toutes les chambres du Campanile de Guéret étaient libres un dimanche soir de fin janvier ; Eliel en eut la confirmation immédiatement en appelant la réception depuis son portable. Acceptant la proposition de Yoann sans trop réfléchir, le journaliste n'ignorait pas qu'il était cette fois en train de dériver dangereusement.

Non seulement Eliel avait imprudemment rompu avec des sources parisiennes que sa hiérarchie elle-même lui enviait, et qui étaient déjà peut-être en train de lui nuire, mais son comportement commençait à devenir ouvertement déviant aux yeux mêmes des chefs. Le préfet lui avait également envoyé deux textos demandant à poursuivre leurs séances de travail, auxquels le journaliste, perdu entre son dégoût et ses rêveries, n'avait pas répondu. Ses opinions, Eliel ne les exprimait fort heureusement jamais en présence de collègues. D'ailleurs, il n'aurait su quoi leur dire sur ce qu'il vivait depuis quelques semaines, tant ces choses-là étaient hors-piste et n'avaient pas le moindre sens dans son monde. Ces émotions étaient nouvelles, et intenses, mais tout était encore chancelant et informe dans sa tête. Un média était de toute façon le dernier lieu en France où il fallait se réclamer ouvertement d'une opinion, quelle qu'elle soit. Tout le monde savait cela.

Le cas d'Eliel s'aggravait toutefois de façon manifeste. Il s'enkystait désormais sur les ronds-points, fréquentait des guérilleros creusois, connaissait par cœur leurs slogans oiseux, hantait des meetings interlopes. « Qu'est-ce qui est en train d'arriver à Eliel ? » se demandaient déjà certains à la rédaction. On le lui avait répété. Ce qu'il pouvait bien avoir dans le crâne était devenu une véritable énigme sur l'open space de Balard. « Tu ne commences pas à en avoir marre de tes ouvriers, là ? » lui avait écrit un jeune patron d'édition, qui venait de connaître plusieurs grands succès publics au palmarès des ventes, lorsqu'il avait annulé en début de semaine leur déjeuner pour partir à Guéret. Chômeurs, intérimaires, artisans déclassés, routiers, clochards, ouvriers à la chaîne, Gilets jaunes, quelle différence, tout ça c'était la même tourbe peu ragoûtante et surtout totalement ennuyeuse, vu du Select ou du Dôme à Montparnasse. L'idéologie dominante avait réussi à ridiculiser les pauvres et leurs défenseurs, c'était du reste sa plus grande réalisation, la plus perverse en même temps que la plus profitable. Seul Laurent Bourdin encourageait encore le journaliste par SMS dans cette voie dangereuse, depuis son bureau des Buttes-Chaumont.

« Excellent ! Tu dois rester sur place, naturellement. Tu es là où il faut être. Guéret is the new Paname. Après le secret des Templiers, nous allons bientôt découvrir le secret des Gilets jaunes ! Grâce à Eliel Laurent, reporter… Ah ah, je t'embrasse, mon petit camarade ! »

Ce genre de message fortifiait Eliel Laurent dans son désir déviant, même s'il n'ignorait pas que le mandarin de Nanterre ne courait aucun risque, contrairement à lui, et que Bourdin avait même récemment refusé de signer une pétition réclamant l'amnistie de tous les Gilets jaunes incarcérés au motif qu'elle comportait une ou deux phrases mal tournées – « à la syntaxe douteuse », avait-il affirmé. Un détail lamentable rapporté à Eliel par la chargée de communication du journal engagé qui était à l'origine du texte.

21

Lorsque Yoann et Eliel se retrouvèrent sur le rond-point, à la « cabane du Peuple », comme on l'appelait, les ennuis commencèrent à l'instant même. Une petite trentaine de Gilets jaunes étaient déjà rassemblés dans le froid, autour d'un chaudron de soupe fumant et de plusieurs cafetières. Les conversations étaient molles, mais l'humeur explosive. Le groupe La Creuse Ensemble comptait désormais plusieurs commissions, dont la veille on avait envoyé des porte-paroles à l'Assemblée des assemblées, qui s'était tenue à Commercy, petite ville de la Meuse.

« C'est qui, lui ? » demanda une retraitée à bonnet blanc en donnant agressivement un coup de menton vers Eliel.

Yoann le présenta comme un journaliste et donna son nom, sans plus de précisions. Aussitôt, les remarques fusèrent de tous côtés.

« C'est pas possible ! On avait dit : pas de journalistes pour les réunions de délibération. Jamais ! Ça vaut pour tout le monde, Yoann. Il va falloir se prononcer collectivement, je suis désolée. Nous devons voter pour ou contre sa présence, poursuivit la retraitée, très remontée, avec un sérieux d'huissier.

– On n'a rien contre vous, monsieur… Mais la règle, c'est la règle. Il faut organiser un vote, opina une femme plus jeune, emmaillotée dans un anorak de ski bleu passé de mode.

– Mais je n'enregistrerai rien, je vous le promets ! protesta Eliel. Je ne suis pas là pour mon média, je suis là pour moi. Je suis là… comme ça. »

Le journaliste avait prononcé ces derniers mots sur un ton hésitant, ne sachant pas exactement lui-même ce qu'il faisait là, rudoyé au milieu de nulle part par des inconnus, alors que toutes les portes d'une carrière parisienne lui étaient encore ouvertes.

« Juste là « comme ça » ! Ça ne tient pas debout… Je viens de le chercher sur Google. Il a l'air de travailler dans un journal de gauche, en plus. Il va nous trahir ! s'écria un homme qui brandissait son portable d'une main, tenant de l'autre un gobelet en plastique.

– De gauche ? Alors là, je ne vois pas ce qui vous fait dire ça… s'amusa Eliel. Moi aussi, je suis apolitique, exactement comme vous ! ».

De toute sa haute taille, Yoann entra dans la mêlée pour venir en aide au journaliste. Alors que la nuit tombait, il joignait en parlant ses deux grandes mains rougies par le froid.

« Écoutez, c'est un malentendu. On ne va pas commencer à voter sur des choses comme ça, vous êtes à bout de nerfs, ou quoi ? On a des choses plus importantes à faire ce soir. Si on vous écoutait, bientôt il faudrait voter sur le fait de savoir si on peut distribuer de la soupe ou pas... Ça n'a aucun sens. C'est un garçon qui ne nous veut aucun mal, il est venu me voir aujourd'hui pour une interview, il veut simplement se faire un avis sur le mouvement, on ne va pas commencer à monter toute une mayonnaise autour de ça !

– Ah, d'accord ! C'est toi qui nous l'imposes, en fait ! poursuivit la doyenne déchaînée.

C'est ça, ta conception de la démocratie ? Tu ne passes plus les portes, mon pauvre Yoann.

– Il n'y en a plus que pour toi maintenant ici, Yoann ! marmonna le type qui avait tapé le nom d'Eliel sur son smartphone. Ta starification commence à nous poser des problèmes, et je ne suis pas le seul à le dire.

– Ma starification ! C'est une plaisanterie, j'espère ? »

Depuis qu'il avait été interviewé à deux reprises sur France Bleu Limousin, beaucoup de malveillances couraient sur Yoann. Son arrestation sur les Champs-Élysées et sa condamnation avaient également été perçues par un ou deux imbéciles sur le rond-point comme une façon de se faire remarquer, voire de se pousser du col. Depuis le collège, du reste, sa stature physique et sa réserve naturelle le mettaient à part, on le suspectait de prendre des airs supérieurs.

« Tu te prends pour un chef. Qui t'a élu, Yoann Defresne ? La vieille ne lâchait pas le morceau, et elle avait rarement été aussi hargneuse que ce soir.

Je vais te dire un truc : il n'y a pas de chef, ici. Il n'y a que des égaux. On n'est pas chez les pseudo-leaders Facebook, ceux qui font du pognon sur notre dos. Les gros melons, nous, on sait comment les ramener sur terre. Ici, c'est la démocratie, la vraie ! Prends ton tour dans la file, comme tout le monde. »

Eliel était consterné. Il avait l'impression d'être revenu en réunion de rédaction à *Libération*, en pire. Le climat était détestable, certes moins hypocrite qu'à Paris, mais encore plus débraillé verbalement. Fallait-il que la race humaine soit maudite pour que ces gens, abandonnés de tous, trouvent encore le moyen de se fracasser ainsi les uns contre les autres, alors que leur seule force, à eux qui n'avaient rien, était leur nombre retrouvé, leur masse enfin debout. La jalousie, la stupidité, le temps perdu par certains à tenter d'exister en faisant des phrases, c'était pareil partout, en fait, du bas en haut de l'échelle sociale. Aucune distinction entre les pauvres et les riches sur ce point, quoi qu'en disent les exaltés de la cause du peuple, qui glorifiaient la soi-disant bonté inhérente de celui-ci. Dès que des hommes étaient assemblés, leur soif d'autodestruction ne connaissait pas de limites.

Passé ce pugilat inaugural, un calme relatif retomba toutefois sur le rond-point, où l'assemblée allait commencer d'un instant à l'autre. Plusieurs grappes de Gilets jaunes étaient arrivées entretemps pour participer à la soirée et se pressaient autour du brasero avec des gobelets de punch à la main. Tout d'abord, on procéda au vote à main levée concernant le sort d'Eliel. À une courte majorité, seulement deux voix en vérité, le journaliste fut autorisé à s'asseoir sur un cageot à l'entrée de la tente pour écouter la suite des conversations. Il était désormais isolé du reste du groupe. Yoann lui lança un clin d'œil et lui glissa en passant devant lui : « Ce sont des gamins, ne vous inquiétez pas. » Il y avait pourtant beaucoup de cheveux blancs au sein de l'assemblée, se dit Eliel. Trop pour mettre cette empoignade sur le compte de simples enfantillages.

Au centre d'un groupe de gens plus jeunes où plusieurs garçons portaient des piercings à l'arcade sourcilière ou de grands anneaux qui leur déformaient le lobe de l'oreille, se tenait silencieusement un homme à la soixantaine bien avancée. Salué par des sourires enthousiastes lors de son arrivée, il semblait jouir d'un certain prestige sur le rond-point. C'était un prof en retraite, figure locale qu'on disait proche du NPA, lui expliquerait plus tard Yoann. Quoique ouvertement politisé, contrairement aux préceptes universellement brandis sur le rond-point, il avait su se faire accepter au fil du temps. Aux moments décisifs de la vie collective, on se tournait souvent vers lui ou vers Yoann, même si personne n'aurait reconnu la chose en ces termes, ni peut-être ne s'en apercevait entièrement.

« Nous sommes ici ce soir pour tenir l'assemblée générale de La Creuse Ensemble, conformément à nos statuts et à la demande collective qui s'est exprimée, proclama la femme à l'anorak de ski bleu.

Alors, les Gilets jaunes, avez-vous le sentiment d'avoir gagné ?

– Nooonnn ! répondit en chœur la foule.

– Allons-nous abandonner le combat maintenant ?

– Nooonnn !

– Voulez-vous continuez ? souriait la chauffeuse de salle, qui semblait avoir pris goût à l'exercice.

– Ouiiiii !

– Bon. On va peut-être commencer par tirer les leçons de notre action de blocage hier, si ça convient à tout le monde. »

La retraitée qui avait voulu mettre Eliel dehors, mena ensuite les débats du soir, passant à chacun le micro, raccordé à une vieille enceinte défraîchie d'où s'échappaient régulièrement des sifflements déplaisants. On ne comprenait pas bien au nom de quoi elle distribuait ainsi la parole, mais après tout le journaliste ne connaissait pas les règles qui présidaient à la vie du lieu. Certains participants exprimèrent leur satisfaction concernant l'acte de la veille, considérant que le blocage de la N145 renouait avec les origines du mouvement. De l'action, moins de bla-bla, du concret. Un « retour aux sources », en somme. L'expression revenait très souvent dans les interventions, et c'était en soi remarquable, le mouvement n'ayant pas encore fêté ses deux mois. « Un message simple : moins de taxes, plus de pouvoir d'achat. Nous, on est des gens simples, on veut des choses simples. Ras le bol des prises de tête ! » synthétisa une jeune femme aux cheveux courts avec un accent paysan du coin.

D'autres, à peu près aussi nombreux, estimèrent au contraire que ce genre d'action était dépassé, et tirait le mouvement vers l'arrière. « Maintenant, nous, ce qu'on veut, c'est renverser le système. Quoi qu'ils nous donnent, ça suffira pas ! Justement, on veut plus qu'ils "nous donnent". Nous, ce qu'on veut, c'est tout reprendre pour pouvoir tout redistribuer. » Cette intervention d'un jeune homme à sweat noir sorti du groupe aux piercings s'acheva par des applaudissements nourris. Qui était-il ? se demanda le journaliste. Un vidéaste du canal Saint-Martin de passage en week-end chez ses grands-parents ? Un chômeur local gagné aux revendications les plus maximalistes ? Un zadiste ? Eliel n'en avait jamais vu encore, mais c'est un peu l'idée qu'il s'en faisait au premier abord. Ainsi le gauchisme infiltrait-il même la Creuse, se dit-il, lui qui gardait d'assez mauvais souvenirs de Nuit debout, près de trois ans auparavant à Paris, sorte de mouvement des places à la française qui n'avait pas tenu plus d'un mois et demi et qu'il avait parfois traversé, le soir, en revenant à pied vers son loft à Bastille.

À l'époque, il était moins lucide qu'aujourd'hui, plus imprégné aussi par les préjugés de sa classe. Mais il gardait le souvenir de deux jeunes filles à bonnet péruvien qui buvaient du rouge au même goulot un soir à ses côtés, l'air défoncé, et secouaient de temps à autre les mains en l'air comme si elles agitaient des marionnettes. Avec certitude, il se souvenait de s'être dit ce soir-là en les regardant que ce mouvement était mort-né, que de ce carnaval, aucun renversement de l'ordre ne découlerait jamais, quelles que soient les intentions radicales de sa poignée d'initiateurs. Aucun jeune des quartiers populaires n'était venu, aucun prolétaire véritable, hormis quelques représentants syndicaux qui n'avaient pas vu une chaîne de montage depuis des années. Nuit debout avait un peu été le *spring break* d'une tête d'épingle intellectuelle qui, sur la base d'un malentendu, avait réussi à rameuter quelques milliers de hipsters et d'intermittents du spectacle. La ville en comptait une forte concentration, avec ses théâtres et ses nombreux tournages, et la précarité les rendait de plus en plus perméables aux idées de la sédition. Néanmoins, même ce mouvement, qui n'avait pas eu la chance de trouver une base populaire puissante pour le porter, avait réussi à faire peur au pouvoir tant la légitimité de ce dernier était déjà incertaine, voire entièrement ruinée. Eliel se souvenait des réunions de crise à son journal de l'époque. Il revoyait les hélicoptères tourner dans le ciel au climax des manifestations, et toutes les caméras braquées, chaque soir, sur le moindre départ de feu.

Le maître à penser du clan des piercings prit alors pour la première fois la parole ce soir-là. Un grand silence tomba sur le rond-point.

« Mes amis, cessons de nous déchirer. Ce que nous avons accompli, ce soulèvement magnifique, les maîtres du pays ne nous en croyaient plus capables. Ce n'est pas le moment de nous refermer sur nos querelles, nos ego, nos intérêts minuscules d'hier. C'est le moment d'ouvrir grand les possibles de l'humain ! Nous devons regarder plus loin, plus grand désormais, nous devons voir au-delà du servage de l'homme ! »

L'ancien trotskiste, professeur de philosophie à Limoges, parlait de la voix assurée du pédagogue, rendue imperturbable par une longue expérience de l'indifférence des cancres au fond de la classe. Eliel eut l'impression de retrouver le phrasé de Laurent Bourdin, avec des ficelles plus épaisses néanmoins. L'homme poursuivit.

« Nous sommes une masse discordante, nous avons nos faiblesses, nous nous opposons parfois. Mais une idée nous réunit tous, cela, je le sais aussi ! Et c'est l'humain. Je vous le dis solennellement aujourd'hui : nous atteignons le point dangereux, celui où les révolutions s'enlisent par défaut d'ambition. Cessons d'être ainsi obsédés par celui qui incarne aujourd'hui le pouvoir ! Cessons de lutter pied à pied avec ce vieux monde. Nous sommes dans la réaction, eh oui ! C'est une autre idée de l'homme que nous devons désormais proposer à ce monde à l'agonie. C'est une autre organisation que nous devons leur opposer ! Cela prendra du temps, ne nous précipitons pas sur des revendications à courte vue. Ce que nous devons viser, c'est la reconquête entière du pays par les travailleurs, rien de moins ! La propriété des moyens de production, voilà le vrai enjeu. Le seul vrai pouvoir, il est là, et c'est celui du capital, bien sûr. Le moment venu, ce pouvoir qui nous obsède s'effondrera de lui-même. Il n'y aura plus qu'à la pousser pour qu'il tombe, et nous, nous serons là, plus que jamais debout ! »

Certaines mines étaient un peu dubitatives. On sentait même un profond scepticisme chez quelques-uns, mais l'intervention du notable trotskiste fut toutefois saluée par une longue salve d'applaudissements enthousiastes venus de tous les groupes. Vieux truc d'orateur aguerri, le communiste limougeaud s'arrangeait toujours pour finir sur une phrase qui mettait tout le monde d'accord et déclenchait automatiquement la claque. Eliel jeta un regard vers Yoann, qui avait l'air profondément abattu en cet instant. À le regarder, on devinait qu'il avait déjà dû se coltiner de nombreuses fois les performances survoltées du tribun à cheveux blancs et que, de son point de vue, cette avalanche de grands mots à majuscule et d'exclamations n'allait pas forcément dans le bon sens. C'était aussi le premier avis d'Eliel, d'ailleurs, qui retrouvait là une grammaire connue des assemblées générales à Tolbiac, à Nanterre ou encore dans les bourses du travail parisiennes. Généralement, celle-ci annonçait l'imminence de l'échec.

On décida d'écouter les deux porte-parole locaux qui, la veille, s'étaient rendus à Commercy. Un homme et une femme, car on respectait désormais scrupuleusement la parité sur le rond-point. Laetitia, c'était le prénom de la déléguée, s'exprimait toutefois beaucoup moins que son camarade masculin. « Lui, il parle mieux, je le laisse faire. En plus, il aime bien ça ! » s'amusa-t-elle en refusant à un moment donné le micro qu'on lui tendait.

Le compte rendu fut enthousiaste. Les choses avançaient. Quelque chose prenait forme dans cette ancienne petite cité ouvrière de l'Est, à les entendre. Ils déploraient en revanche la lenteur extraordinaire des délibérations. À part ça, ils avaient vu des Gilets jaunes de Rungis, de Montreuil ou du Lot-et-Garonne, une trentaine de délégations au total venues de la France entière. Même si certains puristes, là-bas, avaient exprimé leur hostilité à l'égard de l'existence même d'une coordination nationale, la plupart des participants considéraient que c'était la voie à suivre pour obtenir enfin un *« gouvernement du peuple, par le peuple et pour le peuple »*. L'expression, présente dans l'article deux de la Constitution française, était désormais dans toutes les bouches, popularisée par différents montages vidéo sur les réseaux sociaux.

« Nous ne voulons pas de porte-parole. Ils finiraient forcément par s'exprimer à notre place ! » Tel était le leitmotiv là-bas, l'obsession, même, et ce blocage total sur l'idée de délégation n'était décidément pas du meilleur augure. Les célébrités Facebook du mouvement n'étaient du reste nullement les bienvenues dans cette assemblée. À leur égard, la même animosité qu'à l'égard des riches ne cessait d'enfler. On les suspectait de bâtir des fortunes avec des porte-clés à l'effigie du mouvement, entre autres supputations ineptes. Logiquement, « l'esprit de Commercy » plaisait beaucoup aux journalistes de gauche, qui avaient sans doute cru flairer ici quelque chose de l'horizontalisme qu'ils aimaient afficher, de l'idéalisme impuissant auquel ils étaient depuis toujours habitués et qui avait d'ailleurs largement contribué à mener le pays dans l'ornière. Ils étaient nombreux à avoir fait le déplacement la veille dans la Meuse. Là-bas, ils semblaient retrouver leurs marques, perdues durant l'hiver. Commercy, pour eux, c'était un peu le Nuit debout des pauvres. Une espèce de crèche expérimentale de la démocratie directe où ils pouvaient venir observer en sécurité des Gilets jaunes, et s'enthousiasmer enfin un peu sincèrement pour le mouvement. Leur déception était parfois énorme en découvrant sur place les mêmes fans de ces fameux live de « La France sans chaînes !!! » qui leur arrachaient d'ordinaire les yeux et les oreilles.

L'idée d'une grève générale faisait également son chemin. Les délégués souhaitaient informer La Creuse Ensemble à ce sujet, ne sachant trop qu'en penser eux-mêmes. Yoann demanda à ce moment-là son tour de parole et s'approcha du micro d'un air décidé. Le journaliste se surprit à suivre l'homme des yeux avec anxiété.

« Alors, voilà, les amis. Au point de fatigue où nous en sommes, alors que nos disputes sont nombreuses désormais, hélas, on le sait tous, hein… je crois que nous avons besoin de victoires, ici et maintenant. Le déclenchement de cette grève est donc essentiel. C'est le moment de marquer le point ! Aucun gouvernement ne peut résister à un blocage général de l'économie. Voyez 68, j'ai fait des recherches à ce sujet… Le débrayage de la moitié des salariés réunis a fait plier le pouvoir en deux semaines. Si les routiers s'y mettent, les dépôts de carburant, les chemins de fer, nous toucherons rapidement au but ! »

Des applaudissements sporadiques saluèrent son intervention. Peu des personnes présentes étaient à vrai dire directement concernées par cette grève. Beaucoup d'entre elles étaient intérimaires dans des usines locales, en contrat court, et donc trop précaires pour pouvoir envisager d'annoncer à leur direction qu'elles poseraient des jours. Les autres étaient retraités ou bien aux minima sociaux. Un garçon du club à piercings marqua toutefois son approbation en formant avec ses doigts le V de la victoire. Yoann s'élança à nouveau.

« Maintenant, écoutez-moi, les Gilets jaunes. Je voudrais vous parler de quelque chose, même si ça doit piquer les oreilles de certains. La répression est très dure dans la rue. La plupart des ronds-points ont déjà été évacués. L'Élysée endort nos maires avec de soi-disant réunions de doléances sans fin qui ne mènent nulle part ; demain peut-être, Macron proposera un référendum de son cru, sur mesure, et beaucoup tomberont dans le panneau. Les européennes approchent, nous ne pouvons pas non plus faire comme si de rien n'était ! Vous connaissez mon point de vue : ignorer les élections dans les mois et les années qui viennent, c'est nous condamner. Il serait vraiment temps que l'on puisse parler de ces choses-là librement. Il va falloir nous remettre à la politique, voilà mon avis ! La dédaigner, c'est bon pour les riches, pas pour nous ! Eux sont sûrs de s'y retrouver, quel que soit le parti qui passe. Ils se sont toujours arrangés, et ils s'arrangeront toujours. C'est nous, les pauvres, qui avons besoin de la politique ! C'est pour nous qu'elle est vitale. »

L'ambiance était glaciale. On entendit même quelques huées agressives.

« Yoann, à quoi tu joues ? lança la retraitée passeuse de plats après lui avoir quasiment arraché le micro des mains. Les gens ne veulent plus entendre parler de ça, c'est bien clair ?

– Nous sommes apolitiques et apartisans ! vociféra un homme dans la nuit. Cela, personne ne le remet en cause ici. Pas une seule personne !

– Si c'est ça, je me casse ! lança un grand gaillard jusqu'ici jovial et qui avait même l'air prêt à en découdre.

– Tu cherches quoi, au juste, une place ? Tu veux un poste ? C'est ça, Yoann ? » reprit la doyenne.

La grossièreté de l'attaque reçut peu d'approbation. La fureur de la retraitée passait les bornes. Yoann était tout de même une figure respectée au sein du groupe. Après avoir récupéré non sans mal le micro, il reprit la parole pour un instant.

« Une dernière chose, et je vous laisse pour ce soir. Organisons-nous pour reprendre possession de la représentation nationale, notre bien commun ! C'est elle qu'il nous faut récupérer, et pour cela tous les moyens seront bons. Au lieu de recréer nos alternatives dans notre coin, nos assemblées d'assemblées, etc., lançons le parti du peuple, ou bien prenons d'assaut leurs partis ! Nos groupuscules parallèles ne les gênent en rien, sachez-le ! Ce qu'il faut, ce n'est pas discuter des heures entre nous, c'est reprendre dès que possible le manche ! »

La déclaration de Yoann Defresne fut cette fois interrompue par des sifflets nourris, il y eut même un mouvement de foule. Une voix d'homme s'écria : « Le RIC, rien que le RIC ! La politique, on s'en fout ! »

Le sujet de la politique était littéralement prohibé sur le rond-point, et ce vide commençait à devenir un abîme ouvert sous les pieds des Gilets jaunes. Depuis le début du mouvement, il était impossible de faire entendre que le discrédit des partis et la corruption qui les avait fait tous se ressembler, jusqu'à ce qu'ils fussent avalés crûment deux ans auparavant par le président banquier, n'empêchaient pas de s'emparer à neuf de la question politique. On ne pouvait énoncer sans susciter un chahut effrayant que la dégénérescence de ces partis croupions libérait justement la place pour une nouvelle organisation populaire. L'art de la politique avait en lui-même été déshonoré ; il était en train d'être aspiré avec les eaux sales de la Ve République. Dès lors, le mouvement ne construisait rien.

Les appels, les ultimatums, les listes de doléances, les ligues de tous acabits se succédaient sans jamais parvenir à se coaguler en une force politique unifiée dont il eût été possible de faire quoi que ce soit. Tous les matins, on s'émerveillait de réinventer la roue, mais l'on n'avançait pas. Ceux qui n'avaient jamais rien connu d'autre que les crocodiles lamentables du cloaque politique français découvraient la vertu des serments entre égaux, la chaleur enivrante des assemblées et des manifestations, mais où tout cela allait, personne ne le savait, ni ne songeait parfois même à se le demander. Ainsi, la mauvaise foi s'installait, et avec elle disparaissait l'esprit de conquête qui avait permis d'accomplir, sans même le savoir, ce que tous croyaient impossible.

À distance, de vieux renards s'amusaient déjà à parier sur la date de décomposition de toutes ces réjouissances. Tout en flattant les Gilets jaunes au col, certains appareils attendaient en effet leur heure dans l'ombre, sachant que le temps des partis reviendrait, et même qu'il était proche désormais. Il y avait au sein de la gauche de la haine informulée à l'égard du peuple jaune, et même des vœux de mort plus ou moins conscients – ces parias n'avaient-ils pas réussi à faire vaciller les bases de l'État là où elle échouait invariablement depuis des décennies, ne suscitant plus que le rire des élus et des oligarques, qui connaissaient les failles privées de chacun de ses leaders ?

Le RIC servait de paravent à toute cette faiblesse, renvoyant à l'illusion que chacun des grands choix pour le pays pouvait dériver d'une décision démocratique pure, sans médiation, prise par un peuple constitué de millions d'âmes. Rousseau lui-même avait déjà décrit, deux siècles et demi auparavant, l'impossibilité de la chose dès lors qu'on sortait des dimensions d'un canton suisse ou des frontières de la Corse. Mais l'on s'accrochait à cette seule idée, et personne n'était là pour expliquer son insuffisance. On ne voyait pas davantage la secrète affinité que ce référendum entretenait avec la vision libérale de l'homme qu'il prétendait abattre. Comme Adam Smith en avait rêvé, ce suffrage postulait les hommes comme des atomes libres, non déterminés dans leurs choix, calculant leurs intérêts en toute impartialité dans une sorte d'éther social. Il gardait entièrement indemne la douloureuse question de la propriété et ne supposait pas davantage de refonte complète du système politique. À tous égards, il laissait donc le ver de l'égoïsme dans un fruit social déjà pourri à souhait.

Ceux qui étaient aux côtés des Gilets jaunes et savaient cela, ne se résignaient pas à rejoindre la liste de leurs suspects en heurtant une de leurs idées fixes. Ceux qui aimaient avec le plus de ferveur le mouvement, l'aimaient du reste aussi, parfois même avant tout, pour sa vulnérabilité qui faisait que la veille on ignorait si le lendemain matin il serait vivant encore. Cette faiblesse de constitution était semblable à celle d'un enfant hémophile auquel ses parents s'attacheraient plus qu'à tout autre en raison même de sa fragilité. De fait, cette faiblesse était telle, face à toutes les puissances du monde social déchaînées contre lui, que discuter publiquement une revendication devenue aussi centrale que le RIC eût été participer à sa destruction. Ainsi le cercle était-il absolument vicieux, et rien ne cheminait.

Non sans avoir été salué avec chaleur et force tapes dans le dos par certains, car beaucoup le voyaient encore comme le véritable pilier du groupe et le plus légitime, Yoann quitta le rond-point précipitamment, après s'être arrêté quelques instants auprès du journaliste. « Je suis navré, c'est devenu comme ça, ici. Il faudrait réfléchir à ce que nous voulons vraiment. Ou pas, d'ailleurs… C'est peut-être déjà fini. On reste en contact, bien sûr. » Alors que, tombant par le milieu, la lumière haute et blanchâtre des réverbères du rond-point rendait la vision des traits de Yoann difficile, le journaliste crut entendre une grande émotion dans sa voix. Il eut comme un frisson.

L'assemblée se poursuivit, mais Eliel entendait désormais tout dans un brouillard, et les péripéties de la soirée était devenues sans intérêt à ses yeux. En face de lui, le retraité marxiste-léniniste souriait en baissant le regard, avec une espèce d'expression de triomphe teintée de modestie. Chacun connaissait sa position depuis des semaines, et elle s'accordait en apparence à la doxa officielle : renvoyer dos à dos tous les partis, ne plus se mêler des élections, attendre le soir glorieux où le système trépasserait de lui-même. Il se vantait du reste de n'avoir pas voté depuis les législatives de juin 1968. La guerre totale au capital, tel était le seul objectif, mais les conditions de cet ultime assaut n'étaient pas encore réunies, et ne le seraient probablement pas avant plusieurs décennies, lui-même n'en faisait d'ailleurs même pas mystère.

Moyennant quoi, il sommait ces pauvres gens d'exiger la lune et leur retirait à court terme tout espoir. Les illusions électorales, leurs victoires sans lendemain, c'était bon pour les niais. Lui attendait le Nirvana communiste, la reprise en main sans partage des moyens de production par le prolétariat. Que les gueux de Guéret se lamentent devant leur frigo encore cinq, cinquante ou même cent cinquante ans n'était de toute façon pas son affaire. Sa vie à lui était quasiment achevée. Compagne de ses années de fascination pour la pampa cubaine, sa femme, elle aussi professeur de philosophie, était décédée deux ans plus tôt d'un cancer du sein. La retraite du fonctionnaire tombait chaque mois, ne l'exposant à aucune des urgences du rond-point.

22

Le lendemain, une fois monté dans le train pour la gare de Limoges, Eliel Laurent mit ses écouteurs d'IPhone, et balaya les grandes éditions matinales des radios. Son choix s'arrêta sur France Inter, où il entendit la voix d'un historien célèbre. Celui-ci était devenu la figure même du progressisme français, notamment grâce à ses travaux novateurs sur l'immigration qui faisaient trépigner la réaction, et ses infatigables bateleurs qui hantaient tous les médias du pays. On l'interrogeait manifestement sur le sens et le destin des Gilets jaunes. Simple révolte ou vraie révolution ? lui demandaient les journalistes, deux vedettes de la station, dont les visages souriants et immenses étaient, depuis plusieurs semaines, affichés sur une tour du bâtiment de la Maison de la radio.

Eliel suivait avec attention les fascinantes circonlocutions du professeur au Collège de France, qui semblaient avant tout dictées par le désir de ne surtout rien répondre. Le spécialiste des enluminures et des rites funéraires moyenâgeux commença par exprimer sa « déception », causée par on ne savait trop quoi, d'ailleurs, la chose demeurant obscure à ce stade de la discussion. Il usait d'un phrasé extraordinairement contourné et précieux que le Trissotin de Molière n'aurait pas renié. À l'évocation du grand débat national que le président de la République avait lancé en toute hâte à travers le pays en début d'année afin d'éteindre la colère, le puits de science se montra d'un seul coup bien plus disert. « Comment ne pas l'accueillir favorablement ? Là, on est dans l'effraction de la parole ! La démocratie est une tâche qui nous incombe, qui nous appartient, elle est sans cesse à recommencer. » Toujours le même baratin, se dit Eliel. La neutralité affectée, les sables mouvants rhétoriques, la grandiloquence et le pédantisme comme éteignoirs : voilà tout ce qu'on pouvait tirer du dernier carré de la gauche officielle qui était encore autorisé à passer sur les ondes, y servant avant tout à désorienter le sens critique de l'auditeur.

Politiquement, c'est elle bien sûr qui avait servi de force d'appoint pour produire une bouillie idéologique telle que le parti présidentiel, sans autre contour ni morale que ceux dictés par la préservation des privilèges d'une classe entière. Du reste, Eliel se souvenait que l'illustre médiéviste avait avoué, il n'y avait pas si longtemps, dans les pages du supplément week-end du *Monde*, pleines à ras bord de réclames pour de luxueux sacs à main, avoir voté dès le premier tour de la présidentielle pour l'enfant chéri des places boursières. Eliel en était là de ses pensées quand l'historien s'anima d'un coup, tel un aspic surgissant dressé au milieu des herbes où il sommeillait jusque-là.

«Après trente ans de décentralisation, que voyons-nous ? On voit les Gilets jaunes cibler l'État, le cœur de l'État, l'Élysée, ou encore Macron… Quel retour en arrière ! Quel recul ! "Macron démission", entend-on partout. C'est sidérant. On ne va tout de même pas se laisser piéger par ça !» s'emporta-t-il avec des accents d'indignation dont on n'aurait su dire si l'outrance était tout à fait maîtrisée. L'homme en concluait que les ronds-points étaient «obsédés par leur propre haine à l'égard d'Emmanuel Macron» et, à partir de là, diagnostiquait chez les Gilets jaunes une obsession monarchiste, une survivance risible du substrat théologico-politique que cet historien de cour, qui se piquait apparemment de démocratisme radical, trouvait fort désolantes. Ce genre de paradoxe en trompe-l'œil devait lui assurer quelques beaux succès oratoires au palais, où l'épouse du président, une femme cultivée, organisait régulièrement des agapes artistiques et littéraires.

La fin de l'entretien fut une démonstration de promiscuité, obscène, entre les intervieweurs de la radio d'État et la figure du Collège de France. Il en ressortait que les fanatiques en jaune refusaient qu'on parle en leur nom. Une preuve de plus, soulignait l'intellectuel, de leur détestation pour ceux «dont le métier est de mettre en intelligibilité». En entendant ces mots, Eliel, quasiment seul dans le wagon, souffla de façon sonore en levant les yeux au plafond. «Nous sommes le cœur de leur cible, il y a une détestation du travail intellectuel. Pire encore : il n'y a plus d'accord possible sur les faits ! Je ne parlerai pas de *fake news*, je le dirai sans crainte et en français : le mensonge règne d'une façon inquiétante, poursuivit l'homme, en proie à une agitation croissante. Face à cela, nous, les journalistes et les historiens, nous sommes dans une communauté de désarroi… Parce qu'on n'a pas le sentiment d'avoir mal travaillé. » Avant la fin de l'entretien, il en vint à appeler l'un des deux présentateurs, le garçon, par son prénom.

On sentait malgré tout l'historien gagné jusqu'aux entrailles par un effroi indicible qui, correspondant peu à la situation objective – que risquait concrètement un bourgeois du Ve arrondissement de la part de ces pauvres gens ? –, instruisait donc plutôt sur le genre de fréquentations qui devaient être les siennes, ainsi que sur ses attaches sociologiques. La haute bourgeoisie vocalisait sa terreur à travers sa bouche. Elle sentait le socle de sa quiétude trembler. Chez un homme comme lui, la prescience de l'érudit frotté à toutes les fermentations de l'Histoire, à toutes ses éruptions passées, connaissant sans doute dans le moindre détail chacune d'entre elles, devait du reste rendre la chose encore plus effrayante qu'aux autres.

Eliel était à deux doigts d'éclater de rire dans son TER. Une « communauté de désarroi » ! « Nous sommes le cœur de cible » ! La peur déliait les langues et rebattait comiquement les cartes du jeu social. Quand on connaissait, ainsi qu'Eliel l'avait déjà expérimenté à ses dépens, le mépris absolu de cette caste intellectuelle pour tout ce qui n'était pas son monde, notamment pour les journalistes, qu'elle prenait pour ses domestiques, il était vraiment à hurler de rire d'entendre ce pédant surtitré inviter ses interlocuteurs à se serrer les coudes avec lui sans plus attendre. Un savant aux abois est décidément encore plus sot qu'un ignorant, se dit Eliel.

Lors du changement à Limoges-Bénédictins, il repensa à sa conversation de la veille sur le rond-point, après le départ de Yoann, avec l'ancien prof de philo trotskiste. Sans détour, le journaliste lui avait demandé quelles étaient désormais, à ses yeux de militant expérimenté, les chances du mouvement des Gilets jaunes.

« Elles sont nulles, mon jeune ami. Ce mouvement est mort. Au mieux, il peut tout juste espérer être le marchepied de la vraie révolution qui viendra à sa suite. »

Eliel avait été soufflé par le changement de ton total de l'homme, au regard de ses envolées lyriques à peine une heure plus tôt, lorsqu'il s'exprimait au cours de l'assemblée.

« Pourquoi êtes-vous là, alors ? Pourquoi faites-vous encore semblant de jouer le jeu, dans ce cas ? lui avait lancé Eliel.

– Il y a ce qu'on peut dire *ex cathedra* et ce qui se dit au creux de l'oreille aux seuls initiés ! Mais je ne vous apprends rien, j'espère. Laissons tomber ça… Écoutez-moi bien. Un soulèvement, en lui-même, est une chose extraordinaire. Très rares sont les individus qui auront eu la chance d'en traverser un au cours de leur vie. C'est un moment qui ne se compare à rien, un orgasme de la vie collective, il fouette les sangs. Mais il n'est pas en soi émancipateur. Il ne peut produire d'effets que si des processus politiques sont à l'œuvre, ou non, à côté. Et là, clairement, ils ne sont pas là.

– Qu'est-ce qui vous permet d'être aussi catégorique ? lui demanda le journaliste.

– Je les connais, monsieur, je suis à leurs côtés depuis décembre maintenant. Au début, comme les autres militants professionnels de mon camp, j'étais venu pour essayer de les retourner, bien sûr ! Je ne pensais même pas à une révolution, évidemment ! J'espérais bêtement, comme tant d'autres, pouvoir profiter du mouvement pour diffuser notre propagande. Vous connaissez L'Étincelle ? C'est un mouvement trotskiste très prometteur, mon petit-fils en fait lui aussi partie. Comment vous appelez-vous d'ailleurs, jeune homme ?

Le journaliste lui donna son prénom. L'homme se mit aussitôt à le tutoyer.

– Écoute-moi, Eliel. Au début, comme nous tous, comme le faisait déjà Chliapnikov à Petrograd en 1917, l'un des rares vrais ouvriers à la tête du parti bolchevique, je faisais des rapports à nos camarades. Je leur disais : "Bon, c'est comme d'habitude, quoi. On va leur fermer le bec avec une mesurette, on va supprimer un ou deux impôts, et puis ils rentreront chez eux, et tout sera fini." Eh bien, je me trompais, mon petit ! J'avais sous-estimé leur ténacité, leur courage. Ils sont toujours là. Chaque jour, chaque nuit. Et, aujourd'hui, ils ne veulent pas remettre leurs chaînes. Ils ne veulent pas rentrer dans leur taule, comme disait la petite ouvrière des usines Wonder en 68. Ils sont toujours là, tellement émouvants ! Et je me suis attaché à eux, Eliel, comprends ça. Je tiens énormément à eux, désormais. Mais sache-le, nous ne sommes pas encore arrivés au mois de février, et le chant du cygne a déjà commencé. Ce mouvement est condamné. »

L'homme sourit avec tristesse et sortit un grand mouchoir en tissu à carreaux où, baissant le visage, il s'essuya le nez longuement, comme un paysan. Son abattement contrastait tellement avec les postures grandiloquentes de combattant qu'il adoptait devant les autres qu'Eliel ne savait plus quoi penser.

« Pourquoi aussi peu d'intellectuels de gauche ont-ils accompagné ce mouvement ? » lui demanda le journaliste, avec une brusquerie dont il ne savait plus dire à cette heure, si elle était due aux deux gobelets de punch qu'il avait avalés après le départ précipité de Yoann ou à son propre attachement grandissant pour ces gens. Le vieux communiste avait relevé les yeux en sa direction avec une extrême gravité.

« Les intellectuels dont tu parles sont des révolutionnaires de papier, Eliel. Ils n'aiment pas le peuple. Le vrai, je veux dire, avec sa sale gueule, avec ses naïvetés à se taper parfois la tête contre les murs, avec ses superstitions aussi. On appelle ça des "paniques morales", désormais, à l'université, c'est plus chic sans doute. Ils n'aiment pas le vrai peuple, c'est tout ! Ils aiment un peuple imaginaire. Pour les uns ce sera les prolétaires sans papiers, pour d'autres les derniers cheminots, pour d'autres encore les jeunes anarchistes, les « totos » comme on dit, mais le peuple dans toute sa masse hétéroclite parfois déprimante, ils ne l'aiment pas. Et sais-tu pourquoi ? Parce qu'ils n'en sont pas, ou parce que les rares qui en viennent ne veulent surtout pas y retourner. Jeune homme, je voudrais te citer ce soir quelqu'un que peut-être tu connais mal, ou que tu as déjà entendu calomnier, c'est possible dans ton métier, mais qui m'éclaire aujourd'hui encore sur le chemin qu'il nous reste à parcourir. Et cet homme, c'est Vladimir Ilitch Oulianov ! Mais oui, cet homme, c'est Lénine! Et voilà ce que disait Lénine un an avant la révolution qui mit à bas le pouvoir multiséculaire du tsar de toutes les Russies, et dont je pourrais contresigner chacun des mots: "Quiconque attend une révolution sociale pure ne vivra jamais assez longtemps pour la voir. Il n'est qu'un révolutionnaire en paroles, qui ne comprend rien à ce qu'est une véritable révolution. La révolution socialiste en Europe ne pourra pas être autre chose que l'explosion de la lutte de masse des mécontents de toute espèce. Des éléments de la petite bourgeoisie et des ouvriers arriérés y participeront inévitablement. Sans cela, la lutte de masse n'est pas possible, aucune révolution n'est possible." Alors, oui, jeune homme, je sais bien qu'ici il y a quelques petits artisans avec leurs fantaisies réactionnaires, je sais bien qu'il y a quelques idiots racistes, et parfois même d'authentiques fous, ça je peux te l'assurer, mais ma place, c'est d'être à leurs côtés. J'aurais honte de ne pas y être aujourd'hui, et j'y resterai jusqu'au bout, Eliel.

– Mais qu'est-ce qu'on peut faire? lui avait dit le garçon avec une intensité retrouvée.

– Il n'y a rien à faire, Eliel, soupira le retraité, avant de poursuivre son monologue désolé. Bientôt, ce sera pire, ils redécouvriront les manifestations autorisées, les défilés, les banderoles, les pétitions, tout cela qui nous épuise depuis cinquante ans. Ils reviendront tous les samedis, pendant un an, ou deux ans peut-être, c'est très possible, je les sais persévérants! Et puis ils finiront par comprendre que ce que le pouvoir autorise ne vaut par définition pas la peine d'être vécu. Certains s'y consumeront, d'autres s'apercevront plus tôt du piège. Les plus malins partiront avant la dislocation ultime. Les plus fidèles resteront, quoique sachant tout cela parfois même mieux que les autres. Il n'y a pas de bonne ou de mauvaise solution lorsque la fin arrive.

– Pourquoi ne pas les en avertir ? demanda Eliel, qui gardait de son métier l'étrange réflexe de poser des questions dont il connaissait la réponse autant que son interlocuteur, ou bien qui n'avaient simplement pas de réponse.

– Tu t'es attaché, toi aussi, je vois ça. Et cela me touche. Je vais te dire quelque chose, jeune homme, qui, je l'espère, rendra pour toi la fin de tout cela moins pénible. Les gens comme toi et comme moi se trompent sur les prolétaires. La plupart d'entre eux ne veulent pas changer le système. Ils veulent juste être à ta place. Ils désirent entrer en petite bourgeoisie comme autrefois on entrait en religion – ou comme chez nous, les trotskistes, on entrait en politique. S'ils y étaient déjà, s'ils étaient comme toi un de ces journalistes cravatés, maquillés et bien payés du centre de Paris, ceux qu'ils voient chaque jour sur leurs écrans de télévision, ils ne seraient pas ici ce soir, sur le rond-point. Leur décomposition morale est égale à la nôtre, tu sais. L'intérêt, la jouissance et l'exhibitionnisme sont l'horizon indépassable de notre temps. Parfois même, ils sont pires, car chez certains s'ajoute à tout cela la jalousie sociale qui déshonore la pauvreté. Toute sa vie on court après les prolétaires – je peux t'en parler, puisque c'est ce à quoi j'ai passé ma vie ! Mais il faut voir les choses en face, mon petit. Ils sont rarement à la hauteur de nos espérances. Le malentendu est total. J'irais même plus loin. À certains égards, on peut dire que les révolutions perpétuent l'apartheid social. Du moins, elles le rendent plus cruel encore. Oui, c'est cela… Les révolutions le rendent encore plus douloureux, d'une certaine manière, pour ceux qui ont cru pouvoir franchir la barrière. »

Totalement perdu en pleine nuit sur le rond-point Pompidou de Guéret, à des centaines de kilomètres de chez lui, où personne ne l'attendait, un peu ivre aussi sans doute, Eliel regardait éperdument le vieux communiste qui parlait avec le cynisme las d'un empereur romain.

« Nous ne sommes rien les uns pour les autres, voilà la vérité. Et dans l'amour c'est au fond la même chose. Que cela te console de la politique, jeune homme. On n'aime jamais personne, seulement les idées que l'on se fait sur une personne. Nous sommes seuls, même au milieu de la foule, nous ne sortons jamais de nous-mêmes, nous ne parvenons jamais à élargir véritablement notre cercle. Nous sommes définitivement de tristes monades, sans portes ni fenêtres, quoi que nous nous racontions à cet égard. »

Accablé, Eliel se souvenait de n'avoir plus rien objecté à partir de ce point de la conversation.

« Ne sois pas bouleversé. Tu es venu jusqu'ici, tu as fait ton devoir. La distance que tu as accomplie n'est pas seulement kilométrique, tu es allé au bout de la distance dont les humains sont aujourd'hui capables ! Qui pourra en dire autant lorsque tous ces événements seront retombés en poussière ? Quant à eux, il leur reste la fin du voyage à achever, et nous ne pouvons le faire pour eux, nous ne pouvons leur épargner cette peine, quand bien même nous le voudrions. C'est un peu le sens de toute la *Phénoménologie de l'esprit* chez Hegel. Le vieil homme, parvenu à la fin de sa vie, prononce les mêmes phrases qu'au commencement de celle-ci. Mais ce ne sont plus les mêmes, en réalité, car elles sont désormais lestées du poids de toute son expérience. Il en va également ainsi dans la vie et la mort d'un mouvement social. Les mots sont les mêmes au commencement et à la fin, mais le sens de ces mots, lui, est différent ! Les prolétaires auront à parcourir tout ce chemin de désillusion. Nous ne pouvons l'accomplir à leur place. Il n'y a plus rien à faire ici, Eliel. Leur histoire ira à son terme sans nous. Rentre chez toi en paix. »

Après plusieurs mauvaises nuits, Eliel appuya sa tête contre l'arête froide en acier qui encadrait la fenêtre du wagon. Aussitôt il s'assoupit sur la banquette râpeuse du TGV, et dormit d'un sommeil profond jusqu'à la gare Montparnasse.

23

Le mois de mars venait de commencer, les températures remontaient, après un hiver d'une exceptionnelle rigueur. « Le pouvoir commence à reprendre souffle », se disait Laurent Bourdin, qui voyait les choses d'assez loin, il est vrai. À mesure qu'il devenait plus renommé, le sociologue avait tendance à tout interpréter à la lumière d'intuitions frivoles que lui-même finissait par prendre pour des oracles. « Le sinistre Macron, expression intellectuelle la plus achevée de la corruption de sa classe, est en train de relever la tête. Le face-à-face terrible des plus dominés d'entre tous et de l'oligarchie ne sera bientôt plus qu'un lointain souvenir ! Quel gâchis », pontifiait-il gravement dans des mails envoyés à ses collègues. On ne pouvait nier pourtant que, chaque samedi, des cortèges défilaient dans de nombreux centres-villes du pays, et que la persistance désespérée d'une minorité active donnait encore une apparence de vie au mouvement. Cependant, les temps changeaient, la chose ne pouvait être contestée. C'était le dégel pour tout un paysage d'intérêts retrouvés, d'intrigues de sérail universitaire, de cuisines politiques qui commençaient à reprendre leur train habituel, sur le corps encore chaud de l'événement.

Il n'y avait guère que les coiffeurs des abords de République ou les patrons des night-clubs de la rue de Rivoli pour se plaindre encore à voix haute des troubles et de leur incidence désolante sur les affaires. Chez les autres, c'était un silence soulagé, parfois un ricanement de triomphe. D'événement redoutable, les Gilets jaunes étaient en train de devenir un moment balisé du récit national, voire un créneau rentable pour les premiers profiteurs de crise, qui entraient en action. En forçant à peine, on pouvait désormais en parler au passé, et même les rares compagnons de route médiatiques du mouvement évoquaient désormais un éclair dans la nuit révolu, un coche manqué.

On commençait dans la coulisse à préparer des recueils, des films, des rétrospectives, tout était recyclable dans la grande lessiveuse des médias et du divertissement. Le capitalisme vendrait même la corde avec laquelle le pendre, ainsi tout pouvait être transformé en source de profit, même ce qui avait ridiculisé votre représentation entière du monde. Les journalistes, comme réveillés d'un sommeil de plusieurs mois, semblaient pour leur part découvrir les violences commises la veille, les membres arrachées, les lois violées. Comme des locataires rentrés dans un appartement saccagé par des cambrioleurs indélicats, ils donnaient l'impression de revenir sur des lieux un temps abandonnés, et dressaient désormais avec des airs de procureurs l'inventaire de méfaits policiers que leur silence avait tout l'hiver facilités, parfois même cautionnés. Condamner les désordres dont on chérissait les causes était plus que jamais devenu le viatique de toute la corporation.

Les universitaires qui avaient fait défaut tout l'hiver effaçaient leurs traces, réécrivant à leur avantage l'histoire. Maintenant que le mouvement était au crépuscule, ils devenaient soudain mystérieusement cléments à son égard. Après la bataille, ils signaient des pétitions devenues sans intérêt, créaient des collectifs mort-nés, faisaient mine de se lamenter. Chez les élus de la nation, certains fanfaronnaient à la tribune, vendant par avance la peau du peuple jaune avant d'avoir fini de le dépecer. « Si, comme disait Talleyrand, la politique est l'art d'agiter les peuples avant de s'en servir, nous avons pris une grande leçon politique de quelques gouverneurs de rond-point qui ont réussi à transformer en fureur la colère de quelques dizaines de milliers de personnes, et à leur faire croire qu'ils étaient à eux seuls le peuple français, affirma ainsi sous les vivats un sénateur chauve de l'Allier qui aimait bien amuser la galerie, et encore davantage montrer qu'il avait des lettres. Il reste quelques acharnés d'un mouvement sans but et sans programme zigzagant le long des boulevards comme des canards décapités, s'enivrant de selfies sur fond de poubelles en feu en répétant : "On ne lâche rien", sans qu'on sache ce qu'ils tenaient. » La haine de la plèbe ne se cachait plus dans les hauts cercles du pouvoir, enfin on pouvait l'exhiber. Elle était à la mesure de la peur que cette dernière venait de leur inspirer. Le Premier ministre, présent ce jour-là au Sénat, esquissa un sourire de prédateur en entendant cette tirade bouffie de mépris.

À moitié par faiblesse, à moitié parce qu'il rêvait parfois de trouver le courage de lui dire ses vérités, Eliel Laurent accepta un déjeuner avec le préfet. Il mit sa longue disparition sur le compte d'une étrange langueur, d'une espèce de passage à vide. « Simple coup de fatigue, rien de grave », assura-t-il par SMS, avant de s'excuser platement auprès du bras armé de l'Élysée. Hormis au cours d'un coup de fil privé avec Laurent Bourdin, il ne s'était du reste jamais ouvert à personne de son désir de mettre un terme à ce projet de Mémoires. Le malaise semblait enterré, un rendez-vous fut donc fixé.

Après avoir retiré son écharpe et confié son manteau à un serveur en veston dans la luxueuse entrée Art déco du Dôme, Eliel eut toutefois la désagréable surprise de constater à sa mine sévère que le préfet de police avait tout deviné. Ou du moins qu'il savait tout. Déjà installé dans un des box sombres du fond de la salle, l'homme entra dans une froide colère dès les premières banalités expédiées.

« Alors, dites-moi, Eliel, on s'amuse chez les Gilets jaunes, maintenant ? Vous êtes devenu fou, ou quelque chose comme ça ? C'est l'influence de Bourdin, votre maître à penser ? C'est lui qui vous a envoyé là-bas, c'est ça ? »

À l'égard des journalistes comme à l'égard des femmes, les hommes de pouvoir se montraient souvent d'une incroyable goujaterie, sous-entendant chez eux un discernement limité, et spéculant toujours, sans la moindre précaution, sur l'influence d'un mâle dominant, dès lors qu'un de leurs comportements venait à leur échapper. Eliel Laurent répliqua qu'il ne comprenait pas où le préfet voulait en venir, que ses insinuations étaient offensantes, qu'il n'avait ni gourou rouge ni nouveaux amis, qu'il n'était coupable de rien, hormis d'avoir pour une fois pris au sérieux son métier. Le ton du garçon était vif. En vérité, il n'en menait pas large. De fait, la situation était embarrassante, et même un peu dangereuse.

« Vous vous trompez, Michel, poursuivit le jeune journaliste en fixant la serviette blanche griffée au nom de la brasserie. Les prétendues manœuvres de Bourdin chez les Gilets jaunes sont une élucubration paranoïaque d'un pouvoir qui ne connaît rien à l'extrême gauche. Vous êtes toujours à la recherche d'un tireur de ficelles, d'un roi de l'ombre… Permettez-moi de vous le dire : vos services sont pitoyables sur toutes ces questions ! Et les journalistes que vous abreuvez de vos récits aberrants le sont tout autant. Les Gilets jaunes n'ont aucun chef secret, et c'est bien ce qui vous fait peur. Ce sont juste des chargés de famille, des grands-mères, de pauvres gens, debout pour leur survie et leur dignité ! Il n'y a ni argent russe ni cerveau des opérations derrière leur colère, on peut le regretter d'ailleurs, vous ne les auriez pas étranglés si facilement sinon. Du reste, tout le monde les infiltre, les espionne, les manipule, mais personne ne les dirige. C'est bien ce qui les rend si difficiles à contrôler pour vous ! »

Le préfet le laissa achever, avant d'accueillir cette rébellion d'un grand rire sarcastique.

« Écoutez-moi bien, mon ami, car je vous parle avec beaucoup de bienveillance. Il se trouve que j'ai de l'affection pour vous. Il se trouve aussi que je connais très bien l'envers de la comédie sociale et le rôle exact que le gauchisme occupe au sein de celle-ci. Apparemment bien mieux que vous ! »

Ses yeux laissaient passer des éclairs de méchanceté, ce qui était inhabituel chez lui. Le préfet poursuivit.

« Et vous savez pourquoi, Eliel ? Eh bien, il se trouve que, du fait de l'austère mission qui est la mienne, et que vous méprisez semble-t-il désormais, je connais le prix de chacun dans cette ville. Et quand je vous parle de prix, attention, je ne fais pas des périphrases de moraliste, n'est-ce pas ! Je vous parle d'espèces sonnantes et trébuchantes, je vous parle de comptes bancaires et d'ordres passés… »

Il accompagna cette dernière remarque pernicieuse d'un frottement du pouce contre les autres doigts de sa main gauche – ce geste silencieux, à la fois vulgaire et éloquent, qui désignait ordinairement l'argent qui corrompt tout.

« Alors, je vais vous dire une chose, Eliel : le lumpenprolétariat que vous fréquentez aujourd'hui ne vous mènera nulle part. Ces gens-là, des repris de justice, des déserteurs de l'armée, d'anciens dealers de shit, tous ces rebuts humains qui semblent vous bouleverser désormais, n'ont aucune espèce de conscience de classe, et n'en auront jamais la moindre. Ils ne bâtissent jamais rien. Et, une fois encore, ils n'arriveront à rien. Même Trotski et les autres chefs de guerre bolcheviques pensaient que l'on ne pouvait rien faire avec ces déchets-là, et qu'ils étaient au contraire des obstacles aux véritables révolutions. Vous allez simplement dévaler tous les échelons de la réussite qui vous était promise à leurs côtés. Votre réputation sera saccagée, vous vous suiciderez socialement, sans espoir de retour, car, sachez-le, l'État n'oublie rien et ne pardonne pas à ceux qui franchissent certains caps. Jamais vous ne retrouverez un emploi dans les médias prestigieux de notre pays. Jamais vous ne pourrez à nouveau y être qui que ce soit, où que ce soit, après cela... Mais en plus, cerise sur le gâteau, vous serez le premier à subir les méfaits de vos nouveaux amis. Ils vous utiliseront, ils vous suceront le sang jusqu'à la moelle, et, à la fin des fins, vous ne serez plus rien, ni pour eux ni pour personne. »

Eliel était stupéfait par la brutalité du préfet, un homme rond qu'il avait connu plutôt affable en toutes circonstances, même lorsqu'il était mécontent et devait faire passer des messages déplaisants. La violence de ses paroles, ses prédictions sinistres, sa connaissance finalement plus précise que prévue de l'adversaire, tout cela était quasiment effrayant. Le buste contracté, l'esprit à moitié paralysé, Eliel se retrouvait dans une des rares situations de la vie sociale où analyser en temps réel n'est plus possible, et où l'on se borne à emmagasiner des phrases pour y repenser par la suite. Le préfet but une gorgée de sancerre blanc et poursuivit, à nouveau très animé.

« Vous avez l'air surpris. Vous découvrez des choses ? Vos amis communistes du Limousin ne vous ont pas informé ? C'est étrange. Voici ce qu'écrivaient en gros Marx et Engels dans *Le Manifeste*... Pas vraiment un texte confidentiel, vous me l'accorderez ! Ils disaient que le lumpenprolétariat, produit de la pourriture des classes les plus basses de la société, est ce qu'il y a de plus perméable à la propagande fasciste. Associé à une petite bourgeoisie que le capitalisme actuel pousse à la frénésie et au désespoir, ils seront les premiers à aller se vendre à la réaction la plus dangereuse. Ils retourneront de là où ils sont venus. Inéluctablement. Vous qui, comme tous les journalistes, voyez des fascistes partout, jusque sous les lambris de nos ministères, jusqu'en ma personne peut-être, vous allez être servi, croyez-moi. Vous n'êtes pas au bout de vos surprises, mon petit garçon ! »

Ébranlé au dernier degré, Eliel se forçait de continuer à sourire, comme on lui avait toujours appris à le faire, quelles que soient les circonstances.

« Vous parlez d'abstractions, de fantasmes... Vous n'avez jamais rencontré une seule de ces personnes, Michel ! lança-t-il. Son cœur battait anormalement. Ce sont des pauvres, voilà tout. On ne leur a laissé que les miettes, et vous vous étonnez qu'ils viennent perturber le banquet. Vous ne les connaissez pas ! Tout en haut, là où vous êtes, on ne voit plus les petits, on ne voit que des gouffres.

Il y eut un long silence. Le préfet de police avala quelques bouchées avec solennité. Il semblait au fil des minutes retrouver presque tout son calme.

– Écoutez-moi bien, Eliel : c'est la fin, affirma l'homme de l'Élysée.

Bientôt, nous entrerons dans le Thermidor des Gilets jaunes. Dans moins de quinze jours désormais, tout sera achevé. Ils n'ont pas de Robespierre, donc nous ne tirerons aucun coup de pistolet, nous n'enverrons aucun meneur à l'échafaud, nous ferons bien mieux encore. Plus jamais ils ne remettront un pied sur les Champs-Élysées, tout est prévu. Et moi, je serai exfiltré dans la foulée. Est-ce que c'est clair ? Tous les corps constitués, toutes les forces de ce pays, même les intellectuels, qui sont des bourgeois, absolument tout le monde est de notre côté, en vérité, quoi qu'ils professent publiquement pour la montre ou pour se faire applaudir. Que l'on nous aime ou non, nous sommes l'ordre, nous sommes la pérennité anthropologique, nous sommes le salut de la société. Nous sommes ce à quoi chacun aspire au fond de lui-même, même s'il ne le sait pas ou s'il s'est égaré à un moment donné.

– Qu'est-ce que vous allez faire encore ? demanda Eliel, inquiet et même horrifié par ce qu'il venait d'entendre. Après avoir crevé des yeux, arraché des mains, que peut-on faire de mieux, ou de pire ? Un massacre ? Un attentat ! Dites-le !

Le préfet achevait son turbot poché sans répondre, ni s'émouvoir de ses interrogations.

– Qu'est-ce que vous allez faire, Michel ? Sacrifier un flic pour soulever l'indignation de millions de moutons ? Des obsèques nationales dans l'enceinte des Invalides, le président serrant dans ses bras la veuve d'un air tragique, et tout le cirque ? Allez-y, dites-le ! Ayez ce courage, Michel, puisque vous êtes porté aux aveux sinistres aujourd'hui ! »

L'homme s'essuya la bouche, et lui répondit avec douceur. Il semblait se remettre à composer un rôle paternel, ou bien redevenir lui-même, la chose était de fait difficile à trancher.

« Je vous dégoûte décidément, désormais… Vous vous trompez sur moi, Eliel. Moi non plus, je n'aime pas ce qui s'est passé, figurez-vous. Mais eux, vos nouveaux frères, qu'ont-ils risqué pour avoir autant d'exigences ? Tiennent-ils le rang des insurrections du passé ? Ils ne sont pas prêts à mettre leur vie dans la balance, voilà la vérité. Ce sont les premiers révolutionnaires de l'Histoire qui ne sont pas prêts à cela. Avant, quand le peuple avait la fièvre, il ne se filmait pas en direct sur Facebook, il n'appelait pas un avocat médiatique pour s'épancher. Et aujourd'hui que voit-on ? Quelques blessés, et tout le monde tourne de l'œil ! Les journalistes et les gauchistes ont aussitôt leurs vapeurs ! Ils n'obtiendront rien, croyez-moi. Le monde va maintenant revenir dans ses gonds, et nous y veillerons. À certains égards, c'est même un service que nous leur rendons. Cette agonie aurait pu être longue. Trop de gens auraient pu perdre trop de temps dans cette affaire. Alors, oui, peut-être, ils reviendront plus forts un jour, c'est possible, je ne le nie pas… Mais ce sera dans très longtemps. Et nous, nous ne serons plus là. Ni moi ni le président de la République. Et vous, mon jeune ami, où serez-vous ? »

D'après ce qu'Eliel parvenait à entrevoir à partir des allusions du préfet, de grandes manœuvres avaient été prévues le 16 mars suivant sur les Champs-Élysées. Quatre mois presque jour pour jour après le surgissement des Gilets jaunes, le gouvernement avait décidé de donner l'estocade. Les insurgés avaient baptisé cet acte « Ultimatum », et ils fondaient de grands espoirs sur lui, à juste titre. De fait, les services annonçaient une foule immense à Paris, une jauge digne des jours de célébration sportive nationale. Il était temps de frapper un grand coup, car rien ne se passait comme prévu. Alors que les médias du pouvoir annonçaient depuis un mois et demi un essoufflement, l'incendie reprenait désormais avec plus de vigueur encore, c'était invraisemblable.

Le plan devint de plus en plus clair au fil du déjeuner. Les radicaux du black bloc entreraient dans la zone comme dans du beurre. On infiltrerait également des agents provocateurs, des hommes sûrs. Avec ça et les éléments les plus agités de la foule jaune, le chaos serait total, spectaculaire, c'était nécessaire. La chose n'était pas difficile à obtenir : il suffisait de réduire le dispositif, de limiter les contrôles préventifs, les barrages de fouille, habituellement drastiques. On savait faire. L'important était ce qui allait se passer par la suite. La réaction de l'Olympe serait féroce. Drones, marquage au corps des manifestants par des produits chimiques, bannissement définitif de toute manifestation dans les quartiers hors de prix, ciblage infamant des personnalités dissidentes sur les réseaux sociaux. Le Premier ministre demanderait solennellement au ministre de l'Intérieur de saisir le parquet contre eux. Le moment était venu d'asphyxier définitivement le mouvement.

Le journaliste se demandait, en écoutant le préfet, si tout cela était un délire d'homme de pouvoir vexé, des rodomontades en somme, ou bien la simple réalité, un plan d'éradication machiavélien. Il penchait toutefois pour la seconde option.

« Une dernière question : pourquoi me dites-vous tout cela ? demanda Eliel. N'avez-vous pas peur d'un grand déballage ? Et si je parlais ?

– Je vais vous sembler sans doute très sûr de moi, et vous décevoir encore peut-être, une dernière fois. Non, je n'ai pas peur. Vous doutez parfois, c'est vrai. Mais qui ne doute pas ? Vous croyez que je ne doute pas à mes heures ? Sur le fond, néanmoins, vous êtes des nôtres, je le sais. Vous nous appartenez. L'homme acheva son propos, en le fixant au fond des yeux.

Et même si vous parliez, quelle importance ? Une rumeur de plus, une de moins… Je suis certain que ce que je viens de vous dire est déjà écrit sur les réseaux sociaux. Tout le monde l'a sous les yeux, en ce moment même, et personne ne le voit ni ne s'en préoccupe. La vérité est devenue tout à fait secondaire, à notre époque. »

Le préfet de police demanda l'addition avec un geste d'autorité dont il savait que, bientôt, il serait dérisoire au personnel lui-même. Il avala un ristretto d'un coup sec du poignet. Manifestement il ne comptait pas rester un instant de plus dans cette position humiliante. Il était un homme qui avait su autrefois tous les secrets de l'État, bientôt il ne serait plus qu'un vague souvenir sans intérêt dans les annales de l'administration. Eliel et lui se quittèrent sur le boulevard du Montparnasse, un peu hébétés, après s'être serré la main sans animosité ni chaleur devant la terrasse couverte du Select, où prenaient le café quelques figures de l'édition et des médias parisiens.

Lorsque Eliel découvrit, plus tard, les événements survenus ce fameux samedi 16 mars, à l'acte XVIII des Gilets jaunes, il eut la confirmation que le fonctionnaire n'avait pas fanfaronné. Tout se passa quasiment comme ce dernier le lui avait annoncé. Au premier abord, les dégâts furent exorbitants, presque irréels. Aux yeux du monde entier. Partout des vitrines brisées et des magasins pillés avec méthode, partout des kiosques en flammes et un épais nuage de gaz traversé de lueurs d'incendie. Face à ce spectacle saisissant, les effectifs de la BAC restaient d'un calme parfait. Jamais on n'avait observé une telle réserve chez ces animaux de proie dressés pour la chasse. Des essaims de CRS et de gendarmes mobiles, l'arme au pied, attendaient également en silence que les vandales vêtus de noir aient achevé leurs déprédations, comme s'ils surveillaient le déroulement d'un culte. Jamais on n'avait autant cassé sur les Champs-Élysées, et jamais on ne s'était senti si peu en danger.

Ce samedi-là n'avait décidément rien à voir avec les grands actes de la fin d'année précédente. On y humait une atmosphère malsaine, comme un jeu de dupes dont on n'arrivait pas complètement à percer le principe. Pour les manifestants ordinaires, c'était tout à fait troublant, et l'incompréhension se mêlait à l'ivresse de voir à nouveau réunie une telle multitude, tandis qu'au loin, vers l'Arc de triomphe, on entendait le bruit puissant et régulier de détonations, qui était comme le cœur battant de l'émeute.

Ce que le préfet n'avait néanmoins pas prévu concernant ce samedi de mars qui devait être un soleil d'Austerlitz secret pour le pouvoir, c'est le sort qui allait, par accident, être réservé au Fouquet's. Ce dernier était devenu le lieu d'un luxe suranné, où seuls quelques parvenus, des touristes étrangers et parfois des tablées de célébrités du spectacle allaient encore rituellement abriter leurs agapes. Il demeurait néanmoins un symbole honni par toutes sortes de gens, un ancien président y ayant consommé sans pudeur les noces de l'Élysée et de la corbeille boursière la nuit même de son élection. Le peuple connaissait ce nom, mêlant inextricablement la pacotille spectaculaire à la politique affairiste. En cette chaude journée, où une foule immense venait de se rassembler, ce temple en toc du dieu Argent fut entièrement pillé et transformé en torche. Une épaisse fumée s'éleva en milieu de journée vers le ciel azuré, colonne noire inquiétante qui sembla un moment faire flotter sur la plus célèbre avenue de France le drapeau noir de l'anarchie.

Les choses étaient allées trop loin. « Encore une victoire comme celle-là, et je serai entièrement défait », avait dit le roi de Macédoine au soir de la bataille d'Héraclée en 280 avant JC. Il en allait de même pour le pouvoir français en ce 16 mars. Le saccage orchestré avait tout à fait dépassé les plans de ses instigateurs. Pour ne rien arranger, le président et sa femme avaient choisi de mettre en scène soigneusement leur désinvolture en partant en week-end aux sports d'hiver dans les Pyrénées, afin de mieux laisser agir les Cosaques dans les beaux quartiers de Paris. On se demandait bien de quelle officine, ou de quel cerveau borné de conseiller en communication une provocation aussi dangereuse avait pu surgir. Peut-être avait-elle en réalité seulement été dictée par une peur informulable au sommet de l'État. Il est certain qu'une telle foule ne s'était pas vue depuis décembre, le mois terrible, et, au sein des services, il se disait que le palais de l'Élysée devait à nouveau se préparer à subir une invasion hostile.

Les coordonnées avaient donc changé. Après l'affront du Fouquet's, on se trouva dans l'obligation de communiquer avec éclat sur le courroux du sommet de l'État. Contrairement aux promesses qui lui avaient été faites, le préfet ne put échapper à l'image du responsable limogé, celle-là même qu'il avait tenté de repousser de toutes ses forces depuis l'été. Le haut fonctionnaire, qui croyait en la parole d'honneur d'un président de la République, même venu de la finance, y perdit un peu de ses dernières illusions. Il eut également l'occasion de vérifier cruellement à ses dépens que, comme le dit une fable enseignée à tous les écoliers de France, on rencontre souvent sa destinée par les chemins que l'on prend pour l'éviter. « À bien y réfléchir, le plan du 16 mars a été une fameuse connerie », confiait le préfet à certains vieux amis. Il fallait en effet n'avoir aucun rapport vécu aux symboles pour imaginer qu'une mise à sac de la plus célèbre artère du pays, fût-ce en trompe-l'œil, puisse renforcer durablement le pouvoir. Certains soirs où le préfet était très amer, il se plaisait à caresser le souvenir des dernières heures de Pétrone Maxime, empereur lynché par la foule et jeté dans le fleuve.

Sa nomination au Conseil d'État avait été obtenue avec facilité. À un ex-préfet de Corse, ancien personnage influent des Hauts-de-Seine, qui avait eu connaissance de certaines intrigues les plus sales de l'État, on ne pouvait sans risque infliger un déshonneur total. Son successeur à la préfecture de police, surnommé « le boucher de Bordeaux », semblait sorti d'un film en noir et blanc sur les années d'Occupation. Il ne passait pas inaperçu, et sa cruauté surjouée confinait à une sorte d'excentricité, dommageable chez un fonctionnaire de son rang, disaient les connaisseurs. Il inspirait néanmoins les satiristes du pays, et, pendant que les rieurs riaient, les foudres de l'opinion épargnaient les véritables commanditaires de ses brutalités.

Le souvenir de cette éviction un peu humiliante, sur fond de fumigènes et de scandale national, gâcherait probablement au fonctionnaire ses premières années de retraite dans la garrigue corse. Il partirait en paix, cependant. C'en était fini pour lui de ce souci perpétuel, de ces jeux interdits, et c'était bien là l'essentiel.

24

Yoann, qui allait sur ses trente-six ans, se disait : on vit trop vieux aujourd'hui. Les premières années, jeté dans l'existence, on dilapide la force impulsée par les générations antérieures, on tente de satisfaire leurs idéaux, et, plus souvent encore, on les déçoit. Ensuite, on se met à souffrir. Tout le reste n'est que du temps gagné par l'ingéniosité humaine, la médecine, l'hygiène et la technique, pour des gens qui n'avaient rien demandé. À partir d'un certain âge, les manques suivent les déconvenues, les désillusions succèdent aux pertes. Le décalage devient alors considérable entre notre survie corporelle et la longueur des tourments que nous sommes capables d'endurer. Notre temps moral, la seule vitalité qui compte, n'a pas progressé depuis l'Antiquité. Alors qu'il marchait seul, chaque jour, sur les sentiers d'une nature indifférente qui en ce mois d'avril était, elle, en pleine renaissance, Yoann se demandait froidement si un philosophe avait déjà pensé à tout cela. Quelqu'un qui a déjà eu le cœur brisé, vraiment torturé, se disait-il, a une carcasse de vieillard. Et c'est ainsi qu'il se voyait, plus que jamais seul au fond de ce vallon perdu, observant le soir, à côté de son écran plat allumé, l'âtre refroidi de son poêle, qui, cet hiver encore, flambait d'espoir.

L'expérience touchait à son terme chez les Gilets jaunes de La Creuse Ensemble. Les querelles étaient devenues sans fin, les rancœurs s'étaient accumulées, la mauvaise entente, irrémédiablement installée. Le printemps était en train de rendre la coexistence des hommes simplement impossible. Cassé par la violence de la répression et l'absence d'avancées tangibles, le mouvement bégayait. Il n'arrivait plus à envisager l'avenir autrement que comme la reproduction des demi-victoires du passé. « Revenons aux blocages illimités ! Reprenons les ronds-points ! » Tout autre mot d'ordre débouchait sur des empoignades. Seuls restaient les plus politisés, ceux qui avaient une longue expérience de l'échec, mais, quelle que soit leur bonne volonté, ils trahissaient à l'évidence l'esprit des origines. Cela avait dû se passer ainsi au cours de tous les autres grands soulèvements antérieurs, dès lors qu'ils atteignaient leur point de décomposition. Ce crépuscule suscitait une immense mélancolie chez ceux qui avaient mis toutes leurs forces dans la bataille.

Face à cela, on observait plusieurs attitudes. Il y avait ceux qui, renonçant à affronter la violence morale de la situation, s'enfermaient dans une réalité seconde. Ceux-là devenaient généralement les enragés d'une seule idée, qu'ils cultivaient avec la violence d'une secte. Ainsi les adeptes d'une petite branche très droitière du mouvement prônaient-ils inlassablement la lutte contre les banques, les banquiers et le système bancaire. « Mort à la dette!» «À bas l'usure!» «Vive le bien commun!» Tels étaient leurs cris de guerre. Partout ils traquaient la main griffue de la banque, avec des accents parfois très troubles, le mot d'«usure» n'ayant pas été sorti de l'oubli au hasard. Mais la chose n'était pas claire aux yeux de tous, certains ignorant tout simplement que les juifs étaient la véritable cible d'un tel vocabulaire. Pour ces prosélytes naïfs, et leurs meneurs malintentionnés, l'histoire du monde se réorganisait entièrement à partir de la vision du vautour bancaire prêt à fondre sur sa proie innocente, ce qui devait très certainement fournir une forme de sécurité apaisante pour leur esprit.

Il y avait aussi ceux, minoritaires mais ardents, qui s'étaient endurcis dans l'action, et montaient régulièrement à Paris et dans les villes de préfectures pour participer à des événements musclés ou dégrader les permanences des soutiens officiels du pouvoir. Ceux-là faisaient vivre dans la crainte les petits potentats locaux du président, parfois même dans la terreur, la probabilité étant désormais forte qu'une de leurs apparitions, une de leurs inaugurations, un de leurs discours de patronage soient interrompus, ridiculisés, voire entièrement anéantis par de telles perturbations, qui pouvaient aller du chant de défi, jusqu'au jet de projectiles en tout genre. La peur ne les quittait plus, même lorsque le soir ils regagnaient leurs belles maisons et embrassaient leurs enfants. À force d'avoir chauffé à blanc la patience des pauvres gens, l'Élysée exposait désormais ses séides à des aventures dangereuses.

Il y avait ceux, enfin, qui s'enfermaient dans le mutisme, la dépression ou la folie, comme ces anciens maos qui avaient décompensé sur les cendres des années 1970. Ceux-là étaient allés jusqu'aux confins de l'expérience, ils avaient brûlé tous leurs vaisseaux. À la manière des Robert Linhart, et autres militants rouges, ils préféraient désormais la nuit mentale à l'oubli. L'échec du mouvement était pour eux un désastre intime. Et sans doute était-ce cela qui, à certains égards, était en train d'arriver à Yoann. Il était en vérité dans la plus périlleuse des situations. D'une lucidité parfaite, il avait tôt senti venir l'échec depuis l'hiver, pour autant il n'avait jamais cessé de s'investir, et ne s'était jamais résigné. Il était de ceux qui rompent et ne plient pas.

Fils et petit-fils de paysan, il se méfiait par complexion mentale des tables rases, qui mènent le plus souvent à corriger une injustice par des abus pires encore. Il n'était pas comme ces froids jacobins du Nord pour comités de salut public et tribunaux populaires, qui se persuadent eux-mêmes d'un renversement en cours de l'Histoire, d'une éruption imminente de la fin. Comme beaucoup de Gilets jaunes, c'était un révolutionnaire tempéré, et qui aimait l'ordre. Contrairement aux jeunes bourgeois engagés qui s'illustraient non sans courage lors des manifestations dans les grands centres-villes, il n'avait pas accompli tout cela pour vibrer dans le suspens. Il attendait vraiment le point d'atterrissage et cherchait à arracher une vie meilleure, ici et maintenant. N'ayant plus le moindre espoir de la voir venir, il déclinait à toute allure désormais.

De toute sa solitude, il s'était jeté dans ce combat l'hiver dernier. Et il ne regrettait rien. Il se disait que, avec la peau de Sonia, qui était si douce que, lorsqu'elle était nue, elle donnait l'impression de porter un pyjama en soie, il n'avait jamais rien connu de meilleur. Il avait aimé s'offrir sans la moindre réserve au mouvement, et demain il aurait pu recommencer. Y avait-il d'ailleurs une autre façon de se donner qu'ainsi, entièrement, sans rien garder par devers soi ? Lui n'en connaissait pas d'autre. C'était également la raison pour laquelle l'amour était pour lui un péril mortel. Il n'en voulait à personne. Il n'était pas amer. Il ne pensait même plus au président banquier, à la haine passionnée duquel il avait aimé se réchauffer à certains moments, lui aussi, comme les autres. La personnalité énigmatique de ce dernier entrait pour une large part dans l'impasse de la situation, mais lui-même obéissait aussi sans doute à sa propre fatalité. Il avait été élu pour être un petit roitelet de salon, s'appliquant à faire la révérence devant une cour âgée et fascinée, pas pour voir des têtes de carton le défier au bout d'une pique, ni sentir le long de son échine l'horrible frisson du peuple qui déborde de son lit.

Un système est condamné dès lors que ses rouages ont été entièrement mis à nu, se disait Yoann. Ce dévoilement-là avait été accompli. C'était un fait que l'intelligence populaire et la connaissance de toutes les dépravations d'en haut, d'innombrables malversations et autres impostures, n'avaient cessé de croître au fil des semaines. Il était donc absolument certain qu'un jour les choses changeraient. Mais, à l'échelle de sa propre vie, Yoann n'avait plus la force d'attendre. Il avait énormément tiré dans ses réserves, la blessure était désormais inguérissable.

Les matins étaient particulièrement difficiles à traverser. Parfois lui venaient brusquement des envies d'explications violentes avec sa mère. Parfois l'idée de confessions publiques déchirantes lui traversait également l'esprit, ou encore l'envie d'exprimer des regrets passionnés à l'égard de Sonia. Il commençait alors à lui écrire un mail, avant de tout effacer. « Me pardonneras-tu ? Il ne s'est pas passé un jour, pas une heure, sans que je pense à toi depuis cet été. » Parfois l'homme se bornait à fixer l'écran vide pendant plusieurs heures sans parvenir à entamer une phrase, ne voyant plus le temps passer. Dans ces moments-là, il se sentait prêt à se jeter physiquement aux pieds de la jeune femme.

Il déraillait de plus en plus, et commençait lui-même, à s'en apercevoir à certaines heures. Puis le soir arrivait, et une forme de paix redescendait dans son âme. Ses pensées devenaient plus ordinaires, parfois même à peu près supportables. Il regardait les chaînes d'information en dînant, le sommeil venait assez tôt. Puis l'enfer venait le cueillir à nouveau, dès les premières lueurs du matin.

25

La cote professionnelle d'Eliel Laurent avait beaucoup baissé en six mois à peine. D'étoile montante du journalisme, jeune et sinueux personnage au carnet d'adresses bien rempli, il était revenu dans le ventre mou, la masse des auteurs de dépêches ordinaires, la cariatide qui portait sur ses épaules les grands conglomérats de médias nationaux. On n'entendait guère plus parler de lui, à vrai dire, il se cantonnait désormais au strict nécessaire pour ne pas avoir de vrais ennuis. Pire encore, sa semi-insubordination l'avait placé sous surveillance, parfois même on préférait recourir à des collaborateurs moins brillants pour ne plus lui confier certains dossiers qui exigeaient de se montrer compréhensif à l'égard du pouvoir ou des amis de la hiérarchie. Le plus étonnant dans l'affaire était qu'Eliel ne s'en souciait guère. Les événements l'avaient entièrement éveillé à sa situation. Il s'apercevait qu'il n'avait jusqu'ici été qu'un petit-bourgeois essayant de se faire bien voir de plus haut. Il s'apercevait que sa position dans ce monde serait toujours fausse, lui donnant à jamais un statut d'aspirant, au bas bout de la table des maîtres. Il s'apercevait qu'un tel fonctionnement ne lui offrirait que des satisfactions compulsives, en lieu et place d'une estime de soi saine. Au début, le dévoilement avait été pénible à vivre. Aujourd'hui, il prenait les choses avec philosophie.

Plus encore que son propre métier, il avait pris en horreur le monde intellectuel incarné par Laurent Bourdin et les siens. Jamais plus il ne les regarderait comme auparavant, ces chauffeurs d'estrades estudiantines, ces dames patronnesses de la théorie révolutionnaire, ces phraseurs pour séminaires du CNRS qui n'avaient jamais mis leur peau sur la table, ni rien vécu de dangereux ou d'important. Leur défection aux côtés du peuple était la preuve que tout n'avait jusqu'ici été de leur part que des mots n'embrayant sur aucun réel, qu'ils étaient avant tout, et même uniquement, des professionnels de l'échauffement cérébral.

Leur faute de l'hiver était d'autant plus répugnante que le peuple ignorerait sans doute à jamais que son échec était en réalité un crime collectif, que la société entière s'était liguée contre lui, pour le faire revenir à l'impuissance et au turbin. Il ne savait pas que, même les prétendues consciences de la gauche préféraient de loin le savoir empaillé aux côtés des autres révolutionnaires défaits du passé. Il ignorait qu'il leur était plus utile mort que vif. Le peuple, lui, mettait en cause la surdité du pouvoir, accusait ses propres divisions. Il avait le sentiment que son destin s'était accompli seul, et mettait en cause sa mauvaise étoile.

Se souvenant de la promesse faite en janvier à Yoann de revenir le voir bientôt en Creuse, le journaliste lui avait envoyé un mail récemment afin de convenir d'une date. Depuis les trois journées passées à Guéret, qui avaient tellement compté dans sa vie, il échangeait régulièrement avec le solitaire du Douzel, et les sentiments entre les deux hommes étaient devenus fraternels. N'ayant reçu aucune nouvelle de lui, alors qu'il lui répondait en temps ordinaire sans délai et avec une vraie chaleur, Eliel eut l'idée de taper son nom sur Facebook. Ils étaient également en contact sur ce réseau social, où ils partageaient parfois des articles et diverses plaisanteries.

Il s'aperçut immédiatement que de nombreux posts colorés étaient inhabituellement en ligne sur le mur de Yoann. « Repose en paix, tu vas me manquer », écrivait un certain Sébastien. « Rooh merde, on a été au lycée ensemble », commentait un pseudonyme dérisoire. Et la litanie de la désolation continuait. « Quelle tristesse, si jeune, condoléances à la famille », écrivait un autre. « Repose en paix mon Yo », disait une fille appelée Virginie. Le cœur d'Eliel faillit s'arrêter de battre tandis que, dans sa cuisine américaine, il avalait des carottes râpées sous cellophane en guise de dîner. Yoann Defresne était mort. Cette nouvelle lugubre lui déchira le cœur. Les larmes coulèrent à l'instant sur son visage.

Comment une telle chose était-elle simplement possible ? À trente-cinq ans ! Qu'avait-il bien pu se passer ? Un accident de la route ? La chute d'un toit ? Une rupture d'anévrisme ? Un cousin d'Eliel était décédé ainsi, il y a de cela quelques années. À cette heure tardive, son esprit était traversé de pressentiments affreux et d'images de mort violente. Ne sachant que faire ni qui incriminer, il déverrouilla sa messagerie électronique, tapa l'adresse mail de Laurent Bourdin et se lança dans une interminable missive où il mit une colère longtemps contenue, ainsi que tout son chagrin.

« Mon pauvre Laurent,

Ce soir, tout particulièrement, je tenais à te dire le dégoût que tu m'inspires, toi qui m'as tellement écrasé depuis toutes ces années.

À l'instant même, j'apprends la mort du meilleur des êtres. Un Gilet jaune de la Creuse. Un jeune électricien au chômage de trente-cinq ans. Un « dominé », dirais-tu dans ton vocabulaire stéréotypé et sans âme. Le genre d'homme que tu ne connaissais pas, que tu ne connaîtras jamais ; je ne te l'aurais jamais présenté, sache-le. On n'est jamais trop prudent : tu aurais pu le souiller peut-être, en faire un de ces travailleurs manuels anonymes de la prétendue fréquentation desquels tu aimes à t'enorgueillir dans tes conférences ou tes dîners.

Qu'as-tu appris depuis cet hiver, et en quoi te seras-tu rendu enfin utile à tes frères humains ? Pour bien te connaître, je peux te le dire : rien.

Dans les années 1970, on pouvait être un jeune génie reçu à Normale Sup à dix-neuf ans et se faire embaucher comme OS à l'usine Citroën à vingt-quatre. Parce qu'on était conséquent avec ses idées, ou fou, comme tu le dirais sûrement avec ce rire de gorge que je hais.

À l'époque en tout cas, on n'avait pas peur de proclamer fièrement : "Le camp du peuple est notre camp." Je suppose que tu connais cette belle chanson des nouveaux partisans. Cette référence t'étonne, venant d'un journaliste ? Il se trouve que j'ai beaucoup appris depuis cet hiver, et pas dans l'unique but de faire des claquettes sur les estrades, comme toi.

À cette époque, oui, on pouvait être issu d'une grande famille industrielle parisienne et tout lâcher pour aller élever des chèvres, au fin fond de la Creuse, ou visser des écrous à Boulogne-Billancourt. À cette époque, de jeunes dirigeants de la Gauche prolétarienne, ces gens dont tu te gausses aujourd'hui, ainsi que tous tes courtisans, étaient traduits devant la Cour de sûreté de l'État. As-tu jamais couru un risque de la même espèce ? Je ne le crois pas, mon pauvre Laurent. Les soixante-huitards ont mal fini, mais toi et tes amis vous n'avez pas même commencé.

Au contraire, je me souviens de t'avoir vu un soir, presque aux abois, préciser *in extremis* au bas d'une pétition que tu ne signais pas “en tant que professeur de l'université”, de peur d'encourir la moindre sanction de la part de l'administration. Permets-moi de rire à ce stade ! Un homme, un vrai, eût au contraire précisé qu'il signait “en tant que professeur de l'université”, en soutien à ces pauvres gens.

As-tu du cœur, Bourdin, ou même un peu d'estomac ? Nous connaissons tous les deux la réponse. Tes maîtresses aussi.

Au fond, tu n'auras été ni d'un camp ni de l'autre, en dépit de tes trépignements publics. À force de vouloir toucher à tous les guichets, tu n'auras été que la mouche du coche, un petit épargnant de la gloire intellectuelle. Tu auras finalement moins aimé ces gens que moi, avoue que ce n'était pas gagné.

Ton châtiment toutefois, car il y en aura un, c'est que tu ne laisseras aucune trace dans l'histoire de la pensée. Ne parlons même pas de l'Histoire tout court, bien plus exigeante à sa façon. Dans vingt ans – que dis-je, bien avant ! –, personne ne se souviendra de ton nom ni de tes pensums indigestes.

J'ai revu récemment *L'Armée des ombres*. Ce n'est pas un hasard si c'est une poignée de communistes adolescents, d'instituteurs catholiques et de vieux patriotes pétris de principes qui, à eux seuls, sauvèrent l'honneur de la France. Aucun type de ton espèce, en tout cas. Il y a pourtant des situations où mourir est la seule véritable leçon, et a bien plus de sens que de continuer à vivre.

Imagine-t-on le genre d'intellectuels aujourd'hui promus à Nanterre ou Tolbiac, à deux doigts d'être fusillés ? Bien sûr que non. Avoue que c'est juste invraisemblable.

Reçois l'expression de ma désillusion, et aussi de tout mon mépris.

Eliel »

Il y avait de l'injustice dans cette lettre, car Bourdin lui avait appris énormément de choses durant toutes ces années, et il ne l'avait pas à ce point maltraité, du moins pas intentionnellement. L'indélicatesse du professeur, sa grossièreté même, était plutôt la conséquence d'une mégalomanie devenue incontrôlable au fil des ans, qui en était venue à corrompre irréversiblement son génie. Dans l'ensemble, le verdict n'était toutefois pas complètement immérité. Le journaliste aurait été bien en peine de formuler clairement à cette heure pourquoi il avait fait du mandarin le paratonnerre de toute sa peine en apprenant la nouvelle de la mort de Yoann, mais il en obtint aussitôt un certain apaisement.

Après avoir laissé un message interloqué sur l'adresse de contact du groupe La Creuse Ensemble pour demander aux gens de Guéret ce qui était arrivé à Yoann, Eliel Laurent traîna une heure ou deux, hébété, sur YouTube à la recherche des vidéos de l'hiver dernier consacrées au soulèvement des Gilets jaunes, et notamment aux actes insurrectionnels auxquels il avait assisté en première ligne. L'un de ces montages, de provenance non identifiée, démarrait par la voix féminine métallique qui lisait d'ordinaire les messages automatiques de la RATP. Cette dernière énumérait longuement la liste de la trentaine de stations fermées le 1er décembre 2018, ainsi que les témoins en gardaient le vif souvenir.

« Ce samedi 1er décembre, à la demande de la préfecture de police de Paris, les stations suivantes seront fermées au public : Charles de Gaulle-Étoile, George V, Franklin Roosevelt, Champs-Élysées-Clémenceau, Concorde, Tuileries, Musée du Louvre, Louvre-Rivoli, Saint-Philippe du Roule, Hôtel de Ville, Saint-Paul, Bastille, Argentine, Victor Hugo, Saint-Philippe du Roule, Ternes, Opéra, Trocadéro, Iéna, Alma-Marceau, Pyramides, Madeleine, Miromesnil, Saint-Augustin, Invalides, Saint-François Xavier, Havre-Caumartin, Chaussée d'Antin, Kléber, Boissière, École militaire, La Tour Maubourg, Rue du Bac, Solférino, Assemblée nationale, Varenne… »

En entendant cette voix machinique, à la fois inhumaine et familière, énumérer la litanie sans fin des stations de métros des beaux quartiers haussmanniens, des monuments hautains de Paris, des temples de l'imposture républicaine, Eliel fondit en larmes. À lui qui sur le coup n'avait rien compris, à lui qui avait dû partir à des centaines de kilomètres de ces lieux-là pour commencer à s'extirper de sa torpeur mentale, ces noms résonnaient aujourd'hui comme avaient dû résonner celui de vieilles batailles, d'anciennes défaites, à un grognard de l'armée napoléonienne. Au passé désormais, tous ces noms lui inspiraient la plus violente des mélancolies, et il savait que plus jamais il ne les entendrait de la même façon. Il s'endormit à plus de deux heures du matin, après avoir longuement pleuré.

À dix heures le lendemain, vaseux, se remémorant avec horreur au réveil les événements de la soirée, son mail à Bourdin compris, il trouva le message d'un correspondant inconnu dans sa boîte de réception.

« Yoann Defresne s'est pendu la semaine dernière. Je suis désolé. »

26

Les vitrines remplies d'automates animés et de guirlandes électriques étincelaient à nouveau tout le long du boulevard Haussmann. Sous les grands auvents rouges des Galeries Lafayette, le motif de l'année était la ruche, et, dans les onze immenses vitrines du magasin, d'innombrables abeilles en métal mordorées semblaient s'activer pour les ultimes préparatifs des fêtes. Le jour de Noël était déjà passé, mais les enfants collaient encore leur visage aux vitres, regardant de tous leurs yeux ces sortilèges électriques, sous la surveillance de leurs parents ou de leur nounou.

La soirée du Nouvel An approchait. Les affaires avaient repris à plein régime, même si, après les événements de l'hiver passé, c'étaient les grandes centrales syndicales des transports qui étaient mobilisées cette fois, pour entraver les énergies entrepreneuriales et abîmer l'attractivité mondiale. « C'était bien la France, ça ! », entendait-on dans tous les appartements cossus et les restaurants chic de la ville. L'été dernier, Eliel Laurent avait posé une année de congé sans solde. La tendresse que lui conservait la direction avait seule rendu possible cette faveur rare. Il est vrai que le motif que le journaliste avait avancé pour l'obtenir – l'aide à la création d'une start-up – n'était pas totalement rédhibitoire, du moins pas autant qu'un état dépressif à bas bruit et une crise de foi désormais profonde en son métier. En l'occurrence, les trois choses étaient vraies.

Il songeait ni plus ni moins qu'à quitter le journalisme. Qu'est-ce qu'il pourrait vivre un jour en effet de mieux, de plus fort ? Il avait vu le pouvoir chanceler, sans y comprendre grand-chose, il avait vu des innocents piétinés, sans pouvoir les sauver. Le seul homme pur qu'il ait approché s'était suicidé, et après tout c'était bien normal : quelqu'un qui envisageait réellement les choses avec sérieux pouvait-il prendre une autre décision ? Il n'y avait rien à voir de plus, se disait Eliel Laurent. « Certaines tragédies renferment le monde moral entier », avait-il dit à son ex-petite amie lors du dîner au cours duquel ils avaient finalement renoué, puis à nouveau passé la nuit ensemble. Son mûrissement inattendu avait charmé la jeune femme, même si, diplômée du master finance de Paris-Dauphine, elle n'en percevait pas tous les tenants et aboutissants. Avec sa banquière blonde, Eliel avait à nouveau entamé une relation, plus sérieuse que jamais. Un jour, tout cela déboucherait peut-être sur une famille nombreuse, et une maison avec solarium à Rueil-Malmaison.

Un ami de lycée qui avait fait l'ESSEC, grande école de commerce, lui avait proposé d'ouvrir un concept store de *donuts* biologiques dans le quartier du Marché Saint-Honoré. Des beignets américains *made in France*, conçus avec le savoir-faire de « nos meilleurs pâtissiers nationaux », certains gâteaux se voyant même baptisés du nom du chef qui avait créé leur recette. Après un début de carrière à la banque d'affaires Lazard, très rémunérateur, et une séparation houleuse, cet ami était en pleine crise existentielle et se perdait en considérations sur la mort imminente du système. Eliel, qui lui-même était en rémission, avait été aussitôt intéressé. Depuis qu'il avait posé son congé, tous les sorts professionnels autres que le sien lui paraissaient heureux. Tout plutôt que de toucher à nouveau au monde de la politique ou des idées, se disait-il. Tout plutôt que le journalisme, et les individus interlopes qui gravitaient autour de cette activité.

Il enviait plus que jamais le sort de l'imbécile heureux qui pouvait se coucher le soir sans avoir rien accompli de glorieux, mais avec les mains propres au moins. C'était là pour lui devenu l'essentiel. Le projet à la fois futile et concret de son camarade *startupper* lui faisait déjà beaucoup de bien. Ils étaient désormais lancés dans les ultimes préparatifs, avant l'inauguration en début d'année prochaine. La pâtisserie et les affaires donnaient à Eliel le sentiment d'un retour à la normalité et surtout d'une absolue salubrité par rapport à tout ce qu'il avait connu d'épouvantable depuis l'hiver dernier. Il se sentait mieux, à l'évidence.

Ses anciennes fréquentations ne lui manquaient pas. Le préfet avait renoncé à son improbable livre de Mémoires, et ils s'étaient quittés en bons termes. L'homme avait-il jamais réellement eu l'intention de les publier un jour ? La chose était douteuse, à bien y réfléchir. Avec Laurent Bourdin, la rupture avait, elle, été consommée.

Au mail du jeune journaliste, le mandarin avait simplement répondu : « Tu as pété un plomb ou quoi, mon petit camarade ? Tu veux de l'aide ? ». Mortifié, Eliel n'avait jamais donné suite. À tous égards, Bourdin était redevenu l'homme admirable de son temps, en tout cas pour le parti intellectuel. Plus que jamais occupé, il s'agitait désormais dans toutes les colonnes de la presse, et sur toutes les estrades, pour lancer des oukases contre le pouvoir, soutenir les grévistes et les caisses de grève, appeler à l'insoumission radicale des consciences à travers tout le pays.

Le sociologue de Nanterre avait repris de la verve et des couleurs. De fait, même Eliel le trouvait sensiblement moins minable que l'année précédente. Il prenait même des poses graves et des mines alanguies sur certains plateaux de télévision, ou au micro des radios, pour trouver enfin publiquement deux ou trois mérites aux Gilets jaunes, ce qu'il n'avait jamais consenti à faire clairement tout au long de leur offensive.

Laurent Bourdin, à qui l'intelligence toujours en éveil donnait une absolue lucidité quant à la réalité des rapports de force, savait que l'État français pardonnait tout aux intellectuels, absolument tout, sauf à ceux qui avaient pu leur manquer en certains moments décisifs, subtils à saisir, les seuls qui comptaient. À cet égard, Bourdin se félicitait d'avoir fait un sans-faute en réussissant à ne pas se discréditer ouvertement dans le rôle de l'opposant officiel, tout en se montrant en sous-main totalement inoffensif aux yeux du pouvoir.

On parlait désormais enfin de lui pour conquérir la chaire de sociologie au Collège de France. Eliel s'amusait à imaginer dans quelles affres, quelles correspondances infinies, et quels calculs retors, la chose devait actuellement plonger son ancien ami. Il se souvenait de l'avoir entendu un soir, des larmes d'émotion dans la voix, affirmer que la non-attribution de cette chaire au Collège à un intellectuel critique de son rang était le signe définitif de la provincialisation de la France, et de l'abaissement intellectuel des Français dans leur ensemble. Du reste, estimait Eliel, aussi immodeste que cela soit, ce n'était pas entièrement faux. Il touchait cette fois au rêve de sa vie, c'était bien.

En parcourant un magazine chez son coiffeur, Eliel tomba, peu avant le 31 décembre, sur l'interview d'un journaliste de la télévision à peine plus âgé que lui qui était devenu fort célèbre après être apparu régulièrement dans la chronique d'une émission populaire du groupe Canal+. Le magazine masculin *GQ*, publication destinée aux jeunes cadres branchés, l'avait élu au palmarès des personnalités les plus tendance de l'année. Pour chacune de ces petites célébrités, l'exercice consistait à raconter le moment, en l'occurrence le reportage, qui avait changé sa vie. En parcourant les propos du journaliste, Eliel eut l'impression de revenir sur les traces de l'homme qu'il avait failli être, et qu'il ne serait désormais probablement jamais. Il fut frappé, surtout, par l'humour noir involontaire qui se dégageait du propos.

« Alors que 2019 vit ses derniers jours, je me remémore mon reportage aux îles Féroé. C'est celui qui m'a le plus marqué depuis le début de ma vie professionnelle.

J'y repense souvent. J'entends encore les cris de ces dauphins si sensibles abattus devant leur famille. Je me souviens de l'absence d'empathie dans les yeux des chasseurs. Je me souviens des survivants refusant de quitter la baie, cherchant leurs amis disparus.

Je me souviens de cette mer de sang, mais aussi de ces moments magiques passés en plongée avec eux quelques jours plus tôt. Je garde en mémoire leur délicatesse à mon égard, frêle silhouette humaine perdue dans cette immensité.

En assistant au massacre, impuissant, j'ai éprouvé de la culpabilité et de la honte. Il est temps de nous racheter et d'alléger notre fardeau.

Nous sommes capables du meilleur. Prouvons-le. Espérons que 2020 sera plus douce que 2019. Prenez soin de vous et de ceux que vous aimez. »

Eliel rechercha la date de la publication du magazine, mais oui pas d'erreur, c'était bien le numéro de cette fin d'année 2019, pour se convaincre de la véracité de cette interview, qui évoquait le sort de mammifères marins avec des accents tragiques, comme s'il était question d'un holocauste. « Je me souviens des survivants, refusant de quitter la baie, cherchant leurs amis disparus. » Plusieurs fois, Eliel se surpris à relire cette phrase. Il eut l'impression qu'un signe venait de lui être envoyé, et sourit tristement en repensant au destin effroyable de Yoann.

Ainsi, les événements de l'année précédente, les prolétaires matraqués, les terribles mutilations, les vies pulvérisées, la pendaison d'un désespéré, tout cela n'avait eu lieu que pour certains, et pas du tout pour d'autres.

Si l'on ne songeait pas à en laisser la trace, on pouvait même le faire disparaître à jamais. Les hommes évoluent dans plusieurs réalités, entièrement séparées, se dit Eliel. L'apartheid entre nos vies est véritable, pas seulement le fruit du déni ou de la malignité.

Paris, 27 mai 2020

Si vous souhaitez être tenu informé des parutions
et de l'actualité des éditions Les Liens qui Libèrent,
visitez notre site :
http://www.editionslesliensquiliberent.fr

Achevé d'imprimer sur Roto-Page
par l'Imprimerie Floch à Mayenne
en août 2020
Dépôt légal : septembre 2020
N° impr. : 96597
Imprimé en France